Katja Montejano

TRUE CRIME ITALY
Spektakuläre Kriminalfälle aus Italien

Dieses Buch entstand im Gedenken an all die Opfer und deren Familien, auf dass sie nie vergessen werden!
Mögen sie in Frieden ruhen.

Katja Montejano

Katja Montejano

TRUE CRIME ITALY

Spektakuläre Kriminalfälle aus Italien

1. Auflage

ISBN: 9798567149478

Kontakt: Katja Montejano,
CH-4800 Zofingen

Cover design by: Damonza.com

Lektorat/Korrektorat: Sabine Dreyer,
DE-35216 Biedenkopf

Satz: perry-payne.de/ppb

Druckerei: Amazon Media Europe Core S.à r.l. (Société à responsabilité limitée), 5 Rue Plaetis,
L-2338 Luxemburg

Dieses Buch widme ich Rony.
Du bist ein einzigartiger Mensch, ein wunderbarer Mann, ein rassiger Liebhaber und ein wahrer Freund ...

In Liebe, deine Katja

Vorwort

Seit dreißig Jahren verfolge ich wahre Kriminalfälle in Italien. Dieses Buch widmet sich einigen bekannten und spektakulären Geschichten aus der »CRONACA NERA« (italienische Verbrechens- und Unfallmeldungen). Es ist nicht einfach, über Kriminologie zu schreiben, von grausamen und blutigen Fakten zu berichten, ohne Gefahr zu laufen, in Morbidität und Sensationsgier zu verfallen. Darauf zu achten, im Übereifer keine grenzwertigen *Spezialeffekte* einzusetzen, was viel Blut und Horror bedeutet, selbst wenn diese wahren Fälle vor Blut und Horror nur so triefen. Bei der Erzählung dieser grausamen Geschichten war es für mich wichtig, objektiv zu bleiben. Es gibt verschiedene Arten, über makabre Kriminalfälle zu schreiben. Entweder setzt man Details ein, um das Geschehene verständlich zu machen und die gesamte Dynamik dieser Taten darzustellen, oder man greift zu diversen Stilmitteln der Dramaturgie, um den Voyeurismus zu befriedigen, der oft einhergeht mit der Faszination des Bösen.

Ich habe mich für Ersteres entschieden, weil das Thema mit Respekt behandelt werden muss, mit großem Respekt gegenüber den Opfern und deren Familien, die niemals vergessen werden und Tag für Tag mit ihrem schrecklichen Schmerz umgehen müssen.

Es sind Fälle, die Kopfschütteln auslösen und die selbst ich als Krimiautorin nicht mal ansatzweise in einer frei erfundenen Story so niederschreiben könnte, weil die Motive teilweise als »unglaubwürdig« abgestempelt werden würden. Doch leider ist die Realität keine Fiktion und wie wir alle wissen, schreibt das Leben selbst die unglaublichsten Geschichten.

In die intensiven Recherchen zu diesem Buch sind auch viele Expertenmeinungen von Italiens berühmten forensischen Psychiatern, Kriminologen und Ermittlern eingeflossen, um Ihnen, liebe Leser, kompetente Einsicht in die tiefen Abgründe der menschlichen Psyche zu gewähren. Die Kriminalfälle machen deutlich, dass Erziehungsdefizite, Mangel der sozialen Fähigkeiten und ungenügende Selbstkontrolle – auf welche Art und aus welchem Grund auch immer – nahezu alle Mörder kennzeichnen.

In diesem Buch nehme ich Sie mit auf eine Zeitreise in die italienische Kriminalgeschichte. Ich stelle Ihnen aktuelle und historische, gelöste wie auch ungelöste Fälle vor, Justizirrtümer eingeschlossen. Sehen Sie mir bitte nach, dass ich hin und wieder das Wort »Geschichte« benutze, auch wenn die Begrifflichkeiten »Fall/Kriminalfall« treffender wären. Dahinter verbirgt sich der Gedanke, Ihnen die »Geschichte des Falls« zu erzählen.

Im vorliegenden Buch befassen wir uns auch mit Serientätern, die aus Perversion, Hass, Wahnsinn oder kaum nachvollziehbaren psychologischen – abartigen – Gründen töten. Serienkiller üben eine erschreckende Faszination aus und haben einen festen Platz in der weltweiten fiktiven Kriminalliteratur. Im Unterschied zu Einmaltätern handeln sie nicht im Affekt oder um direkte Rache am Opfer zu nehmen, oft sind sich Mörder und Opfer sogar vorher nie begegnet. Diese Taten sind besonders schwierig aufzuklären. Serienmörder haben »Konjunktur«, sind jedoch keine Erfindung des 20. Jahrhunderts, wie zum Beispiel der berühmte Fall von *Jack the Ripper* von 1888 im Londoner East End beweist. Der Unterschied zwischen damals und heute liegt darin, dass wir gegenwärtig über Medien und soziale Netzwerke quasi live dabei sein können.

Wo immer in Italien ein Mord geschieht, überschlagen sich die Medienmeldungen und erschweren teilweise die Arbeit der Ermittler. Wie in einer massenmedialen Realityshow wird täglich berichtet, in Livesendungen, Zeitungen und im Internet. Wird der Täter dann endlich gefasst, wächst das öffentliche Interesse noch einmal, bis das Urteil gesprochen wird. Dann wartet die Öffentlichkeit geduldig auf den nächsten Mord – und alles beginnt von vorne ...

»Der Anorexie-Killer«

In diesem Kapitel geht es um einen einzigartigen Fall der italienischen Kriminalgeschichte. Die Medien erteilten dem Mörder den Spitznamen »DER ANOREXIE-KILLER«. Sogar Regisseur Matteo Garrone ließ sich von der Story inspirieren und stellte 2004 seinen Film »Primo amore« auf der Berlinale (Internationale Filmfestspiele Berlin) vor. Das Traurigste und gleichzeitig Unglaublichste an der folgenden Geschichte ist, dass Marco Mariolini seine Tat 1997, ein Jahr vor der Ausführung, in einem Buch veröffentlicht hatte (erschienen im Verlag der Edicom Gruppe, ISBN-Nr. 8882362078) und dass keiner, weder Leser noch Psychologen oder die Polizei, eingegriffen hat, um den tragischen Epilog zu verhindern.

Die Geschichte spielt sich im Jahre 1998 in Verbania ab, einer Stadt mit knapp über 30‘000 Einwohnern in der Region Piemont. Marco Mariolini wird am 13. April 1959 in der Provinz von Brescia in Norditalien geboren. Vor der Heirat arbeitet seine Mutter als Sekretärin und sein Vater mit seinen drei Brüdern sowie einer Schwester in einem kleinen Transportunternehmen – ein Familienbetrieb. Marco blickt nicht auf eine unglückliche Kindheit oder Jugend zurück. Einzig seine Mutter leidet an einer zwanghaften Ordnungssucht und neigt zu hysterischen Anfällen. Mit seiner zwei Jahre jüngeren Schwester streitet er sich oft. Geschickt gelingt es ihr, sich stets als Marcos Opfer darzustellen, was die Eltern ihr auch abkaufen.

Die Kriminologen können nicht mit Sicherheit sagen, ob die Konflikte mit den weiblichen Figuren der Familie einen Einfluss auf Marco Mariolinis spätere Entwicklung hatten. In seiner Biografie ist nichts darüber zu finden, dass die beiden sein universelles Frauenbild früh geprägt haben könnten, doch einige Experten befürworten diese Theorie.

Nachdem das Familienunternehmen Konkurs anmelden muss, arbeitet Marcos Vater als Busfahrer. In der Familie nimmt dieser die Rolle eines Vermittlers ein; er ist keine starke Vaterfigur. Seine Charakterzüge sind schwächer als die seiner dominanten Ehefrau, die als treibende Kraft in der Familie gilt.

Marco beschreibt seinen Vater als einen ruhigen Menschen, der sich stets um ein harmonisches Miteinander bemüht. Während der zahlreichen Familienkrisen zieht er sich meistens zurück und überlässt das Zepter seiner Frau. Er stellt sich nie gegen sie und geht Konflikten lieber aus dem Weg.

Marcos sexuelle Entwicklung verläuft bereits in der Schulzeit ungewöhnlich. Magere Schulkollegen, egal ob männlich oder weiblich, ziehen ihn magisch an. Er ist erst zwölf, als er eines Nachts seine erste Erektion bekommt. Es geschieht während eines Traums, in dem er nackt auf einem skelettierten Pferd reitet. Nach diesem einschneidenden Erlebnis beginnt er damit, mehrmals am Tag zu masturbieren. Er behauptet, über siebzehn Orgasmen täglich zu erleben, und gibt vor seinen Schulfreunden damit an. Gleichzeitig wird ihm bewusst, dass all seine sexuellen Fantasien und Wünsche auf sehr dünne Mädchen fixiert sind. Diese Tatsache beeinflusst stark seine erste sexuelle Erfahrung.

Mit neunzehn lernt er Lucia kennen. Sie ist ein hübsches und nettes Mädchen, das jedoch nicht dem Idealbild seiner Traumfrau entspricht. Als er sie zum ersten Mal nackt sieht, stellt er mit Schrecken fest, dass sie eine für seine Maßstäbe »falsche Dünne« ist.

Später sagt er aus, er konnte mit seinen Händen die Knochen unter der Haut des Mädchens nicht richtig fühlen, was ihn zutiefst frustriert hat. In seiner verstörten Wahrnehmung ist Lucia zu dick, obwohl sie nicht mal 46 Kilo wog. Trotzdem entscheidet er sich, die Beziehung fortzusetzen. Er ist davon überzeugt, dass er bei Antritt seines Militärdienstes in der Uniform zahlreiche Mädchen beeindrucken wird und sich für ihn andere Gelegenheiten ergeben werden, um seine Fantasien auszuleben.

Wie sich bald herausstellen soll, hat er sich in diesem Punkt getäuscht. Während seine Chancen ausbleiben, betrügt ihn Lucia zu Hause mit einem anderen. Für Marco, der vom Sex und dem Zwang, die Beziehung zu kontrollieren und zu dominieren, besessen ist, bedeutet dies einen Schock. Tag und Nacht brütet er über Racheplänen. Er betrinkt sich, bekommt Tobsuchtanfälle und wird schließlich aus dem Militärdienst entlassen.

Als er nach Hause zurückkehrt, verschlimmert sich sein psychischer Zustand. Ununterbrochen muss er an seinen Rivalen denken und spielt mit dem Gedanken, ihn umzubringen.

Marco sagt aus, dass er klare Vorstellungen davon hatte, was er alles mit ihm anstellen würde. Er wollte ihn erst töten, dann kastrieren und seinen Penis zusammen mit den Hoden zerhacken. Anschließend wollte er eine Hackfleischsoße daraus kochen, diese Lucia servieren und ihr erst anschließend verraten, was sie soeben gegessen hat.

Während Marcos Rachepläne an dem Nebenbuhler Fantasie bleiben, behält er sich für Lucia ein einfacheres Vergeltungsszenario vor. Er beabsichtigt sie zu schwängern und dann ihrem Schicksal zu überlassen. Ersteres setzt er auch in die Tat um, doch es gelingt ihm nicht, die schwangere Lucia zu verlassen. Er liebt sie auf seine eigene eigentümliche Weise und kann sich nicht von ihr trennen.

Marco wirft seinen ursprünglichen Plan über Bord und macht Lucia einen Antrag. So kommt es, dass die beiden im April 1980 heiraten.

Für Marco ist es eine Zeit der Veränderung. Die Beziehung mit seiner Frau läuft gut, vor allem deshalb, weil sie ihm einen Sohn schenkt.

Er entschließt sich, in das Antiquitätengeschäft seines Vaters einzusteigen, der seit Kurzem ein eigenes Geschäft eröffnet hat.

Kurz vor der Geburt ihres Sohnes wird Lucia als Notfall ins Krankenhaus eingeliefert. Marco sorgt sich einerseits um den Gesundheitszustand seiner Ehefrau, andererseits ist er glücklich darüber, dass Lucia nach der schwierigen Operation weniger als 42 Kilogramm wiegt. Damit hat sich für ihn ein Traum erfüllt.

Wegen der Erregung, die er durch den veränderten Körper seiner Ehefrau verspürt, trifft er mit ihr eine makabre Vereinbarung. Sie darf kein Gramm zunehmen! Ohne Widerrede erklärt sich Lucia damit einverstanden.

Alles scheint für Marco wie am Schnürchen zu laufen, doch als sie kurz darauf gemeinsam in die Ferien fahren, hält sich Lucia nicht an die getroffene Abmachung und wird wieder schwanger. Als Marco davon erfährt, richtet er seine ganze Aufmerksamkeit auf eine deutsche Touristin. Sie tauschen nicht nur Zärtlichkeiten miteinander aus, sondern auch die Telefonnummern und ein paar Fotos. Für eine Weile genügt es Marco, sich während Lucias zweiter Schwangerschaft an Bildern sexuell zu erregen. Er nennt seine Frau ab dieser Zeit »Die Dicke«. Andauernd zeichnet er nackte Frauenkörper, die in Wirklichkeit wie lebende Leichen aussehen; Skelette um die 20 bis 25 Kilo schwer. In dieser Krisenzeit beginnt er wieder zu trinken. Wiederholt sucht er nach außerehelichen Affären mit sehr dünnen Frauen. Dabei wird er mit einem anderen Problem konfrontiert. Die Anorexie ist eine schwere und komplizierte Krankheit. Nicht nur, weil sie den Tod bringen kann, sondern auch weil die Betroffenen meist an psychischen Störungen leiden, was ihm überhaupt nicht gefällt. Die jungen, magersüchtigen Frauen scheinen nur oberflächlich an einer Beziehung interessiert zu sein und ertragen keinerlei Druck oder Zwang. Das Fasten bereitet ihnen ein euphorisches Gefühl der Kontrolle über ihren Körper, aber gleichzeitig entgleitet ihnen die Kontrolle über ihre eigene Realität. Hinzu kommt, dass Anorexie-Kranke keine oder wenig Lust auf Sex haben, etwas, das Marco belastet.

In den darauffolgenden Jahren gleitet Marcos Leben ins Chaos. Das Antiquitätengeschäft läuft nicht gut, sodass seine Arbeit auf dem Spiel steht. Er trinkt immer mehr Alkohol. Die Streitigkeiten mit Lucia arten aus, obwohl sie ihm zwei Kinder geschenkt und sich für ihn auf 33 Kilo runtergehungert hat. Die außerehelichen Abenteuer genügen Marco nicht mehr.

Zum ersten Mal sucht er Hilfe bei Psychologen. Doch um eine Therapie durchzuziehen, braucht es immer zwei. Marco sagt später aus, dass ihm keiner dieser Ärzte helfen konnte, was von den Experten, denen der Fall bekannt ist, infrage gestellt wird. Es kann nur jenen geholfen werden, die sich auch helfen lassen wollen.

Irgendwann beschließt er, sich von Lucia zu trennen, was 1995 auch geschieht. In dieser Zeit gibt er Inserate auf, um nach einer neuen Freundin und Gespielin zu suchen.

Aus den Polizeiakten geht folgender Wortlaut seiner publizierten Inserate hervor:

»Ich bin ein Kaufmann in guter wirtschaftlicher Stellung und möchte zwecks Zusammenlebens oder Heirat eine junge Frau kennenlernen, auch eine Witwe oder Jugendliche, die bereits früh Mutter geworden ist. Sie soll zwischen 18 und 50 sein und wirklich bis auf die Knochen abgemagert, am besten skelettartig.«

Daraufhin melden sich zahlreiche Frauen, die von sich behaupten, den gewünschten Erfordernissen zu entsprechen. Aber nur eine beeindruckt Mario Mariolini wirklich. Es ist Monica Calò, sie ist fünfundzwanzig, Psychologiestudentin und wiegt bei einer Größe von 172 Zentimetern knapp 44 Kilogramm.

Am 12. Oktober 1994 treffen sich die beiden zum ersten Mal am Bahnhof in Padova. Marco erzählt ihr sofort von seinen Träumen und Wünschen. Erstaunlicherweise zeigt sich die schüchterne und unsichere Frau davon nicht beeindruckt.

In den nächsten Monaten treffen sich die beiden mindestens einmal pro Woche. Obwohl Marco Monica anziehend findet, kann er mit dem Trinken nicht aufhören. Auch sein Schuldenberg wächst.

Nachdem die beiden 1995 gemeinsam die Sommerferien verbracht haben, geht es Marco immer schlechter. Im Oktober wird er in eine Klinik eingeliefert, wo er sich einer Alkoholentzugstherapie unterzieht. Seine Freundin Monica steht ihm während dieser Zeit bei. Doch während Marco mithilfe der Therapie zum Leben zurückfindet und voller Energie ist, verfällt sie in tiefe Depression.

Eines Tages kommt es zu einer grässlichen Szene im Beisein von Marcos Ex-Frau Lucia und seinen beiden Kindern. Er ist derart von Monica genervt, dass er die Kontrolle über sich verliert und sie vor den Anwesenden schlägt.

Am Tag nach diesem Vorfall fährt er mit Monica nach Barcelona, und als sie von der Reise zurückkehren, beschließen sie zusammenzuziehen. Aber Mariolinis Geldsorgen haben sich nicht in Luft aufgelöst. Er ist komplett überschuldet. Auch Monica ist nicht wohlhabend, doch sie besitzt aus der Erbschaft ihrer Großeltern ein paar Wohnungen. In eines dieser Appartements ziehen die beiden ein.

Sieben Monate lang leben sie in Clusane, einem kleinen Dorf neben dem Iseo-See, etwa dreißig Kilometer von Brescia entfernt, und sieben Monate lang kontrolliert Marco akribisch das Gewicht seiner Freundin. Mittlerweile hat sie ihr Studium wegen ihm aufgegeben und sich von ihrer Familie abgeschottet. Sie wiegt genau 38 Kilo und darf kein Gramm zunehmen.

Monica ist einen Pakt mit dem Teufel eingegangen. Marco zwingt sie, fast nichts mehr zu essen und sorgt dafür, dass sie noch mehr abnimmt. Er rationiert ihre Essensportionen, bis er ihr nur noch Flüssignahrung gibt. Zeigt ihr, wie sie nach der Einnahme von Mahlzeiten erbrechen muss, verabreicht ihr Abführmittel und wird ihr gegenüber immer gewalttätiger. Er spioniert sie aus, beobachtet sie wie ein Besessener, isoliert sie. Wenn er sie gelegentlich in ein Restaurant ausführt, zwingt er sie dazu, ihm beim Essen zuzusehen, während sie nichts davon auch nur anfassen darf. Weigert sie sich, schlägt er sie.

Monica erduldet all seine physischen und psychischen Folterungen, die Marco wiederum genießt und die ihn erregen. Er kontrolliert Monica so lange, bis sie am Rand des Zusammenbruchs steht.

Im Jahr 1996 gerät die Situation aus den Fugen. Bei einem Restaurantbesuch widersetzt sich Monica seinen Regeln und bestellt sich ein Teller Gnocchi anstatt des erlaubten lauwarmen Tees. Sie verschlingt die Teigwaren vor Marcos Augen wie ein ausgehungertes Tier und fordert damit erstmals eine offene Konfrontation heraus.

Die Besitzer des Restaurants und die Gäste des Lokals sagen später aus, dass Monica ihren Teller gepackt habe und in Richtung Küche geflüchtet sei. Unterwegs kann sie nicht damit aufhören, sich einen Bissen nach dem anderen in den Mund zu stopfen und hinunterzuschlingen. Marco folgt ihr in die Küche, verprügelt sie vor allen Zeugen, demütigt sie und zerrt sie aus dem Lokal. Als sie zu Hause ankommen, stürzt er sich wieder auf sie, schlägt sie und tritt ihr so lange in den Bauch, bis sie das Essen erbricht. Dann zieht er sie aus und lässt sie nackt auf dem Fußboden schlafen.

In dieser Nacht sagt er ihr, dass sie nur eine Möglichkeit habe, sich von ihm zu befreien: Sie müsse ihn töten. Wo sich Hammer und die Messer befänden, wisse sie ja.

Was nachher geschieht, scheint einem Horrorfilm entsprungen. Es ist Monica, die in dieser Nacht unter Schock den Notruf wählt, nicht für sich selbst, sondern für Marco. Als er eingeschlafen war, hat sie den Hammer gepackt, ist ins Schlafzimmer gegangen und hat ihm mehrmals auf den Kopf geschlagen.

Wörtliches Zitat (ins Deutsche übersetzt) aus den Polizeiprotokollen, die in diversen Sendungen und Zeitungen publiziert wurden:

»Ich liebte Monica wirklich, aber als sie mir gebeichtet hat, dass sie heimlich Diuretika einnimmt, Kaugummis kaut und andere Kleinigkeiten isst, wurde mir bewusst, dass ich sie nicht so formen kann, wie ich mir das vorgestellt habe und wie wir es abgemacht hatten.

Ich begann sie zu hassen, oder besser gesagt, ich liebte und hasste sie gleichzeitig. Es brauchte nur noch einen winzigen Tropfen, um das Fass zum Überlaufen zu bringen. Wäre es an diesem 2. Juni nicht geschehen, so wäre es am darauffolgenden Tag oder spätestens ein paar Wochen danach passiert. Der Tropfen, der das Fass zum Überlaufen gebracht hat, waren die Gnocchi. Sie hat unsere Abmachung, ihr Maximalgewicht von 38 bis 40 Kilogramm nicht zu überschreiten, gebrochen. Für mich war somit alles in die Brüche gegangen. Ich hätte sie sowieso in den Tod geführt, indem ich sie zum Abnehmen gezwungen hätte, und damit habe ich auch meinen eigenen Tod in Kauf genommen. Mir war alles egal, auch mein eigenes Leben. Wenn sie sich geweigert hätte, mir zu gehorchen, hätte ich sie sowieso getötet. Ich hätte sie verprügelt und wie eine Sklavin gefangen gehalten ...

Monica wollte zwar unbedingt leben, aber sie steckte bereits in meiner ausweglosen Falle. Sie hätte sich so oder so nicht mehr vor dem sicheren Tod retten können. Sie musste mich töten, um da wieder rauszukommen. Obwohl sie etwas getrunken hatte, war Monicas Tat gut überlegt. Sie wollte lieber ins Gefängnis gehen und dort weiterleben als bei mir zu sterben. Sie hat mit dem Hammer vier Mal zugeschlagen und im letzten Moment aus Reue ihr Vorhaben abgebrochen.«

Als der Rettungswagen in dieser Nacht eintrifft, wird der schwer verletzte Marco sofort ärztlich versorgt und ins nächste Krankenhaus eingeliefert. Auch Monica ist in einer schlechten gesundheitlichen Verfassung. Sie wiegt noch knapp 35 Kilo. Die Ermittler fragen sich, wie die völlig entkräftete und ausgemergelt Frau überhaupt die Hammerschläge ausführen konnte. Monica wird ebenfalls umgehend in ein Krankenhaus eingeliefert und behandelt. Als sie sich etwas erholt hat, wird sie dort befragt.

Die Staatsanwaltschaft klagt sie nicht wegen Mordes, sondern wegen versuchtem Mord an, da Marco nicht gestorben ist. Nein, er ist sogar aus dem Koma erwacht. Er ist es sogar, der den Ermittlern klarmacht, dass er für Monicas Tat selbst die Verantwortung trägt. Er will keine Anzeige erstatten, bittet für Monica um Nachsicht, weil er sie zu dieser Tat gezwungen und sie aus Notwehr gehandelt habe.

Wie durch ein Wunder hat Marco den Angriff ohne gravierende Verletzungen überstanden. Die Röntgenbilder zeigen zwar ein paar Schädelbrüche, aber Mariolini trägt weder Traumata noch sonstige Spätfolgen davon.

Doch für Monica kommt seine Genesung und Einsicht zu spät. Das Gericht erweist sich zwar milde, verurteilt sie aber schließlich wegen versuchtem Mord zu einem Jahr Gefängnis. Sie darf ihre Strafe bei ihren Eltern in Form von Hausarrest absitzen.

Während Monica die Trennung von Marco Heilung bringt, leidet er darunter und verflucht alle, die ihn zwingen, sich von ihr fernzuhalten. Wutanfälle werden zur Tagesordnung. Er geht auf Monicas Eltern los, fühlt sich unverstanden. Versinkt zwei Jahre lang im Liebeskummer. Während dieser Zeit belästigt er Monica wie ein Stalker mit Telefonanrufen und Briefen. Sie zeigt ihn mehrmals an, aber es ändert sich nichts. Er lässt nicht locker. Auch die Familie der jungen Frau leidet unter Marcos Nachstellungen. Es kommt so weit, dass Monicas Vater verzweifelt Beweise sammelt, um gerichtlich gegen ihn vorzugehen. Vergeblich zeichnet er die Telefonate auf, sammelt Briefe und Geschenke.

Ein Ausschnitt aus einem der aufgenommenen Telefonanrufe Marcos, das den Ermittlern als Beweis eingereicht wurde:

»Ich will eine Frau, ich will eine sehr dünne Frau, die ich nie haben werde. Ich masturbiere einmal am Tag und denke dabei an Frauen, die 19 Kilo wiegen. Ich stelle mir sogar Frauen vor, bei

denen ich alle Arterien sehe, nicht nur die Venen, mit einer durchsichtigen Haut. Ich stelle sie mir so vor, dass ich ihre Wirbelsäule vom Bauch aussehen kann. Knochen, Sehnen und Venen sind perfekt, überdeckt von einer Fettschicht, die sie besudeln.«

Aber damit nicht genug. Während er Monica stalkt, findet er sogar die Zeit, eine Art Autobiografie zu schreiben, in der er seine Obsessionen für die Magersucht darlegt. Makabre Zeilen im Delirium. Darin beschreibt er, wie er sich die Tötung von Monica vorstellt, sollte sie ihn ablehnen.

Eine Kopie dieses Buches schickt er Monika per Post. Eine Geste, die für ihn keine rechtlichen Folgen hat, aber Monica noch mehr verängstigt. Auch zu diesem Zeitpunkt reichen die damaligen rechtlichen Grundlagen nicht aus, um gegen Marco vorzugehen und ihn verhaften zu lassen.

Niemand unternimmt etwas.

Monica verharrt in ständiger Angst und ist verzweifelt. Sie versucht, sich das Leben zu nehmen, indem sie sich in der Badewanne die Pulsadern aufschneidet. Ihren Eltern hinterlässt sie schmerzliche Zeilen:

»Ich sterbe lieber zu Hause, als weiß Gott wo und wie.«

Glücklicherweise wird Monica in letzter Sekunde gerettet.

Marco bleibt von dieser verzweifelten Tat unbeeindruckt. Er will nur eines, dass sie zu ihm zurückkehrt, um seinem Leben wieder Sinn zu geben.

Währenddessen geht er weiter seinen Stalkingaktivitäten nach. Als er Monica droht, sich selbst umzubringen, gelingt es Marco endlich, sie zu einem Treffen mit ihm zu überreden, wenn auch unter gewissen Vorsichtsmaßnahmen: bei Tageslicht, unter Leuten, an einem Sommernachmittag.

Leider erzählt Monica niemandem von diesem Treffen und steuert so ihrem traurigen Schicksal entgegen.

Mariolini erhofft sich von diesem Date, dass sie wieder zusammenkommen. Er versucht alles, doch Monica reagiert anders, als er es sich vorgestellt hat. Sie versucht zu fliehen und löst dadurch bei ihm einen Wutanfall aus. Am Flussufer, im Beisein von Badegästen, holt Marco sie ein und tötet Monica mit zweiundzwanzig Messerstichen. Er lässt das Messer in ihrer Brust stecken und versucht, ins Wasser zu fliehen, wo er schließlich von der Polizei gefasst wird.

Im Gefängnis gesteht Marco sofort. Den Ermittlern erzählt er, dass er sich für das Treffen mit Monica vorbereitet hat. Als er seine Wohnung verließ, hatte er alle Utensilien für eine Entführung sowie das Messer dabei. Er wollte sein Opfer an diesem Tag entführen und, wenn sie Widerstand, töten, was auch geschah.

Diese Aussage wird von der Anklage als klarer Vorsatz interpretiert. Mariolini war bei klarem Verstand und hatte alles im Voraus geplant. Marcos Verteidiger hingegen veranlasst nach diesem Geständnis umgehend ein psychiatrisches Gutachten. Dieses bescheinigt dem Angeklagten während der Tat keine volle Zurechnungsfähigkeit. Dies aufgrund seiner gestörten, narzisstischen Persönlichkeit. Auf der Basis dieses Gutachtens stellt die Verteidigung den Antrag auf eine partielle Geisteskrankheit und verlangt das sogenannte »Rito abbreviato«, ein verkürztes Verfahren. In Italien gibt es neben dem »Rito abbreviato« auch das »Rito accelerato«, was so viel wie beschleunigtes Verfahren bedeutet. Dieses Verfahren dient der Steigerung der Effektivität des Verwaltungsprozesses. Beide Verfahrensarten sind in der Öffentlichkeit sehr umstritten, weil es zu stark verkürzten Strafmaßen kommt. Ursprünglich dienten sie dem Justizsystem als Fristverkürzung und Verfahrenskonzentration. Die andere Seite der Medaille betrifft vor allem die Familienangehörigen der Opfer, die damit leben müssen, dass durch diese verkürzten Verfahren, die durch Geständnisse der Täter eingeleitet werden können, auch eine drastische Strafminderung zu erwarten ist. Für die Hinterbliebenen ist dies oft blanker Hohn.

Im vorliegenden Fall beantragt die Verteidigung keine Verhandlung, sondern lediglich die Prüfung aller Akten. Marcos Verteidigungsstrategie zielt auf einen Freispruch durch Anerkennung der Unzurechnungsfähigkeit oder auf eine Strafminderung infolge Geisteskrankheit.

Die Anklage ihrerseits reicht Beweise ein, um den Vorsatz zu untermauern, da Marco bereits im Vorfeld der Tat Todesdrohungen gegen Monica ausgesprochen und diese sogar in seinem Buch veröffentlicht hat, ohne je dazu befragt oder gar dafür belangt worden zu sein.

Daraufhin lässt das Gericht ein unabhängiges Gutachten erstellen. Dieses entkräftet das erste Gutachten der Verteidigung und bescheinigt dem Angeklagten Mariolini die volle Zurechnungsfähigkeit. Bei der Durchführung seiner Tat sei Marco bei klarem Verstand gewesen und habe Monica mit Vorsatz ermordet. Seine sexuelle Perversion habe die Entscheidung, sein Opfer zu töten, nicht beeinflusst. Das Gutachten bestätigt somit eine geplante und vorsätzliche Tötung.

Während der Gerichtsverhandlung macht Marco einen ruhigen und teilweise unbeteiligten Eindruck. Er zeigt keine Reue und kommentiert seine Tat gegenüber den Medien wie folgt:

»Ich habe den Abgrund berührt und bin wieder aufgestanden. Von da an bin ich wiedergeboren. Ich habe es nicht aus Hass gemacht, sondern aus Liebe. Ich habe nicht sie getötet, sondern mich selbst, das, was ich bis zu diesem Moment gewesen bin. Nach ihrem letzten Atemzug ist Monica in mich eingedrungen.«

Im Jahre 2000 verurteilt das Gericht von Assise in Novara Marco Mariolini zu 30 Jahren Haft. Der Richter bestätigt, dass der Angeklagte von Monica besessen war, nicht von ihr als Person, sondern von dem, was sie für ihn darstellte, aber er sei nicht geisteskrank.

2001 entscheidet das Berufungsgericht wieder gegen den Angeklagten. In dieser Zeit entschließt Mario sich, in einer bekannten Sendung im öffentlichen Fernsehen (Rai) live eine Art autobiografisches Interview zu geben. Vor den Kameras erscheint er mit vertikal nur halb rasiertem Schädel und Gesicht. Die andere Hälfte ist von ungepflegten Haaren und Bart bedeckt. Seit er im Gefängnis sitzt, hat er markant abgenommen. Er kommentiert sein Gewichtsverlust damit, dass er sich vitaler und jünger fühle. Auf die Frage hin, ob er nun selbst magersüchtig sei, antwortet er mit einem klaren NEIN.

Folgender Ausschnitt aus dem Live-Interview ermöglicht einen kurzen Einblick in Marcos Geisteswelt:

»Ich bin der wahre Antichrist. Ich habe Monica nicht aus freiem Willen getötet. Ich war das Instrument Gottes und seines Willens. Ich bin die Reinkarnation von Jesus Christus, und wenn Monicas Eltern und Brüder sie geliebt haben, so müssen sie mich gezwungenermaßen auch lieben, weil wir jetzt wieder vereint sind. Wir sind Eins.«

Aspekte des Falls:

Mariolinis Fall, seine sexuelle Obsession, fällt in die Kategorie »Paraphilie« (griech. Para = daneben; philia = Freund, Liebe). Der Begriff steht für eine sexuelle Abweichung, die als sexueller Drang nach einem unüblichen Sexualobjekt oder nach unüblicher Art sexueller Stimulierung beschrieben werden kann. Charakteristisch für diese Störungen ist, dass ungewöhnliche und/oder bizarre Vorstellungen oder Handlungen zur sexuellen Erregung notwendig sind. Solche Vorstellungen oder Handlungen sind meist dauerhaft und beinhalten im Allgemein entweder:

- die Bevorzugung eines nichtmenschlichen Objektes zur sexuellen Erregung
- wiederholte sexuelle Kontakte mit Menschen, bei denen reale oder simulierte Demütigungen zugeführt werden oder
- wiederholte sexuelle Kontakte mit nicht einverstandenen Partnern

Marcos Verhalten zeigt auch sadistische Züge. Indem er seinem Opfer Schmerzen zufügt, empfindet er Gefallen und Erregung. Seine Gewalttätigkeit löst bei ihm eine illusorische Allmacht aus. Er verprügelte Monica skrupellos in den eigenen vier Wänden wie auch draußen vor Zeugen. Als er jedoch glaubt, Macht und Kontrolle über sein Opfer zu verlieren, überfällt ihn nur noch Frustration und die Unfähigkeit, seine Vorherrschaft zu wahren. Deshalb führte eine solche Situation auch zur Tötung des Objekts seiner Besessenheit respektive seiner Partnerin.

»Der Omi-Killer«

Keine Reisebusse, keine Campingplätze, kein Touristenansturm, dafür dramatische Küstenstraßen entlang der abenteuerlichen Klippen, eine kristallklare, türkisgrüne Adria und kleine Gassen – das ist Apulien im Süden Italiens. Die Region entlang des Adriatischen und des Ionischen Meeres verzaubert Besucher mit märchenhafter Architektur und Fischerdörfern, in denen man hauptsächlich noch vom Fischfang lebt.

Keinem Touristen war zwischen 1995 und 1998 aufgefallen, dass genau diese pittoreske Region Schauplatz einer eindrucksvollen Mordserie war.

Bei den Opfern handelte es sich stets um ältere Frauen, die alleine lebten. Die Polizei registrierte in diesem Zeitraum rund zwanzig sich ähnelnde Mordfälle, was einen erschreckenden Durchschnitt von einem Opfer pro Monat ergab. Die Bewohner der Region leben meistens in einstöckigen Häusern. Der Eingang befindet sich direkt an der Straße. Der typische Hausbau verbirgt für gerade für Frauen eine tödliche Gefahr. Es gibt viele Alte, die alleine leben, Witwen, die durch diese Architektur schutzlos skrupellosen Verbrechern ausgeliefert sind, die zu allem fähig sind, auch wenn sie fast nur wertloses Diebesgut erbeuten.

Genau das traf in den 90er Jahren in Apulien ein. Eine grausame Mordserie, deren Opfer immer nur ältere Frauen waren. Beim Diebesgut handelte es sich meistens um nur wenig Münzgeld, wertlose Objekte, einige Schmuckstücke wie Eheringe. In manchen Fällen schienen der oder die Täter seltsamerweise gar nichts mitgenommen zu haben.

Erst nach dem fünften Mordfall, der unter ähnlichen Umständen wie die vorhergehenden verlief, kam den Ermittlern der Verdacht, dass es sich nicht um einen oder mehrere gewöhnliche Kriminelle handeln könnte, zumindest nicht um typische Einbrecher, sondern möglicherweise um einen Serienmörder. Ein oder mehrere intelligente und erbarmungslose Täter, der/die sich die Opfer genau aussuchte/n. Ältere, verwitwete und allein lebende Frauen, bei denen die tödlichen Impulse leicht ausgelebt und gleichzeitig Diebesgut erbeutet werden konnte.

1996 analysieren die Ermittler alle gesammelten Daten erneut.

Todesdatum, Wohnorte, Alter sowie persönliches Umfeld der Opfer; Vorgehensweise und zeitliche Chronologie der Mordfälle werden penibel überprüft. Dabei scheint sich ein Muster abzuzeichnen, das jedoch wegen diverser Abweichungen unklar erscheint. Der Modus Operandi ist in allen Fällen gleich, was eine eindeutige Gemeinsamkeit darstellt. Einerseits sprechen diverse Fakten für die Theorie eines Serientäters, andererseits gibt es aber auch Unstimmigkeiten, da für zwei Morde der Serie bereits geständige Täter inhaftiert wurden. Sind diese Geständnisse echt, oder wurden sie erzwungen, um die in Schrecken geratene Region durch schnelle Ermittlungsergebnisse zu beruhigen? Hat die Polizei ihre Arbeit korrekt ausgeführt, oder gibt es Lücken, die nicht ans Tageslicht kommen dürfen, weil die Ermittlungen »unsauber« sind?

Rätselhafte Fragen, die bis heute nicht schlüssig aufgelöst sind.

Die Polizei ermittelt weiter, denn wie die folgende Chronologie zeigt, gibt es noch zu viele ungeklärte Fälle, in denen ein oder mehrere Täter zielsicher und grausam vorgehen. Die Ermittler sind überzeugt, dass es weitere Opfer geben wird, wenn sie nicht bald eine Spur finden. Kopfzerbrechen bereitet ihnen vor allem, dass der oder die Täter die Opfer zu Tode prügeln, sie jedoch nicht immer vorher vergewaltigen und dann mit einer mageren oder gänzlich ohne Beute wieder verschwinden.

Weshalb wurde manchmal etwas mitgenommen und manchmal nicht? Dieser Punkt passt einfach nicht in das übliche Schema von Einbruch-Diebstahl-Verbrechern.

Deshalb konkretisiert sich der Verdacht auf einen Serienmörder. Aber ist das Motiv des oder der Täter sexueller oder materieller Natur?

Zwischen den einzelnen Opfern gibt es keine Verbindung, nur Gemeinsamkeiten.

Für die Polizei ergibt sich folgendes Bild:

Januar 1994: Assunta Aprile, 80 Jahre alt

Die ältere Dame wird in ihrem Getränkeladen in Trinitapoli von einem Unbekannten fast zu Tode massakriert. Die Polizei findet sie blutüberströmt auf dem Boden ihres Geschäfts. Wie durch ein Wunder überlebt sie den brutalen Überfall und gibt der Polizei eine Täterbeschreibung. Daraufhin zeigen ihr die Ermittler einige Fotos aus ihren Verbrechenskarteien. Eines der Bilder stammt aus dem Jahre 1991. Das Opfer glaubt, den Mann mit dunklem Teint darauf zu erkennen, ist sich jedoch nicht ganz sicher, da das Aussehen vieler Tunesier sich ähnelt. Das Foto zeigt einen Mann, der 1991 wegen

Diebstahl festgenommen wurde und der sich illegal in Italien aufhielt. Die Polizei schaffte den straffällig gewordenen Tunesier aus dem Land. Personalien, Fingerabdrücke und Foto wurden registriert. Aber wie so oft bei den zahlreichen illegalen Einwanderern in Italien, kennt niemand den aktuellen Aufenthaltsort und wahren Namen, weil viele falsche Angaben machen. Diese können von der Polizei selten nachgeprüft werden, da die illegalen Einwanderer aus Afrika keine Papiere besitzen, manchmal auch absichtlich behaupten, keine zu haben. Werden sie zu einem späteren Zeitpunkt wieder verhaftet, geben sie einen anderen Namen an, sodass sich in den Karteien der Behörden oft dieselben Verbrecher mit verschiedenen Identitäten wiederfinden. Einzig die Überprüfung von Fingerabdrücken in den Datenbanken oder die DNA-Analyse kann hier weiterhelfen. Diese Untersuchungen sind jedoch kostspielig und werden deshalb nicht standardmäßig eingesetzt.

Da sich das Opfer Assunta nicht sicher ist, wird die Karteikarte wieder archiviert. Keiner sucht nach diesem Mann. Und die Spuren am Tatort? Unglaublicherweise werden keine gesichert, obwohl es zahlreiche davon gibt. Warum im Ermittlungsverfahren derart geschlampt wurde, kann oder will bis heute niemand beantworten.

Juli 1995: Petronilla Vernetti, 83 Jahre

Die Frau wird in Melfi (Potenza) tot aufgefunden. Erschlagen. Ähnliche Vorgehensweise wie bei Assunta Aprile.

August 1995: Celeste Commessatti, 83 Jahre aus Taranto

Zu Tode geprügelt. Die Polizei inhaftiert einen Mann namens Ben Mohammed Ezzedine Sebai mit Diebesgut der toten Frau, kann ihm aber den Mord nicht nachweisen. Er gibt falsche Personalien an. Zum zweiten Mal. Die Angaben werden aufgenommen und in den Datenbanken der Ermittler mit Foto und Fingerabdrücken abgespeichert. Er wird wieder freigelassen und aus dem Land gewiesen. Für den Mord an Celeste Commessatti werden zwei polizeibekannte Kriminelle, die einer Verbrecherbande angehören, gefasst: Davide Nardelli und Giuseppe Tinelli. Beide sind bei der Verhaftung noch minderjährig. Tinelli kommt bereits nach zwei Jahren raus, wird jedoch später für den Mord an Maria Valente wieder verhaftet und zu lebenslanger Haft verurteilt, da er nun volljährig ist. Nardelli hingegen kommt nach 7 Jahren Haft erst wieder aus dem Gefängnis.

April 1996: Celeste Madonna, 81 Jahre
Ungeklärter Mordfall.

Mai 1996: Giuseppina Corbetta, 72 Jahre
Ungeklärter Mordfall.

August 1996: Anna Stano, 85 Jahre
Ungeklärter Mordfall.

Januar 1997: Maria Totaro, 76 Jahre
Ungeklärter Mordfall.

April 1997: Grazia Montemuuro, 76 Jahre
Ungeklärter Mordfall.

Mai 1997: Anna Maria Stella, 69 Jahre
Ungeklärter Mordfall.

Mai 1997: Santa Leone, 82 Jahre
Ungeklärter Mordfall.

Mai 1997: Pasqua Rosa Ludovico, 86 Jahre
Für diesen Mordfall werden Vincenzo Faiuolo sowie Franceso Orlando vor Gericht gestellt und zu lebenslangen Haftstrafen verurteilt. Die beiden Kriminellen gestehen den Raufüberfall mit tödlichem Ausgang.

Juli 1997: Maria Valente, 84 Jahre
Der Mord wird Giuseppe Tinelli nachgewiesen. Zum Zeitpunkt der Festnahme verrät er den Namen seines Komplizen nicht, bei dem es sich um den Tunesier Ben Mohamed Ezzedine Sebai handelt.

Juli 1997: Rosa Lucia Lapiscopia, 90 Jahre
Ungeklärter Mordfall.

August 1997: Angela Sansone, 84 Jahre
Ungeklärter Mordfall.

Im Zusammenhang mit den aufgeführten Opfern werden insgesamt acht Männer verhaftet. Fünf von ihnen kann kein Mord an den älteren Frauen nachgewiesen werden, sodass sie nach einer kurzen Haftstrafe wegen Einbruch oder Diebstahl wieder freikommen. Das Tötungsdelikt vom Juli 1997 an Maria Valente wird Giuseppe Tinelli angelastet, den vom August 1995 an Celeste Commessatti ebenfalls, gemeinsam mit Davide Nardelli, der nach sieben Jahren Haft wieder freikommt. Der dritte Mann, Vincenzo Faiuolo, wird für den Mord an Pasqua Rosa Ludovico zu fünfundzwanzig Jahren Haft verurteilt. Die Verurteilungen basieren auf dem sichergestellten Diebesgut der Opfer sowie auf Geständnissen, die, nach Aussagen der Angeklagten, von den Ermittlern erzwungen wurden, was jedoch nie bewiesen werden konnte. Alle Männer waren polizeibekannte Wiederholungstäter. Des Mordes waren sie jedoch bisher noch nicht angeklagt worden.

Die Ermittler nehmen zum wiederholten Male die Akten hervor, ohne die abgeschlossenen Dossiers zu den bereits verurteilten Straftätern, und vergleichen die Analogien. Die Morde fanden innerhalb einer kurzen Zeitspanne und Distanz voneinander statt. Bei den Opfern handelt es sich ausnahmslos um ältere Frauen, verwitwet, die im Erdgeschoss wohnten. Jede von ihnen wurde mit Messerstichen ermordet. Die Einstichwunden befanden sich stets an der gleichen Stelle des Halses, in der Mitte zur Kehle angesetzt. Ein weiteres Detail sind die gleichen Wochentage, an denen der Täter zugeschlagen hat. Zudem hinterlässt der Täter in jedem der Häuser ein regelrechtes Durcheinander. Entweder zwecks echter Plünderung, um nach Diebesgut zu suchen, oder möglicherweise auch nur gestellt, dann nämlich, wenn er ohne Beute verschwindet – um einen Einbruch vorzutäuschen. An keinem der Tatorte wird je eine Tatwaffe gefunden. Ein anderer seltsamer Punkt ist, dass der Täter sich immer durch den Haupteingang Eintritt verschafft, ohne die Tür aufbrechen zu müssen. Daraus lässt sich schließen, dass alle Opfer dem Täter freiwillig geöffnet haben. Demzufolge muss der Täter die Frauen irgendwie überzeugt haben, ihn hereinzulassen.

Die Opfer waren allesamt alleinstehend und misstrauisch. Wie hat der Täter es geschafft, dass sie ihm dennoch Vertrauen schenken?

Über dieser Frage brüteten Polizisten und Staatsanwälte nächtelang. Man geht schließlich davon aus, dass die Opfer den Täter gekannt haben mussten oder einem Unbekannten die Tür öffneten, der sich für eine Vertrauensperson ausgab. Ein Sozialarbeiter vielleicht oder ein Priester? Der Unbekannte hätte sich folglich mit religiösem Gewand verkleiden oder entsprechend ausweisen müssen.

Wie verzweifelt die Ermittler sind, um den Schuldigen für die noch ungeklärten Mordfälle zu finden, zeigt auch eine weitere mysteriöse Theorie, die sie überprüfen. Da die Namen der ermordeten Frauen – wie beispielsweise Celeste, Maria oder Santa – religiöse Wurzeln haben, könnte der Täter diesen Umstand bei der Selektion seiner Opfer als Motiv nutzen. Diese Annahme wird aber schnell widerlegt, da im Süden Italiens solche Namen nichts Ungewöhnliches sind, besonders bei der älteren Generation. Eine weitere Schwierigkeit, auf die die Ermittler stoßen, ist die Mauer des Schweigens in den Dörfern. Niemand scheint etwas zu wissen, gesehen oder gehört zu haben. Nicht mal die direkten Nachbarn der Opfer, was unmöglich ist, denn die Frauen müssen laut geschrien haben. Einige von ihnen haben auch vergeblich versucht, sich zu wehren, die Tatorte waren verwüstet.

All dies ohne irgendwelche Geräusche? Unmöglich.

Nachdem Giuseppe Tinelli zum zweiten Mal ins Gefängnis kommt wegen dem Mord an Maria Valente, ist sein Komplize, der Tunesier Sebai, dessen Name er der Polizei bis jetzt nicht verrät, noch auf freiem Fuß. Zwischenzeitlich liegen diverse forensische Ergebnisse vor, die von den Ermittlern analysiert werden. Der Täter hat am Tatort zahlreiche Spuren hinterlassen, die nicht Tinelli zugewiesen werden können. Entgegen der anfänglichen Theorie der Polizei, dass es sich um einen organisierten Mörder handelt, weisen die gesammelten Indizien auf das Gegenteil hin. Im Haus von Giuseppina Corbetta findet man einen Hut, der ihr nicht gehörte. Bei Anna Maria Stella einen Zigarettenstummel, und neben den Leichen von Maria Totaro und Santa Leone sogar menschliche Exkremente. In den Mordfällen Rosa Lucia Lapiscopia und Maria Valente wissen die Ermittler mit Sicherheit, dass sich der Täter vor der Flucht im Bad die Hände gewaschen hat.

Alle Beweise werden einer gründlichen DNA-Analyse unterzogen, um festzustellen, ob sie der gleichen Person zugeordnet werden können oder nicht.

Für die Ermittler ist die Vorgehensweise des Mörders widersprüchlich. Einerseits hinterlässt er ein Chaos in den Häusern, was auf eine gründliche Suche nach Diebesgut schießen lässt, andererseits besitzt er die Kühnheit, nach seiner fürchterlichen Tat nicht sofort zu fliehen, sondern am Tatort zu verweilen, sich in aller Ruhe die Hände zu waschen, eine Zigarette zu rauchen und sogar neben den Leichen den Darm zu leeren.

Nach der Ermordung von Angela Sansone nimmt er sich sogar die Zeit, seine Kleider zu wechseln, etwas, das ihm bei der Tötung seines letzten Opfers im September 1997 zum Verhängnis wird.

Lucia Nico stammt aus Gioia del Colle (Bari) und ist seit sechzehn Jahren verwitwet. Sie wohnt alleine, hat keine Kinder und lebt von einer kleinen Taglöhner-Pension. Der Täter wird von Lucia in ihrem Schlafzimmer auf frischer Tat ertappt, als er dort nach Diebesgut sucht.

Der Mann tötet die Frau mit zahlreichen Messerstichen. Nachdem er, wie üblich, das gesamte Haus auf den Kopf gestellt hat, zieht er sich die dreckigen Hosen aus, holt aus einer mitgebrachten Tasche neue Kleider heraus und zieht sich um. Dies kostet Zeit, und als er sich entschließt, das Haus zu verlassen, wird er im Schlafzimmer von einem Mädchen in flagranti erwischt. Dieses besucht Lucia oft und hilft ihr ab und zu beim Einkaufen. Das Mädchen sieht dem Mörder direkt ins Gesicht und gibt sofort Alarm. Dank dieser Zeugin gelingt es der Polizei endlich, den Täter zu fassen. Die mühsame und monatelange Suche nach dem Serienmörder findet am gleichen Tag ein Ende.

Sebai und die Justizirrtümer:

Bei dem Omi-Killer handelte es sich um Ben Mohamed Ezzedine Sebai, den bereits als Straftäter mehrfach registrierten 32-jährigen Tunesier, gegen den Anzeigen wegen öffentlicher Beleidigung, Raub und tätliche Angriffe vorliegen. Wegen seiner Straftaten wurde er insgesamt neun Mal aus dem Land ausgewiesen und zurück nach Tunesien geschickt. Aber mit seiner Taktik, immer wieder andere Personalien anzugeben, die durch das Fehlen der amtlichen Ausweise von den Behörden nicht überprüft werden können, kommt er stets davon – bis September 1997. Seine Fingerabdrücke sind gespeichert, wenn auch unter verschiedenen Personalangaben.

Die Beweise gegen ihn sind erdrückend.

Als die Polizisten ihn in der Nähe des Bahnhofs von Palagianello in Begleitung von zwei anderen Personen festnehmen, hat er noch die blutverschmierten Hosen in seiner Tasche. In seiner Wohnung, im historischen Zentrum von Cerignola (Foggia), findet man schließlich auch eine Mordwaffe. Ein Messer mit einer zehn Zentimeter langen Klinge, auf der noch das Blut seines letzten Opfers klebt. In seiner Wohnung hängen überall Zeitungsausschnitte von seinen Verbrechen – über ihn, der von der Presse als »Der Omi-Killer« (Übersetzung: Il killer delle vecchiette) betitelt wird. Auch zahlreiche Gegenstände aus den Häusern seiner Opfer finden die Beamten dort, die von Familienangehörigen identifiziert werden.

Wer genau steckt hinter dem Omi-Killer?

Ben Mohamed Ezzedine Sebai wird am 15. Oktober 1964 in Qayrawan, 150 Kilometer südwestlich von Tunis, geboren. Die Stadt wird auch Kairouan oder Kairuan genannt und hat etwa 120‘000 Einwohner. Bis zum elften Jahrhundert war Qayrawan ein wichtiges Zentrum islamischer Gelehrsamkeit. Mit seinen über dreihundert Moscheen, den orientalischen Märkten und anderen Sakralbauten steht die Stadt auf der UNESCO-Liste des Weltkulturerbes. Doch Sebai gefällt es dort überhaupt nicht. Alles ist verboten. Er muss strenge Regeln befolgen, und in der Schule geht es ihm schlecht, obwohl er als Erwachsener meint, dass die Lehrer ihn mit den schulischen Leistungen betrogen hätten. Sebai ist der zweitälteste von neun Geschwistern. Er hat vier Brüder und vier Schwester.

Im Juli 1988 reist er nach Italien und findet in Cerignola (Apulien) als Taglöhner schnell einen Job. Im Mai 1990 zieht er nach Merano, wo er sich als Tellerwäscher knapp über Wasser hält. Im Dezember wird er erstmals wegen sexueller Belästigung eines Mädchens verhaftet. Bereits in Tunesien war er wegen eines solchen Vergehens belangt worden und saß deswegen einige Monate im Gefängnis. Sebai erzählt, dass er seine erste sexuelle Erfahrung mit achtzehn Jahren gemacht habe. Es war eine Tunesierin, die aus einem anderen Dorf geflüchtet war. Da er sie mehrmals vergewaltigte, endete die Beziehung für ihn mit dem Gefängnis. Obwohl er nach seiner Freilassung auch weitere Frauen vergewaltigte, wurde er nicht gefasst oder angezeigt. Bei seiner zweiten Erfahrung ist er scheinbar betrunken. Er hält der Frau ein Messer an den Hals und zwingt sie zu sexuellen Handlungen mit ihm. Glücklicherweise gelingt der jungen Frau die Flucht. Auch in diesem Fall kommt er ohne Anzeige davon. Anschließend begnügt er sich mit regelmäßigen Bordellbesuchen.

Ob in Tunesien oder in Italien, Sebai gelingt es irgendwie immer, für seinen Straftaten keine langen Haftstrafen absitzen zu müssen. In Italien erhält er Bewährungsstrafen und wird ausgewiesen. Dies ist ihm egal. Oft wirft er die Verfügungen in den Abfall und zieht in der gleichen Region immer wieder in andere Orte um, bis er sich in Cerignola niederlässt, um auf den Feldern als Taglöhner zu arbeiten.

Im Januar 1993 wird er von der Polizei aus Bari wegen Raubes verhaftet. Sebai wendet auch jetzt seinen Trick mit den falschen Personalien an. Eigentlich müsste er fast zwei Jahre für diese Straftat ins Gefängnis, aber die Behörden spielen auch ihrerseits dasselbe Spiel, das Sebai schon kennt. Er erhält Bewährung und wird ausgewiesen. Im April

1993 wird er dann in Pescara festgenommen, aber da er auch jetzt einen falschen Namen angibt, der in den Polizeiakten nicht registriert ist, kommt er frei.

Bewährung. Ausweisung. Umzug in einen anderen Ort. Schwarzarbeit.

Niemand sucht nach ihm.

Es vergehen vier Jahre, bis man ihn endlich erwischt. Diesmal wird er des mehrfachen Mordes angeklagt – in insgesamt fünfzehn Fällen. Damit landet er auf den zweiten Platz der Serienkiller in der italienischen Kriminalgeschichte.

Aus seiner Sicht beschreibt er seine letzte Tat, die Ermordung von Lucia Nico, so, als wäre er sich seines Handelns nicht klar bewusst gewesen. Er behauptet, dass er betrunken gewesen sei. An diesem Sommertag war es heiß, und in seinem Kopf herrschte Chaos. Er habe Stimmen gehört, die auf Arabisch mit ihm sprachen, aber er habe nicht verstanden, was sie sagten. Das Opfer hat er schon lange observiert. Er kennt all ihre Gewohnheiten. Weiß, dass sie die Tür nie abschließt. Deshalb ist es für ihn ein leichtes Spiel, sich Zutritt in ihr Haus zu verschaffen.

Als er in ihrem Zimmer beim Durchwühlen der Sachen Lärm macht, betritt die ältere Frau auf einmal den Raum. Sebai ist es egal oder er merkt gar nicht, wie viel Lärm er verursacht, da die Stimmen in seinem Kopf scheinbar lauter sind.

Lucia erkennt ihn, weil sie ihm eine Woche zuvor nach der Sonntagsmesse ein wenig Geld gab. Sebai hatte vor dem Eingang der Kirche gebettelt, und Lucia, die selbst nur wenig zum Leben besaß, gab ihm sogar die letzten Münzen aus ihrem Geldbeutel.

Die ältere Frau hat große Angst und schreit. Genau das hätte sie nicht tun sollen, behauptet Sebai. Die Schreie der Frau lösen in ihm einen Zorn aus, den er noch nie erlebt hat. Er legt ihr die Hand auf den Mund, zieht sie ins Zentrum des Schlafzimmers, schlägt auf sie ein, bis er ihr zwei Zähne ausgeschlagen hat. Dann zückt er wutentbrannt sein Klappmesser hervor, zielt auf den Hals und sticht so lange auf sie ein, bis sie sich nicht mehr bewegt.

Das viele Blut stört ihn. Er wäscht sich die Hände und zieht sich neue Boxerhosen an, die er in seiner Tasche mitgenommen hatte. Dann durchsucht er weiter die Schubladen und Schränke.

Auf einmal steht ein achtjähriges Mädchen namens Rosa im Schlafzimmer. Vor Panik gelähmt, starrt sie ihn an. Damit hat er nicht gerechnet. Er befiehlt ihr, sofort zu verschwinden.

Rosa, die für das Opfer ab und zu ein paar Erledigungen macht, rennt zu ihrer Tante und erzählt ihr, dass in Lucias Haus ein Einbrecher ist. Diese alarmiert sofort die Polizei.

Sebai erzählt, dass er nach dem Auftauchen des Mädchens seine Tasche gepackt habe und seelenruhig in Richtung Bahnhof marschiert sei, wo er von der Polizei gefasst wird.

Anfangs streitet er alle Anschuldigungen ab. Da die Ermittler auch Diebesgut von den anderen ermordeten Frauen finden, wird er tagelang verhört. Trotz der erdrückenden Beweise leugnet Sebai weiter. Im Gefängnis versucht er vergeblich, sich das Leben zu nehmen.

Die Polizei kann ihm insgesamt vier Morde nachweisen. Für diese wird er viermal lebenslänglich verurteilt.

Aber der Knall im Fall des Omi-Killers erfolgt erst Jahre später, am 10. Februar 2006. Niemand glaubt bis zu diesem Zeitpunkt, dass Sebai mehr als vier der älteren Frauen getötet haben könnte. An diesem Februartag verlangt Sebai, den Staatsanwalt Alberto Nobili in Mailand zu sehen. Er lässt ihm ausrichten, dass er ein vollumfängliches Geständnis ablegen will, weil er insgesamt fünfzehn Frauen ermordet habe, nicht nur die vier, für die er bereits angeklagt worden sei. Er habe sich zu diesem Geständnis erst jetzt entschlossen, weil sich vor einigen Tagen ein unschuldiger Mann im Gefängnis aufgehängt habe. Ein Mann, der lebenslänglich für eine Tat einsaß, die er nicht begangen haben kann, weil Sebai der Schuldige sei.

Sebai erklärt dem Staatsanwalt, dass er die Frauen immer im alkoholisierten Zustand ermordet habe. Er sei ein Trinker gewesen. Die Sucht habe ihm den Verstand geraubt. Eigentlich wollte er sie nur ausrauben, so wie er es bereits als Junge in Tunesien immer getan hatte. Dort habe er schließlich auch nie eines seiner Einbruchsopfer getötet.

Zwischen 1993 und 1997 habe er insgesamt 1'200 Einbrüche begangen, manchmal vier bis fünf Mal am Tag. Wenn die Frauen zu schreien begannen, tötete er sie. Er habe jedoch immer alleine gehandelt.

Staatsanwalt Nobili notiert die Opferzahl aus Sebais Geständnis wie folgt:

12.01.1994: Assunta Aprile, 70
07.07.1995: Petronilla Vernetti, 83
13.08.1995: Celeste Commessatti, 83
24.04.1996: Celeste Madonna, 81
30.05.1996: Giuseppina Corbetta, 72
10.08.1996: Anna Stano, 85
15.01.1997: Maria Totaro, 76
05.04.1997: Grazia Montemurro, 76
01.05.1997: Anna Maria Stella, 69
09.05.1997: Santa Leone, 82
14.05.1997: Pasqua Rosa Ludovico, 86
28.07.1997: Maria Valente, 84
28.07.1997: Rosa Lucia Lapiscopia, 90
27.08.1997: Angela Sansone, 84
15.09.1997: Lucia Nico, 75

Nach diesem schockierenden Geständnis stellen sich alle die gleichen Fragen. Warum um Gottes willen hat er all diese älteren und hilflosen Frauen umgebracht? Wurden tatsächlich unschuldige Männer verhaftet?

Sebai und die anderen inhaftierten Männer, die für die Morde bereits vor ihm angeklagt wurden, sitzen im gleichen Gefängnis. Sie kennen sich. Tinelli und Sebai sind sogar ein paar Mal gemeinsam auf Raubzügen gewesen. Aber was ist mit Vincenzo Donvito, der für den Mord an Celeste Commesatti lebenslänglich bekam und sich, kurz bevor Sebai weitere Morde gesteht, im Gefängnis umbrachte? Beging er wirklich Selbstmord, weil er unschuldig war?

Staatsanwälte, Verteidiger und das Gericht nehmen sich dieser Frage über Jahre hin an. Zahlreiche Revisionsverfahren werden eröffnet, doch die Anklagen werden nicht aufgehoben, denn die meisten der Inhaftierten haben auch andere Straftaten beganen. Auch der Selbstmord von Donvito wird mangels Beweisen archiviert. Tinelli verbüßt lebenslang und kommt trotz Berufung nicht frei. Er und Sebai kannten sich schon vor ihrer Inhaftierung und machten gemeinsame Sache, auch mit Tinellis Schwester, die nach zehn Jahren Haft aus dem Gefängnis entlassen wird.

Der damals minderjährige Tinelli stand Wache, während Sebai das Haus eines Opfers ausraubte und die Frau brutal ermordete. Somit wurde Giuseppe Tinelli die Schuld als Mittäter anerkannt, was gleich schwer wiegt, wie die Ausführung der Tat selbst.

Die zweite Anklage gegen ihn wird bestätigt.

Im gesamten Omi-Killer-Fall gab es zahlreiche Ermittlungsfehler, und im konkreten Fall von Donvito wahrscheinlich auch einen schwerwiegenden Justizirrtum, der jedoch durch den Suizid des Mannes schnell archiviert wurde.

Sebais Geständnis, die Ablehnung der Berufung von Tinelli sowie Donvitos Selbstmord teilten das Land in verschiedene Meinungslager. Einige, insbesondere die Verteidiger der anderen Angeklagten, vertraten die Ansicht, es hätte sich um einen gravierenden Justizirrtum gehandelt. Man hätte die Insassen mit einer hohen Entschädigungssumme freilassen sollen, was jedoch nicht geschah.

Sebai wurde bei der Rekonstruktion der vier Mordfälle, für die er bereits vor seinem Geständnis angeklagt wurde, von den Gerichten als glaubwürdig anerkannt. Bei den anderen Morden, für die andere Männer angeklagt und verurteilt wurden, jedoch nicht. Die Verteidiger behaupten, dass dies ein gravierender Irrtum ist, da Sebai bei diesen Fällen konkrete Angaben und Details preisgab, die nur der wahre Mörder kennen konnte. Die Staatsanwälte antworten auf diese Anschuldigungen klar und deutlich. Die Angeklagten waren in einem fairen Prozess mit Beweisen von einem Gericht rechtskräftig verurteilt, die Geständnisse in keiner Weise erzwungen worden. Die psychiatrischen Gutachten belegen, dass Sebai während seiner Taten zurechnungsfähig gewesen sei. Trotz Alkoholabhängigkeit sei er nicht psychisch krank gewesen.

Somit wurde Sebai 2011 für die Morde an Assunta Aprile, Giuseppina Garbette und Anna Maria Stella angeklagt und schuldig gesprochen. Alles Fälle, für die bisher niemand zur Verantwortung gezogen worden war.

Während die Verteidiger weitere Berufungsverfahren einleiteten, kamen einige der Angeklagten wieder frei, da sie ihre Strafen bereits abgesessen hatten, bevor es überhaupt zur Neuverhandlung kam.

Zudem geschah ein weiterer Knall. Am 14. Dezember 2012 erhängte sich Sebai in seiner Zelle mit einem Betttuch. Offiziell war er zu fünf Mal lebenslänglich verurteilt worden, für die anderen vierzehn Morde, die er gestanden hatte, konnte er durch seinen Selbstmord nicht mehr verurteilt werden. Die Akten wurden archiviert und die Gerichtsverfahren abgeschlossen.

Eine andere Antwort auf die Frage bezüglich Sebais Motiv glauben die Kriminologen in seiner Vergangenheit zu finden. Aus den verschiedenen psychologischen Gutachten geht hervor, dass Sebai bereits als achtjähriger Bub mit dem Trinken begann. Er erzählt den Experten, dass ein Onkel ihm erstmals als Kind Alkohol mit einem Colagetränk gemischt und er daran Gefallen gefunden hatte. Immer wenn er zu viel trank, hörte er Stimmen, die ihm befahlen, mit einsamen Frauen etwas Zeit zu verbringen und sie um etwas Essbares zu bitten. Den älteren Damen war schnell klar, dass er stärker war als sie. Mit Steinen oder mit einem Messer brach er in die Häuser ein. Wenn die Frauen ihn gut behandelten, ließ er sie in Ruhe, wenn sie sich aber wehrten, schlug er auf sie ein.

Die psychiatrischen Gutachter bohren bei Sebai viel tiefer. Sie suchen nach einem Auslöser, der den Mann dazu gebracht haben muss, so brutal, aggressiv und ohne Reue auf diese alten Frauen einzuschlagen, bis sie starben. Also fragen sich die Experten, wer den jungen Sebai derart brutal geschlagen haben könnte, um tief in ihm drin ein Ungerechtigkeitsgefühl oder eine derart grausame Rachelust zu hinterlassen. Sebai berichtet ihnen, dass er als Kind bösartig war und schlimme Dinge gemacht habe, auch mit Tieren. Er war ein Einzelgänger und im Dorf verhasst, da er immer irgendetwas anstellte. Er bewarf die Häuser der Dorfbewohner mit Steinen, quälte die Tiere der Bauern, rauchte und trank. Von seinem Vater wurde er täglich verprügelt, aber damit nicht genug. Auch seine Mutter schlug ihn. Eine weitere Bestrafungsmethode war das Streuen von Tabak in seine Augen. Aber es war nicht nur seine Mutter, die ihn maßregelte. Auch die anderen Frauen des Dorfes unterstützen sie dabei. Manchmal bestraften sie ihn, indem sie ihm Pfefferschoten in den Anus steckten. Sebais Großmutter und andere Frauen aus dem Dorf unterstützen seine eigene Mutter also tatkräftig. Alle trugen schwarze Kleider.

Mit elf Jahren jedoch begann er, sich gegen seine Mutter zu wehren. Er schlug auf sie ein, und je älter er wurde, desto stärker verprügelte er sie. Alle fürchteten sich vor ihm, auch seine Brüder.

In seinen Erklärungen lassen sich Rückschlüsse auf sein Verhaltensmuster gegenüber den älteren Damen ziehen. Schwarz gekleidete Frauen, ältere Frauen, so wie all seine Opfer – so wie die Frauen seiner Kindheit.

Sebais Verteidiger versuchte, mit den psychiatrischen Gutachten vor Gericht die verminderte Zurechnungsfähigkeit seines Mandanten zu beweisen, um die Schuldfähigkeit während seiner Taten zu reduzieren. Wäre dies vor Gericht anerkannt worden, so wäre ihm die lebenslange Haftstrafe in einer winzigen Gefängniszelle erspart geblieben. Stattdessen wäre er in eine psychiatrische Haftanstalt eingewiesen und therapeutisch betreut worden. Die

Verteidigungsstrategie seines Anwalts schlug jedoch fehl, und Sebai gelang es im Jahr 2012, nach einigen vorhergehenden misslungenen Versuchen, in seiner Zelle Selbstmord zu begehen.

Aspekte des Falls:

Sebais Fall wird in der Kriminologie in eine spezielle Unterkategorie eingeteilt: Gerontophilie (aus dem griechischen géron = Greis). Die Oberkategorie wäre die Chronophilie (aus dem griechischen chrónos = Zeit, philos = Freund). Die Chronophilie ist ein Sammelbegriff für verschiedene, teilweise streng verbotene, teilweise jedoch weitgehend tolerierte sexuelle Präferenzen und Paraphilien, wobei sich die Unterteilungen nicht in jedem Fall klar voneinander abgrenzen lassen.

Der Begriff Gerontophilie wird für das ständige oder überwiegende Interesse an älteren Menschen oder die sexuelle Fixierung einer jüngeren Person auf ältere verwendet. Charakteristisch ist stets der große Altersunterschied zwischen den Partnern, weil sonst jede Sexualität zwischen älteren Menschen gerontophil wäre. Das Gegenteil dieser Neigung, die Vorliebe für jüngere Personen, fallen hingegen je nach Ausprägung unter Neotrophilie (sexuelle Neigung für wesentlich jüngere Liebespartner), Ephebophilie (homosexuelle Neigung zu pubertären Jungen) und Pädophilie (primäre sexuelle Neigung zu Kindern, die noch nicht die Pubertät erreicht haben).

Das Opferprofil von Gerontophilie-Delikten kann gemäß Handbuch für die Klassifikation von Verbrechen des FBI (von J.E. Douglas) wie folgt definiert werden:

> Bei den Opfern handelt es sich immer um ältere Frauen zwischen 70 und 80 Jahren. Sie sind schwächer als Männer und haben in der Regel eine höhere Lebenserwartung.
> Die Wohnungen oder Häuser dieser Opferkategorie sind selten mit Alarmsystemen ausgerüstet.
> Meistens sind die Frauen verwitwet und/oder leben alleine.
> Ihre Physis ist schwach. Sie verfügen über wenig Kraft und können sich bei Übergriffen schlecht wehren oder gar flüchten.
> In dieser Kategorie werden die Opfer oft erwürgt, mit einem stumpfen Gegenstand erschlagen oder mit einer Waffe (Handwaffe) getötet. Der Einsatz einer Feuerwaffe kommt seltener vor.

Bezüglich des Täterprofils kann Folgendes festgehalten werden:

Den Statistiken nach leben die Täter in 60 Prozent dieser Fälle weniger als sechs Häuserblock vom Haus des oder der Opfer entfernt. Falls der Täter unter 18 Jahre alt ist, wohnt die Hälfte von ihnen sogar im gleichen Häuserblock, sodass sie sich nach dem Übergriff zu Fuß vom Tatort entfernen.
Unabhängig von Alter und ethnischer Herkunft der Täter sind diese meist bereits vorbestraft, insbesondere wegen Diebstahls.
Sie verfügen in der Regel über eine schlechte Bildung und gehen keiner regelmäßigen Arbeit nach.
Meistens sind die Täter ledig und wirtschaftlich abhängig.
Sie sind oft alkohol- und/oder drogenabhängig.
Werden die Täter dieser Kategorie gefasst, so ist die Hälfte von ihnen sofort geständig, während etwa 20 Prozent nur partielle Geständnisse ablegen, weil ihnen bewusst ist, dass sie sich schwache Menschen als Opfer ausgesucht haben und ihre eigene Feigheit oder Schwäche offen gestehen müssten.
Selten gibt es mehr als einen Tatort. Die erste Annäherung des Täters an sein Opfer, der Angriff, die Tötung sowie die Handlungen nach dem Tod des Opfers finden allesamt am gleichen Ort statt. Die meisten Täter verschaffen sich Eintritt durch Türen, Fenstern oder bedienen sich Tricks und Lügen, die ihnen Einlass verschaffen.
Solche Übergriffe finden statistisch innerhalb eines bestimmten Zeitfensters statt: zwischen acht Uhr abends und vier Uhr morgens.
Die von den Tätern benutzten Gegenstände, um die Opfer zu erwürgen, zu erschlagen oder zu erstechen, gehören oft den Opfern selbst.
Die Schwere der Verletzungen kann wichtige Hinweise auf das Täterprofil geben. Je schwerer und zahlreicher die Verletzungen, desto jünger ist der Täter und desto näher wohnt er bei seinem Opfer.
Oft hinterlassen diese Täter am Tatort Spuren: Sperma, Speichel, Haare oder Fasern.
Selten nehmen sie irgendwelche Dinge als Erinnerung oder Trophäe mit. Sie bevorzugen es stattdessen, Wertsachen zu entwenden.

Erstaunlich an diesen Gerontophilie-Delikten ist jedoch die Brutalität, mit der die Opfer angegriffen und umgebracht werden, was bezüglich des Motivs einige Fragen aufwirft. Besonders interessant ist die These von Prof. Hadrian Ball, der diesbezüglich zwei Hintergründe zu erkennen glaubt. Einerseits die sexuelle Motivation des Täters, der unter der psychischen Störung einer Paraphilie leidet, andererseits glaubt der Professor, dass die Vergewaltigung durch Zorn geleitet wird. In diesem Fall wird die Frau nicht aus sexuellen Gründen ausgewählt, sondern vertretend für ihre Rolle als schwaches Opfer. Der Täter ist den älteren Frauen überlegen. Er kann sie kontrollieren, verletzen und demütigen, so wie er es möchte. Das Opfer symbolisiert für ihn eine Autoritätsfigur, in der Regel eine herrische, dominante Mutter, die die Kindheit des Täters stark beeinflusst hat.

Über die Antriebe und Motive solcher Täter gibt es natürlich noch unendlich viele andere Theorien, die zu weit führen würden, wenn man sie alle detailliert ausführte. Deshalb begrenzen wir uns auf die, die für den Fall des Omi-Killers von den Experten als denkbar angenommen wurden.

»Die schöne Claire«

Diese Geschichte spielt in den 60er Jahren des 20. Jahrhunderts, in einem Jahrzehnt des weltweiten Umbruchs. Der Kalte Krieg, die erste Mondlandung, Hippies und die Beatles – all das und mehr bestimmte diese Zeit des Wandels. Die politischen und historischen Rahmenbedingungen waren fast so facettenreich und vielseitig wie die Mode.

Wir schreiben das Jahr 1964, als die schöne Claire ins Scheinwerferlicht aller italienischen Paparazzi gerät.

Chobrial Claire Philips wird am 30. Juni 1933 in Kairo geboren. Claire ist eine sehr schöne Frau, schön im alten Stil wie Sophia Loren. Ihre exotische Ausstrahlung lässt zahlreiche Männerherzen höherschlagen. Grüne Augen, ein bezauberndes Lächeln und immer elegant gekleidet.

Obwohl ihr richtiger Name Chobrial (Gabrielle) lautet, zieht sie es vor, sich Claire zu nennen. Ihr Mann Youssef Bebawi ist ebenfalls Ägypter und am 14. April 1926 in Salamout geboren. 1946 heiratete er Claire in Kairo, als sie gerade erst dreizehn Jahre alt ist.

Das Ehepaar hat drei Kinder: Mourad, Nadine und Sheff. Wegen den politischen Unruhen in Ägypten fliehen die Bebawis ins Exil. Die Krise in dieser Region bewegt einige vermögende Familien dazu, im Ausland um Asyl zu bitten und ihr milliardenschweres Kapital in einem anderen Land in Sicherheit zu bringen.

Nach dem Staatsstreich von 1952, dem Sturz von König Faruk I. durch die Freien Offiziere, zieht die Familie Bebawi nach Lausanne in die französische Schweiz. Das Land mit dem unerschütterlichen Bankgeheimnis gilt als politisch stabil und liegt zentral in Europa.

Claire erlebt das Exil im Gegensatz zu ihrem Mann als ein Trauma. Die Flucht aus ihrer Heimat sowie die Anpassung an die Kultur der reichen Europäer fällt ihr schwer, was zu Beziehungsproblemen des Ehepaars führt. Claire strahlt mit ihrem exotischen Aussehen und ihren auffallend smaragdgrünen Augen etwas Geheimnisvolles aus. Sie liebt den Luxus und die Eleganz. Ihre Freizeit verbringt sie in teure Läden der Haute Couture und in Schönheitssalons. Sie kennt die Kunst der Verführung und spielt mit ihrem Charme.

Die Welt der Reichen besteht aus Feierlichkeiten, Anlässen, Exzessen sowie den Blitzlichtern der Paparazzi. Durch ihren

Reichtum finden die Bebawis schnell Anschluss zur High Society. Zu Beginn der 60er Jahre trifft sich der europäische Jetset in St. Moritz, Capri, Antibes und Cortino. Doch seit Federico Fellini 1960 mit seinem Film »La Dolce Vita – Das süße Leben« proklamiert, entwickelt sich auch Rom zu einem beliebten Ziel. Fellini ahnt damals kaum, dass er durch seinen erfolgreichen Film eine neue Ära kreieren wird, nicht nur in Bezug auf Mode oder Film.

Rom ist in dieser Zeit Treffpunkt für internationale Stars, Politiker, Adel und Millionäre wie die Bebawis.

Yussuf ist ein erfolgreicher Unternehmer und besitzt einige gut laufende Geschäfte. Er handelt hauptsächlich mit Baumwolle. Alles läuft wie am Schnürchen, wären da nicht seine Eheprobleme mit Claire, denn die Schönheit mit den grünen Augen hat neuerdings einen Liebhaber, und der ist jünger und attraktiver als Yussuf. Zudem ist er kein Unbekannter und ein erfolgreicher Geschäftsmann wie Claires Ehemann. Sein Name lautet Faruk Mohamed El Chourbagi.

Der Siebenundzwanzigjährige lernt Claire anlässlich einer Modeschau in Lausanne kennen. Ihre Schönheit fällt ihm sofort auf. Doch Claire lässt sich nicht gleich beim ersten Treffen von Männern verführen. Sie ist klug und berechnend. Wartet ab, hält ihn fest an der Angel wie einen Fisch, bis sie sich entschieden hat, ob sie ihn an Land holt oder wieder ins Wasser entlässt.

Und sie entscheidet sich. Claire nimmt Faruks Einladungen an, will sich jedoch ganz sicher sein, dass er fest in ihrem Fischernetz gefangen ist, bevor sie zu seiner Liebhaberin wird. Er muss ihr versprechen, dass er sie heiraten wird, wenn sie die Ehe mit ihrem Mann auflöst.

Zwischen den beiden entsteht eine fatale Beziehung. Während Claires Mann ständig geschäftlich unterwegs ist, vergnügt sich Claire mit ihrem Liebhaber. Gemeinsam bereisen sie die Hauptstädte und verstecken sich auch nicht. Claire stellt Faruk sogar ihrem Mann vor, und dieser begreift schnell, dass seine Frau ihn betrügt. Um seine Familienehre nicht zu gefährden, und wegen seiner Kinder duldet er anfangs die Situation, obwohl tief in ihm der Samen des Zorns wächst. Aber Yussuf benimmt sich zunächst, als würde es ihm nichts ausmachen, schließlich ist er auf seinen Geschäftsreisen auch kein Heiliger. Doch nach kurzer Zeit verschärft sich die Situation innerhalb dieser Dreierbeziehung.

Weshalb Yussuf erst so spät auf die Affäre seiner Frau ärgerlich und impulsiv reagiert, ist bis heute ein Rätsel. Es wird vermutet, dass es ihm vor allem um seine Ehre ging und nicht unbedingt Eifersucht eine Rolle spielte, denn er stellt sich den beiden nicht in den Weg.

Anfang 1963 schreibt er Faruk einen Brief, in dem er den Rivalen als einen dreckigen, degenerierten Jüngling bezeichnet und ihm versichert, dass seine Frau nicht mehr lange in seinem eigenen Haus weilt, weil er sie ausstoßen wird für das, was sie getan hat. An Claire richtet Yussuf ebenfalls klare Worte. Sie kann gehen und ihren *Knaben*, Faruk, heiraten, wenn sie das möchte. Er unterzeichnet die Scheidungspapiere und reist anschließend nach Khartum im Sudan, wo er vom Christen zum Moslem konvertiert.

Claire und Faruk könnten jetzt heiraten, aber es gibt Komplikationen, etwas, womit Claire überhaupt nicht klarkommt, weil das Hindernis nicht mehr ihr Ehemann ist, sondern Faruks Familie. Dessen Eltern wollen nicht, dass ihr Sohn eine geschiedene, ältere und ausgestoßene Frau heiratet. Sollte er sich für Claire entscheiden, so würden sie ihn enterben und ausstoßen.

Faruk gibt dem Druck seiner Familie nach. Um sich langsam von Claire zu distanzieren, wechselt er seinen Wohnort und zieht von Lausanne nach Rom, ohne ihr jedoch seine wahren Beweggründe zu verraten. Mit diesem Schritt hofft er insgeheim, dass die Beziehung sich ausläuft und aufgrund der Distanz endet. Den Mut, ihr die Wahrheit zu sagen, hat er nicht. Deshalb belügt er sie. Behauptet, dass er aus geschäftlichen Gründen umziehen muss und dass sie sich künftig in beiden Städten treffen können, was auch geschieht. Und auch Faruks Gefühle für Claire werden immer weniger, er stürzt sich in neue Abenteuer mit anderen Frauen.

Während sich Faruk anderweitig amüsiert, kämpft Claire in der Schweiz um das Sorgerecht für ihre Kinder, da das Gericht in Lausanne dieses dem Vater zugesprochen hat. Sie fechtet das Urteil an und bleibt deshalb weiterhin in Lausanne, wo sie noch immer mit ihren Kindern das Haus ihres Ex-Mannes bewohnt. Die Ehepläne mit Faruk lösen sich bald in Rauch auf.

Doch wer genau steckt hinter Claires Liebhaber, und weshalb will sie genau diesen Fisch nicht mehr aus ihrem Netz lassen? Ist er ein ebenbürtiger Ersatz für ihren Mann, der ihr jahrelang ein Leben in Luxus schenkte?

Ja. Faruk ist sogar noch besser, weil er jünger, attraktiver und im Jetset ein begehrter Mann ist. Er ist ebenfalls ein erfolgreicher Geschäftsmann, sogar mehr als das. Faruk ist der Sohn eines ägyptischen Ministers des ehemaligen Königreichs im Exil und seine Familie milliardenschwer. Der beliebte Junggeselle ist bekannt dafür, die Dolce Vita in Rom in vollen Zügen zu genießen.

Bevor Faruk nach Italien geht, verlässt der gebürtige Ägypter sein Land aus dem gleichen Grund wie das Ehepaar Bebawi und zieht zunächst mit seiner Familie in den Libanon, wo er die libanesische Staatsangehörigkeit annimmt. Von dort reist er mit neuem Pass nach England, um in Oxford zu studieren. Er spricht Arabisch, Italienisch, Englisch und Französisch. Mit den Milliarden seiner Familie im Rücken, seinem ausgezeichneten Lebenslauf und dem guten Geschäftssinn fällt es Faruk leicht, sich auch in Italien hervorragende Beziehungen aufzubauen, privat wie geschäftlich.

Ahmed al Ayawa, ein vermögender Erdöl-Scheich und guter Freund der Familie, führt ihn in die Welt der reichen Italiener ein. Er stellt ihm die ebenfalls wohlhabende und adelige Patrizia de Blanck vor, Tochter einer venezianischen Marquise, die mit dem italienischen Botschafter in Kuba verheiratet ist, Graf Guillermo de Blanck y Menocal. Dieser anerkennt Patrizia als eigene Tochter an.

Patrizia heiratet erstmals noch sehr jung 1960. Ihr Mann ist ein englischer Baron, Anthony Leigh Milner. Doch die Ehe hält nur wenige Monate, weil Patrizia ihren Gatten in flagranti erwischt, nicht mit einer anderen Frau, sondern mit seinem besten Freund.

Patrizias Familie organisiert viele Empfänge und Anlässe mit wohlhabenden Arabern unter den Gästen. So auch der berühmte Mohammed al-Fayed, der Vater von »Dodi«, der zusammen mit Lady Diana, Prinzessin von Wales, am 31.08.1997 bei einem Autounfall in Paris stirbt.

Der Scheich stellt die Verbindung zu der attraktiven Patrizia her, damit Faruk einige interessante geschäftliche Beziehungen in Italien knüpfen kann. Dabei geht es um beträchtliche Investitionen, die Faruk tätigen will. Er beabsichtigt, Villen in Rom zu bauen.

In dieser Zeit lebt Patrizia abwechslungsweise einige Monate in Kuba und in Italien. Zwischen ihr und Faruk besteht anfangs nur eine enge Freundschaft, nicht mehr, weil Patrizia Faruks Nachtleben und seine Frauengeschichten kennt. Er wiederum hat großes Vertrauen zu ihr, erzählt ihr jedes Detail aus seinem Leben.

Faruk gibt nicht nur in seinem Job Vollgas, und Patrizia ist sich dessen bewusst. Er ist ein unerschütterlicher *Macher* und zugleich ein unverbesserlicher Playboy, ständig auf Achse. Nächtelang feiert er durch. Der Champagner fließt, und in seinem Bett landen regelmäßig neue, hübsche Mädchen, die er reichlich mit Diamanten und Pelzen beschenkt, so auch Claire Bebawi.

Faruk gelingt es, über Patrizia einige gute Geschäftsbeziehungen für seine Projekte in Italien zu knüpfen. Dies führt dazu, dass die beiden auch gemeinsam viel reisen. Mit der Zeit beginnt Faruk für Patrizia mehr als nur Freundschaft zu empfinden, was ihn selbst überrascht. Sie ist nicht nur attraktiv, sondern fällt ihm nicht zu Füßen wie viele andere seiner Gespielinnen zuvor. Es ist die erste Frau, die ihn nicht anbetet, sondern Distanz hält, um die tiefe Freundschaft zwischen ihnen nicht zu gefährden.

Patrizia wird nicht seine Geliebte, und er traut sich nicht, diesbezüglich den ersten Schritt zu machen, weil er großen Respekt vor ihr und ihrer Freundschaft hat.

Das macht ihm zu schaffen. Faruk ist es gewohnt, bei Frauen ein leichtes Spiel zu haben. Er denkt oft über Patrizia und seine Gefühle zu ihr nach, zu oft, bis er sich schließlich eingestehen muss, dass er in sie verliebt ist. Weshalb sonst empfindet er plötzlich Eifersucht, wenn er sie nicht lieben würde?

Eines Abends begleitet er Patrizia nach Hause. Es kommt zu ihrem ersten Kuss, und er gesteht ihr seine Liebe. Anfangs ist Patrizia überrascht, doch sie findet ihn anziehend und attraktiv, aber da ist die Sache mit seinen Frauengeschichten, die ihre Gefühle bremsen.

Nach diesem ersten Kuss entschließt sich Patrizia, Faruk vor die Wahl zu stellen. Wenn zwischen ihnen eine ernsthafte Liebesbeziehung entstehen soll, dann muss Faruk seinen Lebensstil ändern und seine Affären für immer beenden.

Sie gibt ihm Zeit, weil ihr bewusst ist, dass sich ein Mensch nicht von heute auf morgen ändern kann.

Aber Faruk hat sein leichtfertiges Leben und all die anderen Frauen satt und ist sich seiner Gefühle sicher. Er will sie nicht verlieren und verspricht ihr, ein ruhiges Leben mit ihr zu führen und ihr treu zu sein.

Patrizia vertraut ihm. Sie ist überzeugt davon, dass er es ernst meint und sich für sie wirklich ändern wird.

Bis zu diesem Zeitpunkt weiß sie noch nichts von der schönen Claire, mit der Faruk noch immer eine schwierige und obsessive Affäre pflegt, denn von ihr hat er Patrizia nichts erzählt.

Nachdem er Patrizia einen Heiratsantrag gemacht hat, wird ihm bewusst, dass er die Sache mit Claire endgültig beenden muss. Er weist seine Geliebte ab, beantwortet ihre Anrufe nicht und löst so bei der Schönen mit den grünen Augen Wut und Hass aus.

Claire ist es ihrerseits nicht gewohnt, von einem Mann abgewiesen zu werden. Die Situation zwischen den beiden spitzt sich zu.

Es ist Montag, der 20. Januar 1964, zehn Uhr morgens – eine

ruhige Wohnung in der luxuriösen Gegend von via Veneto in Rom. Eine Frau betritt das Gebäude und öffnet mit einem Schlüssel das Büro. Sie geht zum Schreibtisch. In den aufgestapelten Akten und Papieren sucht sie nach etwas. Sie durchwühlt den Tisch. Nichts. Sie geht den langen Flur entlang bis zu einem anderen Zimmer. Durchquert den Raum und gelangt schließlich zum Büro ihres Vorgesetzten.

Sie sucht nach seiner Agenda und seinem persönlichen Telefonbuch.

Wo zum Teufel steckt er nur?

Weshalb beantwortet er seit Tagen die Anrufe seiner Freunde nicht?

Und was ist das auf dem Boden?

Als die Sekretärin, Karin Arbib, endlich begreift, was sie gerade sieht, schreit sie wie am Spieß. Panisch rennt sie aus dem Büro ihres Chefs. Er ist es, der dort regungslos in einer Blutlache liegt. Sein Gesicht ist derart verunstaltet, dass sie anfangs nicht erkennt, dass die Leiche auf dem Boden des Büros die ihres Vorgesetzten ist.

Faruk Chourbagi ist brutal ermordet und verstümmelt worden.

Als der Gerichtsmediziner eintrifft, stellt er etwas Erstaunliches fest. In der linken Kopfseite des Toten finden sich zahlreiche Einschusslöcher. Dasselbe Bild zeigt sich am Brustkorb der Leiche. Außergewöhnlich sind jedoch die Verbrennungen der linken Gesichtshälfte, die bis zum Hals des Opfers reichen. Der Gerichtsmediziner ist sich sicher, dass diese Art Verletzung eine Folge von Schwefelsäure ist. Aber wer schüttet seinem Opfer zuerst Säure ins Gesicht, um es bei lebendigem Leib zu quälen und zu verunstalten, und ermordet es schließlich mit einer Schusswaffe?

Die Ermittlungen der Polizei laufen auf Hochtouren. Ein großer Druck lastet auf den Kriminalisten, weil es sich bei dem Opfer um eine prominente Persönlichkeit aus der Welt der Reichen und Schönen handelt – ein gefundenes Fressen für die Medien.

Die Ermittler starten gleich mit den Befragungen und versuchen, Faruks letzte Schritte zu rekonstruieren. Nach Aussagen von Augenzeugen, die das Opfer am Samstag zuvor noch gesehen haben, verlässt Faruk um 17.30 Uhr seine Wohnung in Via Savastano 7. Die Zeit wird vom Portier des Palazzo bestätigt. Mit seinem grauen Mercedes fährt er anschließend zu seinem Büro und parkt den Wagen an der Kreuzung Via Lazio und Via Emilia. Was dann geschieht, ist nicht klar, bis Faruks Onkel, Mounir Chourbagi, den Polizisten den Namen Claire Bebawi als Hauptverdächtigte nennt.

Die Ermittler spüren die Wut des Verwandten, der Faruk schon seit Langem vor dieser gefährlichen Frau warnt. Mounir beschreibt Claire als Blutsaugerin, eine verfluchte Kakerlake. Sie sei eine Neurotikerin, die krankhaft, hysterisch und obsessiv in Faruk verliebt sei, aber nicht nur in ihn, sondern vor allem in das luxuriöse Leben, das sie mit ihm führen wollte.

Karin, die Sekretärin des Opfers bestätigt, die zahlreichen Anrufe von Claire. Sie erinnert sich an ein Telefonat, das wenige Tage vor Faruks Ermordung stattgefunden hat, in dem sich ihr Chef heftig mit ihr gestritten habe. Leider hat Karin den Inhalt des Gesprächs nicht mitbekommen, aber nachdem Faruk den Anruf beendet, weist er sie an, Claires Anrufe nicht mehr an ihn durchzustellen. Sie soll ihr ausrichten, dass er geschäftlich unterwegs sei und nicht erreichbar.

An das Telefongespräch vom 10. Januar erinnert sich Karin jedoch sehr gut, weil sie hört, wie Faruk Claire am Telefon anschreit. Er kann sie nicht heiraten, habe er mehr als einmal zu ihr gesagt.

Die Polizei nimmt das Ehepaar Bebawi genauer unter die Lupe und prüft akribisch alle Bewegungen der letzten Tage und ihre Alibis. Am Tag des Mordes sind die Eheleute von Lausanne nach Italien geflogen. Um 14.50 Uhr landeten sie in Fiumicino. Obwohl sie offiziell als getrennt gelten und noch nicht geschieden sind, leben sie wegen den gemeinsamen Kindern immer noch unter einem Dach.

Claire und Yussuf checken in einem Nobelhotel erst um 16.35 Uhr ein, wo sie sich bis zum nächsten Montag aufhalten wollen. Gemäß Zeugenaussagen bleiben sie an diesem Samstag nicht lang in ihrem Zimmer. Bevor sie gemeinsam um 17.20 Uhr das Hotel verlassen, beobachteten Zeugen, wie Claire aus einer Telefonzelle mit jemand telefoniert. Am darauffolgenden Tag, Sonntag, den 19. Januar, checken die Eheleute wieder aus und nehmen den Zug nach Brindisi. Dort kommen sie am Montag, den 20. Januar, an – an dem Tag, als Faruk ermordet in seinem Büro gefunden wird.

In Brindisi steigen Claire und Yussuf auf ein Schiff, das sie nach Athen führt. Doch bevor sie nach Griechenland flüchten, mieten sie sich in Neapel ein Motorboot. Weshalb sie diesen Abstecher machen, wird erst später klar. Das Ehepaar wirft die Tatwaffe und alle Sachen, die sie mit dem Mord an Faruk in Verbindung bringen können, ins Meer. Die Spritztour dient also nicht der Erholung, sondern der Vernichtung von Beweisen.

Am Dienstag, dem 21. Januar, kommen sie in Griechenland an. Die Rekonstruktion der Route Lausanne-Rom-Neapel-Brindisi-Athen ist für die Ermittler zu auffällig und wirft einige Fragen auf.

Der Verdacht, das Ehepaar könne etwas mit der Tat zu tun haben, erhärtet sich, als die Polizei von den Kollegen aus der Schweiz interessante Informationen erhält. Diese haben den Angestellten einer Drogerie befragt, in der Claire oft einkauft. Der Laden befindet sich etwa dreihundert Meter entfernt von Bebawis Haus in Lausanne.

Daniel Viret sagt aus, dass Claire eine Stammkundin sei und dass sie vor ein paar Tagen Schwefelsäure eingekauft habe. In dieser Zeit kann man in der Schweiz die Säure problemlos in Drogerien besorgen. Sie wird damals als Chemikalie zur Reinigung von Kachelöfen und Waschbecken aus Marmor eingesetzt.

Aufgrund dieser Fakten beantragt die römische Mordkommission bei ihren griechischen Kollegen in Athen, die Bebawis befragen und nach Italien ausführen zu dürfen.

Es ist der Beginn von einem der aufsehenerregendsten italienischen Prozesse der 60er Jahre des letzten Jahrhunderts. Zwei Gerichtsverfahren, zwei verschiedene Urteile.

Alle Reporter sind vom Charme und von der Persönlichkeit der schönen Claire fasziniert, weshalb das Gerichtsgebäude innen wie außen überfüllt und von Blitzlichtern umhüllt ist.

1966: Der Prozess

Da sie reich waren, konnten sich Claire und Yussuf die teuersten und renommiertesten Anwälte leisten, um eine ausgeklügelte Verteidigungsstrategie für die beiden auf die Beine zu stellen. Auf Anraten ihrer Verteidiger entschieden sich die Bebawis dazu, sich gegenseitig der Tat zu beschuldigen. Claire sollte Yussuf belasten und er umgekehrt seine Frau. Das war eine scharfsinnige Strategie, denn beide hatten ein gemeinsames und starkes Tatmotiv: Eifersucht!

Auch an Beweisen fehlte es in diesem Verfahren nicht. Bei der Verhaftung wiesen Claires Hände und Gesicht Verbrennungen auf, und auch Yussuf hatte Kratzer und Schrammen im Gesicht.

Claire gab an, dass sie sich in der Küche verbrannt habe, und Yussuf sagte aus, dass er sich im Schlaf selbst verletzt habe. Ersteres wäre noch glaubhaft gewesen, aber Letzteres sicherlich nicht.

Zum ersten Prozess werden zahlreiche Zeugen geladen, auch Patrizia, die ihrer Nebenbuhlerin vor Gericht zum ersten Mal begegnet. Erst da erfuhr sie, dass Faruk noch ein Verhältnis mit Claire unterhielt, und das ging nicht spurlos an ihr vorbei. Trotzdem trauerte sie um den Verlobten. Sie erzählte unter Tränen ihre Liebesgeschichte und dass Faruk ihr kurz vor seiner Ermordung einen Heiratsantrag gemacht habe.

Obwohl Motive und Beweise eigentlich hätten ausreichen müssen, unterschätzten die Staatsanwälte das Können und die Geschicklichkeit der berühmtesten Anwälte Italiens und deren Team. Bei diesen außerordentlichen Verteidigern handelte es sich um Giuliano Vassalli und Giuseppe Sotgiu, denen am Ende des ersten Prozesses etwas gelang, womit niemand gerechnet hatte: Freispruch!

Doch noch einmal zurück zur ersten Gerichtsverhandlung. Was genau sagten die Eheleute Bebawi im Prozess von 1963 aus?

Yussef Bebawi nimmt wie folgt Stellung:

»Als ich mit Claire das Hotel verließ, sagte sie zu mir, sie wolle zum Friseur, aber mir fiel sofort auf, dass sie in die entgegengesetzte Richtung lief. Also folgte ich ihr und stellte sie zur Rede. Claire gab zu, dass sie zu Faruk gehen wollte – und zwar alleine. Sie beabsichtigte, die Beziehung zu ihm endgültig zu beenden. Ich begleitete sie bis zum Haupteingang des Gebäudes, in dem sich Faruks Büro befand. Anschließend kehrte ich zum Hotel LA RESIDENZA zurück und wartete dort auf sie. Als Claire zurückkehrte, beichtete sie mir, dass sie ihn erschossen habe. Wir zogen uns in unser Zimmer zurück. Dort sah ich, wie sie aus ihrer Handtasche ein Tuch hervornahm, in dem eine Pistole, eine Walter 7,65, eingewickelt war. Daraufhin fragte ich sie, weshalb sie ihn getötet habe, und sie antwortete, dass Faruk ihr Leben ruiniert hätte. Weiter beobachtete ich, wie sie anschließend ins Bad ging und eine Flasche im Waschbecken ausleerte. Sie erklärte mir, dass es Schwefelsäure sei, die sie Faruk ins Gesicht geschüttet habe, um sicher zu gehen, dass er tot sei.

Das war der Punkt, an dem ich beschloss, sofort die Koffer zu packen und Italien zu verlassen.«

Claire ihrerseits begegnet dieser schweren Anschuldigung mit ihrer eigenen Version, die gegen ihren Ehemann spricht. Folgendes sagt sie vor Gericht aus:

»An diesem Tag beschlossen mein Mann und ich, nach Rom zu reisen. Wir checkten in einem kleinen Hotel in Via Emilia ein, ganz in der Nähe von Via Veneto. Es stimmt, dass ich ein paar Tage zuvor mit Faruk telefoniert habe. Ich gebe auch zu, dass ich mit ihm eine Liebesbeziehung unterhielt. Am Telefon teilte mir Faruk mit, dass er am nächsten Tag im Büro erreichbar wäre, und er bat mich,

vorbeizukommen. Das Rendezvous konnte ich vor meinem Mann nicht verheimlichen, deshalb hat er mich an diesem Tag begleitet. Gemeinsam trafen wir in Via Lazio ein. Zuerst hat er mir gesagt, dass er unten auf der Straße auf mich wartet, unter der Bedingung, dass ich die Beziehung endlich endgültig beenden würde. Aus diesem Grund bin ich alleine hochgegangen. Als ich mich von Faruk verabschieden wollte, stand auf einmal mein Mann im Büro. Er war außer sich vor Wut. Yussuf schrie uns an und schlug mich. Daraufhin ist zwischen ihm und Faruk ein fürchterlicher Streit ausgebrochen. Ich bat beide, sofort damit aufzuhören, aber es gelang mir nicht, die beiden zu beruhigen. Während des tätlichen Streits zog mein Mann plötzlich eine Pistole und schoss mehrmals auf Faruk. Und obwohl er schon am Boden lag, schrie mein Mann ihn an, dass er sein Leben ruiniert und seine Ehre für immer in den Dreck gezogen habe. Weiter sagte er zu Faruk, dass dieser leiden müsse. Dann schüttete er ihm die Schwefelsäure ins Gesicht. In den Augen meines Mannes wäre dies die Strafe dafür, weil Faruk Schande über unsere Familie gebracht hätte. Nur so könne dieser Schandfleck ausgelöscht werden.«

Während Claires Aussage war es im Gerichtssaal still geworden, als würde sie soeben aus einem spannenden Thriller vorlesen. Ihr Gesicht war tränenüberströmt, ihre Aussage eine oscarreife Darbietung, im Gegensatz zu der ihres Ehemanns.

Claires Verteidiger, Giuseppe Sotgiu, führte vor Gericht weiter aus, dass Yussuf Bebawis Motiv nachvollziehbar sei. Es sei ein Beziehungsdelikt gewesen. Ein eifersüchtiger Ehemann ausländischer Abstammung. In dessen Heimat spiele der Islam neben der Familienehre eine große Rolle.

Claires Aussage schien die öffentliche Meinung mehr zu überzeugen als Yussufs, vor allem das weibliche Publikum. In ihm sahen sie den eifersüchtigen und aggressiven Mann, der sich des Rivalen entledigt hatte – des wirklich Schuldigen.

Doch in den Augen der Experten könnte der Mann auch die Wahrheit sagen. Seine Erklärungen wirken natürlicher. Er war nicht so selbstsicher wie Claire und trat als verletzter Mann auf, der aber nicht zwangsläufig deshalb auch zu einem solchen Mord fähig zu sein schien.

Fakt war jedoch, dass die Tatwaffe Yussuf gehörte. Er wusste bloß nicht, dass seine Frau die Pistole bereits an sich genommen hatte, bevor sie nach Rom reisten.

Dies wiederum stritt Claire ab.

Nach insgesamt 120 Zeugenaussagen war eines sicher: Faruks Mörder stammte aus Ägypten und trug den Nachnamen Bebawi. Doch wer von beiden hatte ihn ermordet? Wer hatte abgedrückt und dem Opfer Schwefelsäure ins Gesicht geschüttet?

Wer war der Mörder?

Die Antwort lautete noch immer: Claire oder Yussuf Bebawi.

Für die Anklage gab es keine Zweifel: Die schöne Claire galt als Täterin und ihr Ehemann Yussuf leistete Beihilfe zum Mord.

Die Staatsanwälte glaubten, genügend Beweise vorgetragen zu haben. Für Claire beantragten sie wegen Mordes und Anstiftung zum Mord vierundzwanzig Jahre Haft, für Yussuf zweiundzwanzig Jahre. Sie waren sich aber auch eines gravierenden Ermittlungsfehlers bewusst:

Bei den ersten Verhören des Ehepaars wurde kein Schmauchspurentest an den beiden durchgeführt. Dieser Test hätte vielleicht Klarheit in den Fall bringen können, wer von den beiden tatsächlich die Waffe abgefeuert hatte, die im Meer von Neapel nie gefunden wurde, sowenig wie die anderen Gegenstände und Kleider, die das Paar dort bei dem Abstecher mit dem gemieteten Motorboot entsorgt hatte.

Der Prozess glich einer Theateraufführung. In den vordersten Reihen des Gerichtssaals saßen bekannte und schillernde Persönlichkeiten, die das Verfahren live verfolgten. Claire wandelte sich zum unschuldigen Sternchen, während ihr Mann als böser Wolf dargestellt wurde. Doch in Wirklichkeit war sie die dominante Figur.

Yussuf war nicht der gewalttätige Ehemann, den sie beschreibt, im Gegenteil. Er wirkte ihr unterlegen, so als habe in ihrer Ehe stets sie die Fäden gezogen.

Die Anwälte der Bebawis zitierten Augenzeugen in den Zeugenstand, die jedes Detail aus der langjährigen Beziehung an die Öffentlichkeit brachten. Auch Faruk hatte seine Frau betrogen, zuletzt mit dem deutschen Kindermädchen seiner Kinder. Ihm war die Untreue seiner Ehefrau längst bewusst, trotzdem wahrte er den Schein, bis sie die Scheidung von ihm verlangte, weil sie den um zehn Jahre jüngeren Faruk heiraten wollte. Eine seltsame Hassliebe, bei der es Yussuf eher um die Rettung seiner Familienehre ging als um Eifersucht.

Claire war und blieb die Mutter seiner Kinder. Doch war dies wirklich der einzige Grund, weshalb er an diesem Tag mit ihr flüchtete, oder liebte er sie immer noch und unterstützte sie in ihrer

Absicht, Faruk zu töten, um den Schandfleck reinzuwaschen?

Wir werden es nie erfahren.

Während beide gemeinsam flüchteten, spielen sie sich im Rechtsverfahren gegeneinander aus. Eine geniale Verteidigungsstrategie der Eheleute? Nach außen hin gegeneinander, hinter verschlossenen Türen gemeinsam gegen Justizia.

Einige Experten sind davon überzeugt, dass es eine scharfsinnige Verteidigungsstrategie war, die schlussendlich zum Erfolg führte. Ein abgekartetes und geschicktes Spiel der teuren Anwälte.

Der Prozess von 1964 mit insgesamt 152 Verhandlungstagen dauerte zweieinhalb Jahre. Am 23. Mai 1966 dann die Urteilsverkündung durch den Richter Antonio La Bua:

Die beiden Angeklagten werden mangels Beweisen freigesprochen!

Begründung des Gerichts: Da beide der gleichen Mordtat angeklagt wurden, jedoch nur einer von ihnen die Tat ausgeführt haben kann, reichen die vorgelegten Beweise nicht aus, um den wahren Täter zu identifizieren. Verurteile das Gericht den falschen Täter, so verurteile es einen Unschuldigen des Mordes, während die Schuld des anderen ungesühnt bliebe. Deshalb galt: *in dubio pro reo* (im Zweifel für den Angeklagten).

Nach der Verkündung des Freispruchs gab es lautes Raunen im Saal und Blitzlichtgewitter. Der Freispruch teilte die öffentliche Meinung. Einige glaubten an Claires Unschuld, aber nicht an die ihres Ehemanns – und umgekehrt. Insbesondere der Einsatz von Schwefelsäure, mit dem das Gesicht des Opfers verunstaltet worden war, deutete eher auf die typische Vorgehensweise einer Frau hin. Die empörte Presse wies auf den gegenteiligen Spruch von *in dubio pro reo* hin, den man in diesem Fall hätte anwenden sollen: *pro veritate habetur* (der Wahrheit gehorchend/die Wahrheit widerspiegelnd).

Die Wahrheit im Falle Bebawi bleibt eine einzige:

Faruk Chourbagi wurde auf brutale Art und Weise ermordet, unabhängig davon, wer der tatsächliche Täter war.

Das Ehepaar flog gemeinsam und entsorgte auch gemeinsam Beweise.

Gleich nach dem Urteilsspruch wurden die Angeklagten freigelassen und verließen sofort das Land. Claire flog nach Ägypten zurück und Yussuf in die Schweiz nach Lausanne. Dort blieb er nur so lange, bis das Berufungsgericht ein anderes Urteil verhängte. Spätestens zu dieser Zeit tauchte auch Yussuf in einem Land unter, das, wie Ägypten, kein Auslieferungsverfahren mit Italien unterhält.

Wo genau die beiden sich aufhielten, konnte keiner herausfinden, denn auch das hatten die Bebawis offenbar geschickt geplant.

Für Claire und Yussuf war die Mordanklage endgültig abgeschlossen. Für das italienische Gericht nicht. Die Anklage reichte Berufung ein, und am 16. Januar 1968 sprach das Berufungsgericht in Florenz ein anderes Urteil aus, das bis heute rechtskräftig ist.

Claire und Yussuf wurden des gemeinsamen Mordes für schuldig befunden und zu jeweils zweiundzwanzig Jahren Haft verurteilt.

Doch die Anklagebank bleibt bis heute leer.

Aspekte des Falls:

Ein grausames Beziehungsdelikt in der Welt der Schönen und Reichen in Rom, zwei Millionäre auf der Anklagebank, erdrückende Beweise, Dutzende von Anwälten, Hunderte von schaulustigen Zuschauern, ein mediales Spektakel, Lügen und ein Freispruch. Der Fall Bebawi gilt bis heute in Italien als ein Jahrhundertprozess. Einer Horde von teuren, renommierten Verteidigern gelang das Unmögliche, einen Freispruch für beide Angeklagten in der ersten Instanz. Diese scharfsinnige Verteidigungsstrategie wurde später auch bei anderen Gerichtsfällen angewandt. Zwei Angeklagte beschuldigen sich gegenseitig, sodass es für ein Gericht ohne klare Beweise unmöglich ist, ein gerechtes Urteil zu fällen.

Die Antwort auf diese Frage wird für immer ein Rätsel bleiben.

Und was wurde aus den Eheleuten Bebawi nun?

Die beiden ließen sich nach dem Freispruch aus der ersten Instanz und der Entlassung aus dem Gefängnis endgültig scheiden. Claire zog für immer nach Ägypten und war als Touristenführerin tätig. Nachdem sie über zwei Jahre in Untersuchungshaft gesessen hatte, beherrschte sie die italienische Sprache.

Yussuf lebte mit seinen drei Kindern in Lausanne und tauchte erst unter, als der Schuldspruch im Berufungsverfahren rechtskräftig wurde. Was aus ihm geworden ist, weiß niemand.

Quelle: Wikipedia, 14.02.2014, Foto ohne copyright

Giuseppe Sotgiu (links im Bild), einer der zahlreichen Anwälte gemeinsam mit Claire Bebawi (rechts im Bild) gleich nach ihrem Freispruch.

Quelle: Wikipedia, 24.04.2014, Foto ohne copyright

1. 12. 1960: Patrizia De Blanck mit ihren Eltern am Tag ihrer Heirat in Campidoglio mit dem Baron Antony Leigh Milner.

»Das grausame Verbrechen von Novi Ligure«

Novi Ligure liegt zwischen dem südlichen Monferrato und den Ausläufern der Genueser Apenninen, in der Nähe des Flusstales des Scrivia. Obwohl im Piemont gelegen, deutet der Name auch auf das naheliegende Ligurien hin. Novi Ligure ist eine Gemeinde mit rund 29'000 Einwohnern. Die Kleinstadt ist bekannt für die Schokoladenmarke *Novi* und *Pernigotti*. Reiche Genueser bewohnten einst das Gebiet als Wochenendresidenz. Zahlreiche Paläste reicher Adelsfamilien mit bemalten Fassaden ragen im Stadtzentrum hervor. Es ist ein ruhiger Ort. Nichts erinnert heute noch an das Blutbad von 2001, das die Kleinstadt erschüttert hat – und nicht nur sie. Ganz Italien stellte sich damals die Frage:

Wer tut so etwas – und warum?

Es ist der 21. Februar 2001, kurz nach halb neun Uhr abends, als ein sechzehnjähriges Mädchen namens Erika De Nardo panisch aus der Villa ihrer Familie in Via Decatra 12 rennt, im Quartier der Periferie Lodolino, ein fahrendes Auto anhält und um Hilfe schreit. Der Fahrer bremst, steigt aus und ruft die wenigen Passanten herbei, die sich zu diesem Zeitpunkt in den Gassen aufhalten. Alle eilen dem verängstigten Mädchen sofort zu Hilfe. Mit tränenüberströmtem Gesicht erzählt die hübsche, dunkelhaarige Erika den Leuten, dass zwei Männer, vermutlich Albaner, in die Villa eingedrungen sind und ihren jüngeren Bruder sowie ihre Mutter mit einem Messer zu Tode massakriert haben. Nur mit viel Glück gelingt ihr nach einem heftigen Kampf mit einem der Verbrecher die Flucht.

Die Menschen sind entsetzt und alarmieren sofort die Polizei. Während sie sich um das Mädchen kümmern und auf die Einsatzkräfte warten, benachrichtigt Erika ihren Freund Omar Mauro Favaro. Der Siebzehnjährige trifft kurz darauf ein, um seiner Freundin beizustehen. Auch der Vater, Francesco De Nardo, Geschäftsführer der Süßwarenfabrik *Pernigotti*, der sich zu diesem Zeitpunkt mit Freunden verabredet hat, wird umgehend informiert.

Wie ein Lauffeuer verbreitet sich die Nachricht des schrecklichen Verbrechens, sodass nicht viel Zeit vergeht, bis sich die

Gassen mit Schaulustigen und Reportern, hinter den Absperrungen der Polizei, füllen. Die Einwohner sind schockiert. Zwei Monster treiben in diesem ruhigen Ort ihr Unwesen, eine junge Mutter und ein Kind sind tot.

In der Villa eröffnet sich den Mordermittlern wie auch der Spurensicherung ein Bild des Schreckens. Ein Verbrechen von unbeschreiblicher Grausamkeit. Sie finden die übel zugerichteten Leichen der einundvierzigjährigen Susy Cassini und des elfjährigen Gianluca De Nardo. Die Farbe rot dominiert den Tatort. Überall ist Blut. Auf dem Boden, auf den Möbeln, auf der Treppe und an den Wänden. Die Leiche der Frau liegt im Untergeschoss am Boden, neben ihr ein Messer, die des Kindes im Obergeschoss in der Badewanne. Das Wasser ist rot gefärbt.

Die Opfer wurden mit zwei Küchenmessern erstochen, die Tatwaffen am Tatort zurückgelassen. Vierzig Stiche bei Susy, siebenundfünfzig bei Gianluca. Der Junge weist neben den Messerverletzungen auch Zeichen von Misshandlungen auf, tiefe Einschnitte in der Haut.

Niemand kann sich eine solch grausame Bluttat erklären. Die Ermittler beginnen sofort mit den Untersuchungen, Befragungen und der Aufnahme der Zeugenaussagen. Es gibt eine Augenzeugin, die Tochter Erika, die zum Zeitpunkt des Verbrechens mit Kopfhörern in ihrem Zimmer Musik hört und sich die Gesichter der unmaskierten Täter so gut einprägt, dass sie der Polizei detaillierte Angaben liefern kann, sogar über die Nationalität. Zwei Albaner.

Nachbarn und Freunde der Familie beschreiben den Jungen, Gianluca, als einen fröhlichen, anständigen, hilfsbereiten und intelligenten Burschen, der keinerlei Probleme hat, weder in der Schule noch mit Freunden. Er liebt Basketball und die Pokémon-Onlinespiele. Ein Kind, auf das die Eltern sehr stolz sind. Susy hingegen gilt als fürsorgliche Mutter und Hausfrau, eine ehemalige Buchhalterin, die nach der Aufgabe ihres Berufs im Volontariat tätig ist. Eine sozial engagierte, beliebte und streng gläubige Frau, die nebenbei auch Religionsunterricht gibt.

Nach den ersten Befragungen ergibt sich für die Ermittler das Bild einer ganz normalen, wohlhabenden Familie, die in der Gesellschaft integriert und angesehen ist. Susy kümmert sich um die Familie, während ihr Ehemann Francesco, Ingenieur von Beruf, eine Süßwarenfabrik leitet. Dieser ist ursprünglich in ärmlichen Verhältnissen aufgewachsen und hat sich seine gute berufliche Position mit einem Studium und viel Schweiß erarbeitet. Wie viele andere Leute, steht auch er – ganz besonders – unter Schock und versucht, dem Medienspektakel aus dem Weg zu gehen. Er will nicht in der Öffentlichkeit auftreten, gibt keine Interviews. Im Stillen versucht er, seinen unerträglichen Schmerz zu verdrängen und für seine Tochter Erika stark zu sein, das Einzige, was ihm von seiner Familie noch geblieben ist.

Aufgrund dieser ersten Momentaufnahme verfolgen die Ermittler die Spur eines grausamen Raubüberfalls, der nach den Angaben der einzigen Augenzeugin Erika von zwei Albanern durchgeführt wurde. Um die Täter bald zu erwischen, verlieren die Ermittler keine wertvolle Zeit und fangen sofort mit der Befragung der wichtigsten Augenzeugen an. Die sechzehnjährige Erika wird umgehend in Anwesenheit von Psychologen befragt. Sie macht anfangs einen sehr introvertierten Eindruck, ein Mädchen, das nach außen hin, keine großen Emotionen zeigt. Trotz der schrecklichen Geschehnisse zeigt sie sich bei den Befragungen gefasst und kühl. Den Ermittlern erzählt sie, dass sie an diesem Abend alleine zu Hause war, bis ihre Mutter mit ihrem Bruder vom Training heimkehrte. Sie ging in ihr Zimmer, setzte die Kopfhörer auf, um Musik zu hören. Auf einmal hörte sie einen Schrei, dann noch einen, der von der Treppe im Flur herkam. Sie geriet in Panik, öffnete die Tür ihres Zimmers, das sich im Obergeschoss neben dem Bad befand, und erblickte ein grausames Szenario. Sie sah, wie ein Mann mit einem Messer mehrmals auf ihren jüngeren Bruder einstach. In der nächsten Sekunde kam ihre Mutter die Treppe hoch, um den Bruder und sie zu retten. Während sie Erika anschrie, sie solle sofort abhauen und die Polizei rufen, stach der Mann im Bad ihr mehrmals in den Bauch. Erika hatte keine Zeit gehabt, um nachzudenken oder ihrer Familie zu helfen. Sie rannte die Treppe hinunter und traf im Wohnzimmer des Erdgeschosses auf einen zweiten Mann. Dieser versuchte, ihr den Weg zu versperren, um sie aufzuhalten, aber Erika war schneller. Ihr gelang die Flucht.

Erika kann den Ermittlern eine genaue Täterbeschreibung der Einbrecher geben und ist sich wegen der Sprache sicher, dass es sich um zwei Albaner handelt. Der ältere von ihnen trägt einen Bart. Daraufhin zeigen ihr die Ermittler Alben mit Fahndungsfotos. Es handelt sich dabei um eine Kartei für registrierte Straftäter mit dem Titel: Albaner.

Sie blättert die Verbrecherfotos durch und zeigt auf einen Mann, den jüngeren, den sie zu erkennen glaubt.

Auch jetzt verliert die Polizei keine Zeit. Der Familienvater, der in der Nähe wohnt, wird sofort verhaftet und verhört. Die Nachricht, dass es sich bei den brutalen Mördern um Ausländer handelt, entfacht in den nächsten Stunden nicht nur in der Stadt eine heiße Diskussion über Einwanderer. Wie ein Lauffeuer breiten sich die Empörung und der Ausländerhass gegenüber kriminellen Migranten und Asylanten aus. Sogar in den Schaufenstern hängen Plakate mit der Aufforderung an den Staat, für mehr Sicherheit und weniger Ausländer zu sorgen.

Nach Erikas Aussage beginnt eine Hetzjagdkampagne gegen die Einwanderer, die jedoch zwei Tage nach der Bekanntmachung eine plötzliche Kehrtwende nimmt.

Der von Erika identifizierte und inhaftierte Albaner hat ein wasserdichtes Alibi. Er kann es nicht gewesen sein, und von einem Komplizen, dem zweiten angeblichen Täter, gibt es keine Spur. Auch die Spurensicherung findet weder von dem Festgenommenen noch von einer zweiten Person irgendwelche Spuren. Einzig die von Erika beschriebene Baseballmütze sowie die Daunenjacke kann die Polizei bei dem Familienvater beschlagnahmen.

Der Albaner wird aufgrund seines unantastbaren Alibis wieder freigelassen.

Die Ermittler stehen wieder am Anfang und suchen weitere mögliche Täter, die der Beschreibung des Mädchens entsprechen könnten. Um Erikas Angaben nochmals zu überprüfen, wird sie ein weiteres Mal befragt. Wieder zeigt man ihr Fahndungsfotos, aber dieses Mal nicht nur von Albanern, sondern auch von vorbestraften Italienern.

Während des Gesprächs wirkt Erika verwirrt, macht widersprüchliche Angaben und will die Befragung abbrechen, weil sie Ruhe braucht. Der Medienrummel und das Trauma setzen ihr zu.

Im Anschluss schalten die Mordermittler einer der bekanntesten und erfolgreichsten Forensiker Italiens ein, General Luciano Garofano, der zu diesem Zeitpunkt die forensische Abteilung in Parma leitet, die R.I.S. (Reparto Investigazioni Scientifiche – Kriminaltechnische Abteilung für wissenschaftliche und forensische Ermittlungen). Der angesehene Fachmann ist zu dieser Zeit noch im aktiven Dienst. Seit 2009 unterrichtet er als Universitätsprofessor, schreibt Bücher und wird in Italien immer wieder als Berater bei kniffligen Kriminalfällen sowie als Gutachter vor Gericht hinzugezogen.

Als die Medien erfahren, dass die Polizei den berühmten Forensiker aus Parma mit seinem Team um eine Zusammenarbeit gebeten hat, brodelt in ganz Italien die Gerüchteküche. Der Spezialist

ist dafür bekannt, vermeintlich unlösbare Kriminalfälle und *Cold Cases* zu lösen. Man hätte ihn doch nicht hinzugezogen, wenn der Fall klar wäre, oder?

Daraufhin bitten der Bürgermeister und die Polizei die Medien, die Ermittler in Ruhe ihre Arbeit machen zu lassen, denn mittlerweile haben sich das Haus des Verbrechens und der Ort Novi Ligure selbst zu einer Art Pilgerort verwandelt. Belagert von Medienleuten und Schaulustigen aus allen Regionen Italiens.

Doch General Garofano ist ein Profi, gewöhnt an den Rummel um seine Person und seine Erfolge. Er reist sofort zum Tatort und leitet die kriminaltechnischen Untersuchungen mit den örtlichen Polizeikräften. Bereits nach der ersten Inspektion des Hauses teilt er den Medien mit, dass sie aufgrund der hinterlassenen Spuren den Tathergang beider Morde rekonstruieren können und die Resultate zu gegebener Zeit der Presse mitgeteilt werden.

Auch die Mörder erfahren aus den Medien, wer sich da in den Untersuchungen eingeschaltet hat, und werden langsam nervös.

General Garofano vergleicht die alten und neu gesicherten Spuren des Tatorts und sieht sich die Aussagen der einzigen Augenzeugin Erika an. Er ist der Erste, der an ihren Angaben zweifelt. Sie stimmen nicht mit den Spuren am Tatort überein. Er geht sogar noch weiter und ist sich sicher, dass sie gelogen hat.

Seine Zweifel sind berechtigt. Es gibt zu viele Ungereimtheiten und Unstimmigkeiten. Weshalb hat keiner in der Nachbarschaft die Schreie von Susy und Gianluca gehört? Wieso gibt es keine Einbruchspuren? Weder am Haupteingang noch sonst wo, obwohl die Haustür immer abgeschlossen wurde? Wie konnten zwei Einbrecher in die kleine Villa gelangen, ohne irgendwelche Spuren zu hinterlassen? Weshalb hat der Hund der Familie nicht gebellt?

Die Tatzeit ist 20.30 Uhr. Wie wahrscheinlich ist es, dass Einbrecher um diese Zeit aktiv sind, einen Raubüberfall begehen, wo es so viele Zeugen gibt in diesem Quartier? Die Nachbarhäuser liegen nah beieinander, und die Täter hätten damit rechnen müssen, dass um diese Zeit und im Winter die meisten Bewohner die Abende zu Hause verbringen, beim Essen und vor dem Fernseher. Zu viele Zeugen hätten sie sehen können. Weshalb sollen die Einbrecher nach der Ermordung der Mutter das Kind gefoltert und es mit noch mehr Messerstichen getötet haben? In beiden Opfern wurden insgesamt fast hundert Einstiche gezählt, was ganz klar auf *Overkilling* hindeutet und nicht auf das Modus Operandi von gewöhnlichen Einbrechern. Beim *Overkilling* werden die Stiche mit enormer Wucht und wiederholt ausgeführt. Die Verletzungsbilder zeugen von einer

Art Blutrausch, wie genannt *Overkilling* = Übertöten. Damit ist gemeint, dass die beiden Täter mehr getan haben, als zur eigentlichen Tötung ihrer Opfer nötig gewesen wäre.

Dies deutet darauf hin, dass der oder die Täter aufgestaute Emotionen oder Perversionen gegenüber dem Opfer entladen haben. Natürlich können Täter, die ihre Tat eiskalt geplant haben, auch in einen Blutrausch verfallen, obwohl sie nicht die Absicht hatten, derart überzureagieren. Auslöser hierfür können Angst, Panik, plötzlich hervorbrechender Hass oder unerwartete Gegenwehr sein. In diesem Falle verlieren die Täter die Kontrolle über sich.

Die Ermittler stimmen dem Experten Garofano zu. Es handelt sich klar um *Overkilling*. Die Art und Weise, wie die Einbrecher auf die beiden Opfer eingestochen haben, entspricht nicht dem typischen Vorgehen eines Tötungsdelikts bei einem normalen Raubüberfall. Auch das eigentliche Motiv fehlt: der Raub.

Die Einbrecher haben demnach – nach Erikas Aussagen – zwei Menschen mit abnormaler Aggression erstochen, sich also für die Bluttat im Unter- und Obergeschoss zu dieser ungewöhnlichen Tatzeit viel Zeit genommen, um dann ohne Diebesgut wieder zu verschwinden? Hinzu kommen die ersten Resultate des Gerichtsmediziners, der durch die Art der zugefügten Verletzungen bei beiden Opfern davon überzeugt ist, dass es sich bei der Tat nicht um einen Raubüberfall handeln kann.

Den Ermittlern fällt Erikas Verhalten auf. Bei weiteren Befragungen zeigt sie sich wie ein Eisblock. Wie kann sie als Zeugin eines derart brutalen Mordes an ihrer eigenen Mutter und ihres jüngeren Bruders so distanziert und emotionslos sein? Ist der Schock daran schuld? Ist dieses eiskalte Verhalten Folge ihres traumatischen Erlebnisses?

Nach allen bisherigen Erkenntnissen beginnt Erikas Glaubwürdigkeit zu bröckeln. Die Ermittler fragen sich langsam, ob die Zeugin ihnen eine Lüge aufgetischt hat, um etwas zu verheimlichen. Aufgrund dieses Verdachts durchleuchtet die Polizei Erikas Leben nochmals gründlich.

Erika De Nardo ist eine Sechzehnjährige, die sich in der Schule nach einigen Schwierigkeiten wieder gefangen hat, aber nur durchschnittliche Leistungen erbringt. Obwohl sie intelligent ist und mehr leisten könnte, interessiert sie die Schule nicht. Von ihren Freunden und Mitschülern wird sie als eine entschlossene junge Frau beschrieben, die sich ihrer Schönheit und inneren Stärke bewusst ist und dies manipulativ für ihre Zwecke einsetzt. Da sie aus wohlhabendem Elternhaus stammt, fehlt es ihr an nichts.

In den letzten Monaten scheint sich das Mädchen aber verändert zu haben. Freunde, Kollegen und Mitschüler sagen aus, dass Erika Kokain nimmt und ihre männlichen Sexualpartner oft wechselt. Sie wird als eine Person beschrieben, die ihr Leben mit einer gewissen Skrupellosigkeit auslebt und sich von niemandem etwas sagen lässt. Seit sie mit ihrem neuen Freund Omar Favaro zusammen ist, der Sohn des Inhabers einer Bar in der Stadt, hat sie sich von ihrem Freundeskreis abgekapselt und ist nur noch mit ihm unterwegs.

Omar ist siebzehn und genießt einen schlechten Ruf, so wie seine Freunde, mit denen er jeweils zusammen ist. Doch seit er und Erika ein Paar sind, verbringen die Teenager ihre Freizeit nur noch zusammen und sind die meiste Zeit in Omars Zimmer. Nicht, um Hausaufgaben zu machen, sondern andere Dinge, die Jugendliche in diesem Alter eben tun. Die sexuellen Experimente, die sie miteinander ausprobieren, nehmen zunehmend sadistische und perverse Formen an.

Erikas Eltern gefällt Omar von Anfang an nicht. Sie empfinden diese Beziehung als krankhaft. Die beiden sind ständig zusammen, und wegen Omar gibt es zu Hause oft Streit. Die Eltern versuchen, ihrer Tochter klarzumachen, dass diese Beziehung für sie nicht gut ist. Doch Erika will nichts davon wissen. Die Streitigkeiten zwischen Mutter und Tochter häufen und intensivieren sich.

Diese neuen Erkenntnisse sind für die Ermittler sehr wichtig und zeigen Erika in einem ganz anderen Licht. Doch es reicht nicht, um den Verdacht, dass das Mädchen ihnen etwas verheimlicht, zu bestätigen. Die Polizei ermittelt intensiv weiter, aber in eine ganz andere Richtung.

Am 23. Februar 2001, 36 Stunden nach der Entdeckung der grausamen Bluttat, werden Erika und Omar von der Polizei und dem Staatsanwalt an den von den Medien belagerten Tatort begleitet, um sich von Erika vor Ort deren Rekonstruktion demonstrieren zu lassen. Die Presse fragt sich, was Omar da zu suchen hat. Wieso haben die Polizisten auch ihn mitgenommen?

Ermittler und Staatsanwaltschaft hören Erika nicht nur gut zu. Sie beobachten ihr Verhalten, ihre Gefühle, ihre Gesten und stellen fest, dass sie bei der Nacherzählung des Abends, an dem der Doppelmord geschehen ist, keinerlei Gefühle zeigt und widersprüchliche Angaben macht. Die Ermittler zeigen Erika auf, was an ihrer Aussage nicht stimmen kann. Sie entschuldigt sich, weicht aus und kann sich auf einmal nicht mehr an alle Details erinnern.

Omar schweigt die längste Zeit.

Nachdem die Polizei fertig ist, begleiten sie das junge Paar zu einem gemeinsamen Verhör ins Polizeipräsidium. Zu diesem Zeitpunkt ahnen Erika und Omar nicht, dass die Ermittler ihnen eine Falle stellen werden.

Als sie ankommen, führen die Polizisten die beiden Teenager in einen separaten Raum und bitten sie, dort eine Weile zu warten. Erika und Omar wissen nicht, dass sich im Zimmer eine versteckte Kamera befindet, die alles aufnimmt. Die Mordermittler beobachten die beiden in einem angrenzenden Raum. Die Teenager tauschen zunächst Zärtlichkeiten aus und sprechen auch miteinander. Den Beamten fällt auf, dass Omar sehr nervös ist. Er begreift nicht, weshalb man sie hierher gebracht hat, wenn die Besichtigung des Tatorts beendet ist.

Ausschnitt aus den Liveaufzeichnungen des Gesprächs (wörtliche Übersetzung aus den Filmaufnahmen):

Omar: »Verdammt noch mal! Wann können wir endlich raus hier?«

Erika: »Halt den Mund, Omar! Von nun an dürfen wir nicht mehr sprechen, okay?«

Nach diesen ersten Sätzen begreifen die Ermittler sofort, dass die beiden etwas zu verbergen haben.

Je mehr Zeit verstreicht, desto aufgeregter ist Omar. Erika hingegen behält die Nerven und versucht immer wieder, ihn zu beruhigen. Der Einzige, der Angst zu haben scheint, ist Omar. Als Erika vor den unsichtbaren Augen und Ohren im Zimmer sagt, dass sie zwei Unbeteiligte beschuldigt habe, die mit dieser Sache nichts zu tun haben, schnappt die Falle der Ermittler zu.

Omar scheint auszuflippen.

Aus seinem Mund kommen grausame Worte (wörtliche Übersetzung aus den Filmaufnahmen):

Omar: »Ich habe deinen Bruder so geschlagen, als er das das Handtuch weggeworfen hat. Deinem Bruder gelang es immer wieder, aufzustehen, nachdem er umgekippt war. Und als er ... ich meine, als das Wasser ganz rot wurde ... all das Blut ... ich habe mich umgezogen ... Scheiße, ich hatte all diese roten Spuren an meinem Körper. Scheiße!«

Während Omar mit Erika spricht, gestikuliert er mit den Armen und Händen, zeigt wie er auf den Bruder eingeschlagen hat. Erika hört ihm zu, ohne eine einzige Gefühlsregung zu zeigen oder gar mit der Wimper zu zucken.

Sie antwortet ihm darauf wie folgt (wörtliche Übersetzung aus den Filmaufnahmen):

Erika: »Meine Mutter hat dir doch gesagt: Ich verzeihe dir, Omar. Ich will leben, Omar.«

Omar: »Ja.«

Erika: »Und zu mir: Erika, hör auf, warum tust du mir das an?«

Im weiteren Verlauf des Gesprächs erzählen die Teenager von den Messerstichen, wie sie die Opfer umgebracht haben. Alle Anwesende von der Polizei und Staatsanwaltschaft sind von den Geständnissen schockiert. Während Erika in aller Ruhe erzählt, wie grausam sie ihre Mutter ermordet und wie diese um Gnade gebettelt hat, zeigt sie keinerlei Emotionen. Sie scheint gefühllos zu sein.

Es wirkt, als haben die beiden Teenager vergessen, wo sie sich gerade befinden.

Die Ermittler brechen nach dem Geständnis ab. Sie haben die Täter überführt.

Zum Schluss der Aufnahmen sagen die beiden Teenager folgendes aus(wörtliche Übersetzung aus den Filmaufnahmen):

Omar: »Du bist eine Mörderin!«

Erika: »Du bist hier der Mörder, nicht ich!«

Die Polizisten betreten das Zimmer und verhaften die beiden. Der Fall ist abgeschlossen, aber nach diesem grauenvollen Geständnis ist die Hölle los. Die Nachricht der Verhaftung verbreitet sich in ganz Italien. Den Leuten fällt es schwer zu glauben, dass ein junges Mädchen seine eigene Mutter und ihren Bruder, gemeinsam mit ihrem Freund, auf so schreckliche und brutale Weise umgebracht haben soll und die Ausländer nichts mit der Sache zu tun haben.

Alle stehen unter Schock. Niemand kann nachvollziehen, weshalb die beiden diese grausame Bluttat begangen haben.

Auf Erika und Omar warten weitere langwierige Verhöre. Sie werden getrennt befragt und in verschiedene Haftanstalten gebracht. Die Liebe scheint erloschen zu sein. Als sie beide wegen Doppelmord angeklagt werden, beschuldigen sie sich gegenseitig. Erika behauptet, dass Omar alleine ihre Mutter und ihren Bruder getötet habe, dass er an diesem Abend ihre gesamte Familie töten wollte, damit sie ihre

Beziehung ohne Probleme fortführen konnten. Weiter erzählt sie, dass sie Omar an diesem Abend die Tür geöffnet und er sie dann in ihrem Zimmer eingesperrt habe. Das Massaker sei von ihrem Ex-Freund alleine ausgeführt worden, sie habe ihn lediglich aus Liebe mit einer Falschaussage schützen wollen.

Omar seinerseits beschuldigt Erika und sagt aus, dass er ihr aus Angst und Liebe geholfen habe. Sie hätte bereits vor Monaten den Plan gehabt, ihre Familie zu töten, um endlich frei von ihnen zu sein. Sie sei unglücklich in ihrer Familie gewesen und wollte sich ihrer entledigen. Dass der Vater an diesem Abend nicht zu Hause war, war ein Zufall, denn nach Erikas Plan habe auch er sterben sollen. Omar erzählt weiter, dass er ihr wie im Delirium gefolgt sei. Er gibt zu, Susy ein paar Messerstiche zugeführt zu haben, aber die seien nicht tödlich gewesen. Den Bruder jedoch habe Erika alleine getötet, weil er gesehen hatte, wie sie ihre Mutter ermordete.

Die beiden Teenager werden auch von Psychiatern untersucht und befragt. Erst viel später gibt Erika eine Teilschuld zu. Als sie an diesem Abend Omar die Tür öffnete, wusste sie, dass er gekommen war, um ihre Familie zu töten.

Die Psychiater analysieren das Mutter-Tochter-Verhältnis. Erika behauptet, dass sie sich mit Susy sehr gut verstand und sie beide ein freundschaftliches Verhältnis gehabt hätten. In den Augen des Mädchens war Susy eine vorbildliche Mutter, eine Perfektionistin – zu perfekt.

Als dann die Ärzte die Gespräche vertiefen, gibt Erika die Konflikte mit ihrer Mutter endlich zu. Sie hätten sich gegenseitig gehasst.

Die Gutachter kommen zu dem Schluss, dass die beiden Teenager gemeinsam einen kindlichen, aber grausamen Plan ausgeführt haben, um frei zu sein. Auch wenn Erika die Drahtzieherin des mörderischen Plans ist, trägt Omar die gleiche Schuld. Beide haben an diesem Abend gemordet.

Während Erika in Mailand inhaftiert wird, bringen sie Omar nach Turin ins Jugendgefängnis. Auf beide wartet ein langwieriges Gerichtsverfahren. Erika erhält in der Haftanstalt Hunderte von Briefen, Fanpost und Heiratsanträge von Männern und Jugendlichen. Doch in ihrem Leben gibt es noch einen anderen Mann, der ihr trotz seines inneren Schmerzes nie von der Seite gewichen ist, der sie immer besucht und unterstützt: ihr Vater, Franceso De Nardo.

28. November 2001: Der Prozess

Die Gerichtsverhandlung findet unter Ausschluss der Öffentlichkeit statt. Die angeklagten Teenager schauen sich im Gerichtssaal kein einziges Mal an. Sie beschuldigen sich weiterhin gegenseitig. An dieser Stelle erhält die Rekonstruktion des Tathergangs von General Garofano durch den R.I.S. von Parma eine große Bedeutung. Die forensischen Beweise der Kriminaltechniker zeigen ein klares Bild:

Als an diesem Abend Erikas Mutter mit ihrem Bruder heimkehrt, geht dieser sofort in sein Zimmer, während die Mutter noch im Untergeschoss verbleibt. In diesen Minuten befinden sich Omar und Erika im Bad neben der Küche und beobachten Susy. Beide halten ein Messer in der Hand, schleichen sich an und stechen dann mehrmals auf sie ein. Erikas Bruder befindet sich noch oben in seinem Zimmer. Als Gianluca die Schreie seiner Mutter hört, eilt er die Treppe hinunter und wird Zeuge einer unfassbaren Tat. Erika beruhigt ihren weinenden und schockierten Bruder und geht mit ihm wieder nach oben. Dort zwingt sie ihn, in sein Zimmer zu gehen, das neben dem Bad liegt. Sie begleitet ihn bis dorthin. Omar folgt ihr. Schließlich versuchen die beiden, den Jungen in der Badewanne zu ertränken. Gianluca wehrt sich heftig, aber es gelingt ihm nicht, sich aus den Fängen des Pärchens zu befreien. Da diese Tötungsart zu lange dauert, stechen sie auch ihn nieder, so wie sie es bei Susy gemacht haben. Nach der Tat verlässt Omar das Haus, und Erika spielt allen den Raubüberfall vor.

Gemäß den forensischen Ergebnissen wurden die Morde von beiden gemeinsam ausgeführt. Nach der erdrückenden Beweislage verfolgen die Anwälte der Angeklagten die Verteidigungsstrategie der Unzurechnungsfähigkeit, die jedoch vom Gericht nicht anerkannt wird. Gemäß den Gutachtern waren beide Angeklagte während der Tat zurechnungsfähig.

Erika wird eine narzisstische und eine Borderline-Persönlichkeitsstörung diagnostiziert. Omar hingegen eine submissive, abhängige und leicht manipulierbare Persönlichkeit attestiert.

Am 12. Dezember 2001 verurteilt das Gericht in Turin Erika zu sechzehn und Omar zu vierzehn Jahren Haft. Während Omar sein Urteil still annimmt, flippt Erika im Gerichtssaal aus und beschimpft ihre Anwälte vor allen Anwesenden.

Das Berufungsgericht bestätigt am 30. Mai 2002 das Strafmaß

der ersten Instanz. Das letzte Berufungsverfahren endet am 9. April 2003 mit dem definitiven Urteil und bestätigt die vorangehenden Haftstrafen.

Nach Erreichen der Volljährigkeit werden die beiden Teenager in ein Gefängnis für Erwachsene verlegt. Anfang 2010 kommt Omar in ein Rehabilitationsprogramm der Caritas. Dort kann er als Gärtner arbeiten und wird auf das Leben nach der Haft vorbereitet. Im März 2010 endet seine Haftstrafe wegen guter Führung. Als seine Freilassung in den Medien bekannt wird, steht er wieder im Fokus der Medien. Italien will und kann diese Bluttat nicht vergessen. Erika und Omar gelten als der Inbegriff des Teufels.

Heute versucht Omar, sich mit seiner Freundin ein neues Leben aufzubauen, was sehr schwer ist, denn niemand gibt dem berühmten Mörder einen Job. Die Paparazzi verfolgen ihn überall hin. Die Menschen vergessen nicht, was er getan hat, obwohl er seine Strafe verbüßte.

Erika sitzt ihre Strafe in drei Gefängnissen ab. Im Jugendgefängnis in Turin und Mailand bleibt sie bis zu ihrer Volljährigkeit, anschließend wird sie 2011 nach Brescia in ein normales Gefängnis verlegt. Sie nimmt ebenfalls an einem Rehabilitationsprogramm teil. Im Gefängnis macht sie 2004 einen Abschluss als Vermessungstechnikerin und 2009 einen in Philosophie.

Im Oktober 2011 wird sie in eine Gemeinschaft der Stiftung Exodus integriert, die von einem Pater gegründet und geführt wird: Don Mazzi. Am 5. Dezember des gleichen Jahres kommt sie endgültig frei und gilt als vollständig rehabilitiert. Erika arbeitet auch heute noch für diese Stiftung und möchte bald, wie ihre Mutter, als Volontärin arbeiten. Ihr Vater, der inzwischen mit einer neuen Partnerin zusammenlebt, ist ihr über all die Jahre nie von der Seite gewichen. Er hat ihr schon vor langer Zeit verziehen, weil er von Anfang an der Überzeugung war, dass seine Tochter eine solche Tat nur begehen konnte, weil sie psychisch krank war.

Aspekte des Falls:

Insgesamt elf Psychiater begutachteten Erika und Omar. Nicht nur, um das unklare Tatmotiv zu verstehen, sondern auch, um für das Gericht die Schuld- und Zurechnungsfähigkeit zum Zeitpunkt der grausamen Tat festzustellen. Unzählige Tests wurden an beiden durchgeführt, ihr damaliges Umfeld, der Freundes- und

Bekanntenkreis durchleuchtet.

Die Diagnose für Omar lautete auf eine abhängige oder auch sogenannte dependente Persönlichkeitsstörung. Kennzeichnend für diese Störung sind überstarke Trennungsängste, klammerndes Verhalten gepaart mit einem verminderten Selbstwertgefühl, einer depressiven Grundstimmung sowie mangelndem Durchsetzungsvermögen und geringer Eigeninitiative. Omar war schwach und hat sich von Erika führen lassen. Wie so oft, ließ er auch in diesem Fall andere Menschen für sich entscheiden. Aus Angst, verlassen zu werden tat er alles, was Erika von ihm verlangte, nur um sie nicht zu verlieren. Der Junge war sehr verliebt, eine kranke Interpretation wahrer Liebe. Eine Mischung aus Sexualität und kaltschnäuzigen Experimenten, fälschlich betrachtet als wilde Abenteuer zweier Teenager, die allein gegen die Gesellschaft um ihre vermeintliche Freiheit kämpfen.

Erikas Eltern mochten Omar nicht, akzeptierten ihn als Freund ihrer Tochter nicht. Der Junge hatte einen schlechten Ruf und Umgang in der Stadt. Für Erika wünschten sie sich einen anständigen Freund, doch das Pärchen glaubte, ineinander verliebt zu sein und für immer zusammenzugehören. Die Eltern standen dieser Liebe im Weg. Sie waren nicht frei.

Diese Fehlinterpretation von Liebe war für beide verheerend. Omar wurde in den Gerichtsverhandlungen von den Experten als »verlängerte Arme und Beine« von Erika dargestellt. Drogen, perverse Sexspiele mit Mordfantasien und andere Exzesse gehörten damals zur kranken Beziehung der beiden dazu. Die Stärkere in dieser Partnerschaft, Erika, übernahm die Führung, plante die Tat für ihre Befreiung, und Omar zog mit. Im Innern des Schwächeren war ein Loch, eine Leere, die von der dominanten Erika ausgefüllt wurde. Er suchte bei seiner Partnerin nach etwas, das er in seinem eigenen Innern nicht fand. Omar hatte das Gefühl, in Erika einen starken Halt gefunden zu haben, eine Liebe, in der er Erfüllung finden konnte.

Erika hingegen litt an einer narzisstischen und Borderline-Persönlichkeitsstörung. Ihr ursprünglicher Plan vor der schrecklichen Tat bestand darin, beide Elternteile umzubringen, den Bruder nicht. Sie dachte, dass dieser nach dem Tod ihrer Eltern von der Großmutter aufgezogen werden würde. Ihn zu töten, gehörte nach ihren Aussagen nicht zum Plan. Erika lebte damals rastlos, verzweifelt und voller Hass. Sie befand sich in einer innerpsychischen Isolation. Ihr fehlte das Einfühlungsvermögen für andere. Die Beziehungen in ihrem Leben bezweckten die Abdeckung ihrer selbstsüchtigen Bedürfnisse. Erikas Antriebsfeder war die Suche nach Ruhm und Kraft, in Zusammenhang mit dem Verlangen nach Bindung.

Derartige Krankheitsbilder bei Patienten sind nicht selten anfällig für Selbstverletzungen und suizidale Verhaltensweisen. Die Beziehung zwischen Erika und Omar war sehr intensiv, leidenschaftlich, chaotisch und für beide vollkommen destruktiv.

Die Aufgabe der drei Gerichtsinstanzen bestand nun darin, aufgrund aller Gutachten festzustellen, ob die beiden Teenager zum Zeitpunkt der Tat zurechnungsfähig waren. War ihnen bewusst, was sie taten, oder nicht? Die Antwort darauf fiel in allen Urteilen klar aus. Omar und Erika hatten die Ermordung seit Langem geplant und eiskalt durchgeführt. Beide waren zu diesem Zeitpunkt voll zurechnungsfähig.

Und wie steht es heute um die damals minderjährigen Täter? Wären sie in der Lage, wieder zu töten?

Auf diese Frage kann kein Experte eine Antwort geben. Die beiden Angeklagten haben ihre Haftstrafen abgesessen und sind heute in Freiheit. Beide versuchen auf ihre Weise, ein neues Leben zu beginnen, was aber nicht einfach ist. Omar und Erika stehen heute noch ständig unter Beobachtung der Medien. Die Öffentlichkeit zeigt sich bis in die Gegenwart empört darüber, dass dieses Mörderduo bereits auf freiem Fuß ist, während einem kleinen Jungen und einer Mutter das Leben für immer genommen wurde. Keiner begreift, wie der Vater seiner Tochter vergeben konnte und dass er wie ein Löwe an ihrer Seite für sie gekämpft hat, obwohl sie seine Familie zerstörte.

Was für Menschen heute Erika und Omar sind, weiß keiner, nur dass sie bis an ihr Lebensende mit dieser Schuld leben müssen.

»Der Zwerg von Termini«

Es ist der 26. April 1990, eine unruhige Zeit für die Stadt Rom, die von einer hohen Kriminalitätsrate geprägt ist. Müll wird ohne Rücksicht auf die Natur oder den Gestank in den Straßen überall abgelegt.

An diesem Morgen erhält die Polizei einen anonymen Anruf mit der Meldung, dass wenige Kilometer außerhalb der Stadt ein auffälliger schwarzer Müllsack am Straßenrand liegt. Die Beamten gehen der Sache nach und finden tatsächlich einen dunklen Plastiksack. Als sie diesen vorsichtig öffnen, entdecken sie zuerst einen kleinen, nackten Fuß. Die Polizisten glauben zunächst, dass es sich um ein Kind handelt, aber als sie den Sack öffnen, erleben sie eine Überraschung. Das männliche Opfer misst gerade mal 130 Zentimeter, ist aber kein Kind, sondern ein erwachsener, zwergwüchsiger Mann, um die hundert Pfund schwer. Sein Alter wird auf circa fünfzig geschätzt. Der Körper ist noch nicht vollständig abgekühlt. Er trägt einen dunklen Pullover und beigefarbene Hosen, nur die Schuhe und Socken fehlen. Die Leiche weist Anzeichen eines Kampfes auf, aber am auffälligsten ist das hellblaue Foulard der bekannten Marke *BALENCIAGA*, das eng um seinen Hals gewickelt ist. Der Gerichtsmediziner stellt fest, dass der kleine Mann mit genau diesem Seidentuch zwischen drei und sechs Uhr morgens erwürgt wurde. Die Polizisten finden in der Innentasche der Jacke einen Ausweis. Es handelt sich um den vierundvierzigjährigen Domenico Semeraro, der in der *Via Castro Pretorio 3* in Rom wohnt.

Dieses Stadtviertel ist für die Polizei kein unbekannter Ort. *Castro Pretorio* ist ein kleiner Stadtteil im Nordosten des Bahnhofs *Termini*. Die *Via Policlinico*, die am großen Krankenhauskomplex entlang verläuft, bildet die östliche Grenze. Die westliche Grenze befindet sich direkt unterhalb *der Piazza della Repubblica* an der Via Torino. *Castro Pretorio* ist eine touristische Gegend sowie auch ein zentral gelegenes Wohngebiet. Ganz in der Nähe liegt der römische Hauptbahnhof *Termini*.

Am Wohnort des Opfers gibt es viele Geschäfte, Firmen, Cafés, Hotels und noch mehr dunkle und schrille Gestalten, die sich in naheliegenden Klubs und am Bahnhof herumtreiben. Ein der Polizei bestens bekanntes Ambiente.

Wie sich bald herausstellt, ist das Opfer in diesem Viertel kein

Unbekannter. Bereits nach den ersten Befragungen stellen die Ermittler fest, dass Semeraros Bekanntheitsgrad groß ist, besonders wegen seines außergewöhnlichen Berufes. Man kennt ihn als *il nano* (der Zwerg) oder l'imbalsamatore (den Einbalsamierer). Domenico Semeraros Spezialgebiet war die Einbalsamierung von Tieren.

Sein Laboratorium befindet sich im gleichen mehrstöckigen Gebäude wie seine Wohnung. Als die Ermittler das Haus zwecks Durchsuchung der Räume betreten, haben sie das Gefühl, in einem Museum zu sein. Sie finden alle Arten von konservierten Tieren vor, und jedes Exemplar sieht echt aus. Gleichzeitig herrscht im Labor wie auch in der Wohnung des Opfers große Unordnung. Aufgrund der Blutspuren auf dem Sofa und des allgemeinen Chaos kommen die Polizisten zum Schluss, dass hier ein heftiger Kampf stattgefunden haben muss. Sie gehen davon aus, dass Domenico Semeraro hier ermordet und seine Leiche anschließend in einem Müllsack außerhalb der Stadt wie Abfall deponiert wurde. Da weder Geld noch Wertsachen gestohlen wurden, kann es sich nicht um einen Raubüberfall handeln.

Nun gilt es herauszufinden, warum Domenico Semeraro in seinem Haus umgebracht wurde und von wem. Die Ermittler konzentrieren sich zuerst auf die Identität des Kleinwüchsigen. Da sie in der Wohnung Sex-Toys und pornografisches Material finden, könnte das Motiv in der Welt des Rotlichtmilieus liegen. In den Polizeiarchiven finden die Ermittler noch mehr interessantes Material über den Mann, der kein Unschuldslamm war.

Die Polizisten ermitteln in jede denkbare Richtung.

Wer war dieser kleinwüchsige Domenico Semeraro, und welche Geheimnisse verbarg er in seinen vier Wänden? Denn das Bild am Tatort lässt kaum einen anderen Schluss zu, als dass hier jemand etwas gesucht hat.

Der vierundvierzigjährige Domenico wird in Brindisi geboren. Seine Eltern sind Landwirte und Mitglieder derselben Familie, sodass die Genetik dieser Verwandtschaft eine bedeutsame Rolle bei der Entwicklung ihres Kindes zum Zwergwüchsigen beitrug. Ein kleiner Körper, der sich im Laufe der Zeit verändert, aber nicht größer wird. Sein Umfeld reagiert auf ihn mit Mitleid oder Verachtung; insbesondere in der Schule bekommt es Domenico mit den Gemeinheiten Gleichaltriger zu tun. Hänseleien sind an der Tagesordnung. Der Zwerg entspricht nicht dem Bild eines *ganzen Mannes*, aber er ist intelligent und weiß sich zu wehren. Domenico leidet zwar unter seiner Größe, aber er ist keiner, der sich seinem Schicksal hingibt, resigniert oder sich nicht wehrt. Wenn er schon dieses körperliche Defizit hat, so muss er dafür sorgen, dass man sich ihm aus anderen Gründen unterwirft. Das scheint sein Lebensmotto zu sein. Er will, dass seine Mitmenschen ihn bewundern, wenn nicht wegen seines Äußeren, dann wegen anderer Fähigkeiten, von denen er aufgrund einer beträchtlichen Portion Selbstbewusstsein überzeugt ist.

In der Schule strengt er sich an und schafft seinen Abschluss mit Bestnoten. Um sich als Ingenieur weiterzubilden, zieht er nach Rom.

Dort versucht er zunächst, als Schauspieler Fuß zu fassen. 1972 gelingt sein Vorhaben. Er bekommt eine Nebenrolle als Kind einem Film von Lucio Fulci: *Don't torture a dockling* (it.: *Non si sevizia un Paperino* – dt.: *Man foltert kein Entlein*)auf. Domenico erlebt einen Moment des Ruhms, doch die Filmszene ist nicht weiter an ihm interessiert. Er bekommt keine Angebote mehr und muss sich den Traum einer Schauspielkarriere abschminken. Aus diesem Grund macht er 1973 eine Ausbildung zum Thanatologen. Gleichzeitig gibt er stundenweise als Dozent in drei Schulen Unterricht. Auch als Lehrer gelingt es ihm, Aufmerksamkeit auf sich zu ziehen. Er gibt Interviews und lässt sich von den Zeitungen als kleinster Lehrer Italiens feiern – ebenso charmant, wohlhabend und intelligent. Die Journalisten sind von ihm begeistert. Sie feiern ihn nicht nur als den kleinsten Lehrer Italiens. Besonders fasziniert sind sie von seinem seltsamen Beruf: Domenico Semeraro ist leidenschaftlicher Einbalsamierer (in Deutschland würde man ihn üblicherweise Tierpräparator nennen). Das Verarbeiten von toten Tieren übt eine fast krankhafte Faszination auf ihn aus. Da es sich um einen seltenen Beruf handelt, ist er mit Aufträgen gut eingedeckt. Er kann es sich sogar leisten, sein eigenes Labor zu Hause zu eröffnen.

Die Journalisten bringen zahlreiche Berichte über ihn und sein außergewöhnliches Tierlabor, das er anfangs noch in seinen eigenen vier Wänden betreibt. Dank seiner kleinen Hände hat er es als Einbalsamierer einfacher als seine Kollegen, weil er geschickter damit agieren kann. Er genießt einen guten Ruf, was sein Handwerk anbelangt.

Domenico will aber mehr. Er möchte der Welt sein Liebes- und Sexualleben zeigen. Allen demonstrieren, welch ein Playboy er trotz seines Handicaps ist. Deshalb lässt er sich mit zahlreichen Frauen ablichten. Sein Selbstbewusstsein scheint grenzenlos zu sein.

1973 entschließt er sich, in diversen Zeitungen ein kleines Inserat mit folgendem Inhalt aufzugeben (Übersetzung des Originaltextes):

Fünfundzwanzigjähriger, wohlhabend, diplomiert, Schauspieler, mit leichtem Defekt, sucht Zwillingsseele zwecks Heirat. Postfach 11-276 Rom.

Wieder hat Domenico Erfolg. Über das Inserat lernt er die sechzehnjährige Tanja kennen. Sie ist hübsch, hochgewachsen und noch sehr jung. Trotzdem drängt sie Domenico, sich mit ihm zu verloben. Er fährt zu ihren Eltern und stellt sich ihnen vor. Bittet sie, Tanja eine Woche zu sich nach Rom nehmen zu dürfen. Dann geschieht etwas Unvorhergesehenes: Bevor er sein Vorhaben umsetzt, machen die beiden einen gemeinsamen Ausflug mit dem Auto. An einem einsamen Ort vergewaltigt Domenico sie.

Nach diesem Vorfall bricht das Mädchen die Beziehung mit ihm ab, aber nur für kurze Zeit, da sie und ihre Eltern von Anfang an nur an seinem Vermögen interessiert waren.

Während der Einbalsamierer vom Heiraten Abstand nehmen will, drängen die Eltern des Mädchens und Tanja selbst – des Geldes wegen – immer energischer auf die Hochzeit. Aber Domenico weigert sich.

Fünf Monate später rächt sich die Familie an ihm für diese Abweisung: Sie zeigen Domenico wegen der Vergewaltigung von Tanja an.

Der kleine Mann wehrt sich natürlich gegen diese Anschuldigung. Er sagt aus, dass die Liebe zwischen ihnen beiden an den Eltern zerbrochen sei. Die Familie habe es auf sein Geld abgesehen und wollte Tanja versorgt wissen. Er sei niemals gewalttätig geworden, im Gegenteil.

Die damaligen Ermittler und die Staatsanwaltschaft schenken Domenico mehr Glauben, da es für die Vergewaltigung keine Beweise gibt. Sie sehen die Anzeige als Racheakt dafür, weil der Beschuldigte die Heirat abgesagt hatte. Trotzdem schließen sie den Fall nicht ab und verfolgen noch eine andere Spur, um der Wahrheit auf den Grund zu gehen.

Wegen des laufenden Verfahrens muss Domenico seine Tätigkeit als Lehrer aufgeben. Als offiziellen Grund benennt er einen Nervenzusammenbruch, in Wahrheit musste er auf Druck der entsprechenden Schulleitungen kündigen. Diese hatten nämlich von Schülern erfahren, dass Domenico Semeraro offenbar einigen Mädchen unmissverständliche sexuelle Avancen gemacht habe. Für die Direktoren waren dies schwerwiegende Anschuldigungen, ausreichend, Semeraro loswerden zu wollen, um den guten Ruf der Schulen zu wahren.

Mit diesen Vorkommnissen befassen sich nun auch die Ermittler, die den Mord an Domenico Semeraro untersuchen. Missbrauchsopfer vergessen nie ... Könnte ihn die Vergangenheit eingeholt haben? War dies das Motiv?

Die Polizei geht zwei Spuren nach. Einerseits könnte es eine betrogene Frau sein, so wie Tanja, die von Domenico um die Heirat mit ihm und sein Geld gebracht wurde. Oder ein Schüler, der von ihm missbraucht oder auch nur verbal in diese Richtung belästigt wurde.

Aufgrund des pornografischen Bildmaterials, das die Ermittler in Domenicos Wohnung gefunden haben, könnte es sich sowohl um ein weibliches wie ein männliches Missbrauchsopfer handeln, denn der kleine Mann hat offenbar keine besonderen geschlechtlichen Vorlieben gepflegt – Geheimnisse, die er zu Hause aufbewahrte.

Eine weitere Spur basiert auf einer Strafanzeige betreffend der Einbalsamierung von geschützten Tierarten. Es handelt sich um Tiere, auf die bereits die Jagd verboten ist. Wilderer haben für Domenico diese Tiere getötet, damit er sie einbalsamieren und auf dem Schwarzmarkt verkaufen konnte.

Die Möglichkeit, dass er einer dieser Wilderer nicht bezahlt hat und deshalb ermordet wurde, besteht also auch.

Die Ermittler stellen immer mehr fest, dass das gesamte Leben des kleinen Mannes ein Fass ohne Boden ist. Er hat mehr als nur einen Feind, und selbst dem organisierten Verbrechen soll er ab und zu seine Dienste und Fähigkeiten zur Verfügung gestellt haben, obwohl es dafür weder Zeugen noch Beweise gibt.

In Domenicos Labor finden die Polizisten auf dem Fußboden kaputte Eier, esoterische Bücher und eine Visitenkarte mit der Aufschrift: *Domenico Semeraro, Liebhaber der okkulten Kunst.*

In den 90er Jahren ist der Bahnhof *Termini* in Rom tagsüber wie jeder andere Bahnhof einer Großstadt, aber abends ist die Hölle los. Es ist ein Treffpunkt für Drogendealer, Junkies, männliche und weibliche Prostituierte, Freier sowie skurrile Leute aller Art, die dort ihren dunklen Machenschaften und Geschäften nachgehen.

Der gut gekleidete Domenico hält sich nachts oft dort auf. Man kennt ihn, denn er bietet den jungen Leuten Geld gegen sexuelle Dienstleistungen an. Es ist sein kleines Königreich, so beschreiben es die Jugendlichen, die sich prostituieren und mit ihm zu tun haben. Er verlangt von Jungs und Mädchen bizarre Sexspiele bei ihm zu Hause und bezahlt viel Geld dafür. Alle Leute vom Bahnhof, die ihn kennen, nennen ihn den *Zwerg von Termini* (il nano di termini).

Domenico ist pervers und gleichzeitig verzweifelt, weil er

akzeptiert und geliebt werden will. Der bezahlte Sex füllt sein Verlangen nach Liebe, seine innere Leere. Dadurch gelingt es ihm, Menschen an sich zu binden, sie abhängig von sich zu machen.

Die Mordermittler fragen sich nun, ob dieses Doppelleben Semeraro das Leben gekostet haben kann. Ist der Täter in diesem Milieu zu suchen? Sie konzentrieren ihre Befragungen und Untersuchungen auf diejenigen, mit denen das Opfer zusammen war. Die meisten der Betroffenen vom Bahnhof haben keine Familie; sie prostituieren sich, um zu überleben.

Dem Opfer ist dies bewusst gewesen, und er macht sich lange die hoffnungslose Situation seiner Sexualpartner zunutze.

Doch wie sich bald herausstellt, beschränkt sich das Jagdrevier des kleinen Mannes nicht nur auf den Bahnhof *Termini*. Auch bei der Suche nach Angestellten für sein Labor legt er den Schwerpunkt auf deren Bereitschaft zu sexuellen Dienstleistungen. Über Zeitungsinserate sucht er junge Mitarbeiter für sein Geschäft, das praktischerweise mit seiner Wohnung verbunden ist. Er prüft die Bewerber genau und stellt nur junge, für ihn jederzeit verfügbare Leute ein, die seinem Geschmack entsprechen.

Domenico gibt all seinen Sexdienstleistern jeweils einen Spitznamen, die gleichen, die er seinen ausgestopften Tieren verpasst. Als er sich entschließt, einen gut aussehenden Jungen einzustellen, nennt er ihn *die Maus*. Diesen Jüngling, der vorher in Aushilfsjobs als Koch tätig gewesen ist, weiht Domenico das Handwerk des Einbalsamierers ein. Er macht ihm auffällig viele Geschenke, zum Beispiel kauft er ihm ein Mofa der Marke CIAO und eine VESPA. Er verbringt sogar Ferien im Ausland mit ihm. Domenico gelingt es geschickt, den Jüngling für seine Zwecke zu manipulieren und ihn mit Geschenken und Geld an sich zu binden. Er kennt die Schwächen dieser Jungs, weiß genau, auf was sie stehen.

Doch in letzter Zeit scheint sich das Verhältnis zu seinem Lieblingsspielzeug namens *die Maus* verändert, abgekühlt zu haben.

Die Mordermittler erfahren, dass Domenico beide Mofas, die er dem Jungen schenkte, weiterverkauft hat, um ein größeres Motorrad zu erwerben, das er wiederum einem anderen Jungen schenkt. Ist er deshalb ermordet worden? Ist Eifersucht das Motiv?

Der Mann mit dem Spitznamen *Maus* wird von den Ermittlern zuerst verhört, doch es stellt sich heraus, dass er nicht der Mörder sein kann. Sein Alibi ist wasserdicht. Trotzdem verfolgen die Beamten die Geschichte mit dem Motorrad weiter. Sie wollen herausfinden, wem Domenico dieses Fahrzeug geschenkt hat, und es dauert nicht lange, bis sie die Person finden.

Sein Name lautet Armando Lovaglio. Der Dunkelhaarige ist attraktiv, einundzwanzig Jahre alt, hat ein Engelsgesicht mit einem traurigen Ausdruck und ist ebenfalls seit 1986 ein Angestellter von Domenico Semeraro. Eine ideale Beute für einen Jäger wie den kleinen Mann. Armando sagt jedoch aus, dass zwischen ihm und dem Opfer lediglich eine gute Freundschaft bestand, mehr nicht, eine Art Vater-Sohn-Beziehung. Domenico gibt Armando keinen Tier-Spitznamen wie seinen anderen Jünglingen, sondern er nennt ihn *nipote* (Neffe) und stellt ihn den Leuten auch als seinen Neffen vor. Armando seinerseits sieht in dem kleinen Mann eine wichtige Bezugsperson. Eine Art Vaterfigur und Mentor. Er vertraut ihm so sehr, dass er ihm sogar eine Generalvollmacht über seine Bankkonten ausstellt. Zudem hält er ihn für einen sehr guten Lehrer. Seit er für Domenico arbeitet, hat er sich immer mehr von der öffentlichen Schule abgewandt. In Armandos Augen ist Domenico sein einzig wahrer Lehrer, andere braucht er nicht.

Würde so jemand Domenico töten? Welches Motiv hätte der Junge haben können? Da die Ermittler in ihm keinen Tatverdächtigen sehen, suchen sie weiter.

Nachdem sie in Domenicos Haus einen versteckten Tresor finden, brechen sie diesen auf und erleben eine Überraschung. Darin befinden sich Fotos und Negative von nackten Jungen und Mädchen. Es war kein »echtes« pornografisches Material, sondern eher eine Art von erotischen Bilder, auf denen sich die Jugendlichen in Softcore-Posen ablichten lassen.

Die Polizisten prüfen jedes einzelne Bild. Da es sich um viel Material handelt, dauert dies eine Weile, aber sie werden fündig: Auch der Junge mit dem Engelsgesicht, Armando, ist darunter.

Die Ermittler sehen die von Armando beschriebene Vater-Sohn-Beziehung nun in einem neuen Licht. Fotografiert ein Vater sein Kind in solchen Posen? Natürlich nicht!

Mithilfe des neuen Materials soll nun herausgefunden werden, was für eine Art von Beziehung der Junge tatsächlich mit dem Mordopfer unterhielt. Sie verhören Armando nochmals und fragen nach seinem Alibi zum Todeszeitpunkt Domenicos. Der Junge sagt aus, dass er zur fraglichen Zeit im Haus des Opfers war, um dort ein Mofa zu reparieren. Er sei bis drei Uhr morgens geblieben – die Zeit, in der Domenico nach Aussagen des Gerichtsmediziners ermordet wurde.

Die Ermittler staunen nicht schlecht, als der Junge nach dieser Aussage seine Stimme senkt und den Mord gesteht. Doch dieses emotionslose Geständnis klingt in den Ohren der Polizisten unglaubhaft. Will er jemanden decken? Weshalb hat er einen Mann getötet, den er angeblich wie einen Vater liebt?

Die Ermittler bitten Armando, ihnen alles genau zu erzählen. Wie er Domenico kennengelernt hat und wie und warum es zu diesem Mord gekommen ist.

Armando zeigt sich beim Verhör sehr gefasst und kooperativ. Er erzählt, dass er Domenico 1986 anlässlich eines Bewerbungsgesprächs für einen Sommerjob zum ersten Mal trifft. Damals war er siebzehn. Der kleine Mann stellt ihn sofort für sein Labor ein. Er ist von Armandos Schönheit geblendet und sieht ihn als griechischen Gott an.

Diese Aussage bestätigt sich später auch in den sichergestellten Tagebüchern des Einbalsamierers. Armando sagt aus, dass Domenico ihn geliebt und reichlich beschenkt hat. Doch er verlangt für seine Zuneigung eine Gegenleistung vom Jungen. Er dominiert Armando, erpresst ihn sogar damit. Wenn er nicht das tut, was er von ihm verlangt, sei Domenico sehr aggressiv geworden. Er kennt die ärmlichen Verhältnisse des Jungen und weiß, wie er ihn mit Geld und Macht um den Finger wickeln kann.

Auch Armandos Eltern sind von dem kleinen Mann geblendet. Sie vertrauen ihm so sehr, dass es ihnen nichts ausmacht, als ihr minderjähriger Sohn sogar bei Domenico übernachtet und die meiste Zeit mit ihn verbringt.

Armando gibt seinerseits offen zu, dass er sich vom Intellekt seines Mentors sehr angezogen fühlt, weshalb er immer alles tut, was dieser von ihm verlangt. Er ist psychisch wie materiell von ihm abhängig, sieht zu ihm hoch, wie andere Menschen einem charismatischen Sektenführer blind folgen und alles tun, was er von ihnen fordert.

Die Ermittler glauben dem Jungen, da sie durch die Befragung anderer Zeugen mehrmals zu Protokoll genommen haben, dass der Einbalsamierer eine außerordentliche Ausstrahlung und Persönlichkeit besessen hat, verbunden mit der Fähigkeit, die Schwächen der Menschen zu durchschauen und für sich zu nutzen. Für die Polizei ist klar, dass der junge Armando eine ideale Beute für Domenico darstellt. Naiv, introvertiert, arm, jung und sehr attraktiv. Das perfekte Opfer für psychologische Manipulationen. Der kleine Mann weiß, mit welchen Luxus-Geschenken er bei Jungs in diesem Alter punkten kann.

Armando erzählt den Ermittlern, dass Domenico mit ihm

Drogen konsumiert hat, ihn auch damit in die Abhängigkeit getrieben hat, insbesondere als er merkte, dass sich der Junge sich von ihm distanzieren wollte. Er scheut nicht einmal davor zurück, Armando Heroin zu verabreichen. Domenico hegt gegenüber dem Jungen eine offenbar krankhafte, obsessive Liebe, die eigentlich keine Liebe ist, sondern Besitzdenken. Er versucht ihn in einem goldenen Käfig festzuhalten, merkt jedoch, dass sich der Junge langsam anderen Interessen zuwendet und sich von ihm zu lösen beginnt.

Doch welches Motiv führt einen Jungen zu einer solchen Tat? Habgier? Erpressung? Die Ermittler glauben, dass der Grund ein anderer ist, da auf den zahlreichen sichergestellten Fotos Armando oft mit einem Mädchen zusammen zu sehen ist. Es handelt sich dabei nicht um eine Prostituierte, sondern um eine junge Frau, die Domenico als Sekretärin angestellt hat. Die Polizisten zeigen Armando während des Verhörs die Bilder und erkennen an seiner Reaktion, dass die junge Frau mehr als nur ein Bildmotiv für Armando zu sein scheint. Zunächst will er nicht darauf eingehen, streitet eine Liebesbeziehung mit ihr ab, doch dann bricht er zusammen und gibt zu, dass dieses Mädchen seine Freundin ist.

Die Zwanzigjährige heißt Michela und ist Domenico Semeraro's persönliche Sekretärin. Die Ermittler machen die junge Frau ausfindig und befragen sie. Michela hat blondes Haar und ist sehr attraktiv. Sie erzählt, dass Domenico sie ein Jahr vor Armando als Sekretärin für sein Labor eingestellt hat. Auch sie suchte damals nach einem Job, um finanziell von ihren geschiedenen Eltern unabhängig zu sein. Bei ihrem ersten Vorstellungsgespräch ist sie nicht sicher, ob sie den Job annehmen soll, da ihr das Labor wie ein Horrorkabinett vorkommt und sie sich dort überhaupt nicht wohlfühlt.

Bei den jeweils ausgeschriebenen Stellen des Einbalsamierers handelt es sich stets um temporäre Jobs. Domenico wechselt seine Angestellten schnell, wenn sie sich ihm nicht fügten. Michela berichtet, dass auch sie durch die finanziellen Leckerbissen, die ihr das Mordopfer anbietet, schnell in den Fängen seines Spinnennetzes gelandet ist. Mit der Zeit wird das Labor für Michela, so wie später auch für Armando, eine Art zweites Zuhause. Doch sie ist stärker als ihr Freund. Sie lässt sich von dem kleinen Mann nicht so leicht dominieren. Michela ist nicht nur hübsch, sondern auch sehr intelligent. Sie weiß, wie sie Domenico auf Distanz halten kann, ohne ihre Privilegien zu verlieren.

Ihr gelingt es, Armandos Herz zu erobern, was Domenico ein Dorn im Auge ist, denn im Gegensatz zu ihr muss er sich die Liebe seines Schützlings erkaufen. Domenico hat nicht damit gerechnet, dass sich die beiden ineinander verlieben würden. Er steht vor einem Problem, das er auf seine Weise zu lösen versucht – mit einer Dreier-Beziehung –, was ihm jedoch auf Dauer nicht gelingt. An diesem Punkt begreift er, dass die Liebesbeziehung zwischen den beiden jungen Leuten ernst ist.

Er ist verzweifelt und setzt alles daran, um das Paar auseinanderzubringen. Als Michela von Armando schwanger wird und ein Mädchen bekommt, verschärft sich die Situation. Armando teilt ihm mit, dass er jetzt weniger Zeit mit Domenico verbringen kann und das Paar mit dem Gedanken spielt, aus Rom wegzuziehen.

Der Einbalsamierer ist über diese Neuigkeit anfangs schockiert, versucht jedoch mit List und Geld, Armando wieder auf seine Seite zu bringen, ihn gegen Michela zu manipulieren. Er behauptet, dass das Kind nicht von ihm sei, dass sie ihn angelogen habe und es mit anderen Männern treiben würde. Doch Armando ist inzwischen kein naiver Junge mehr. Er will diese ungesunde Beziehung zu dem kleinen Mann endlich beenden, obwohl ihm psychisch die Kraft dazu fehlt.

Als Domenico bewusst wird, dass er Armando nicht mehr lange halten kann, ändert er seine Taktik und schreibt ihm Liebesbriefe, fleht ihn an, bei ihm zu bleiben, da er es eines Tages mit dieser Nutte bereuen würde. Als dies nichts nützt, nimmt er sein Bildmaterial aus dem Tresor und erpresst damit das frisch gebackene Elternpaar. Er droht ihnen, die Fotos der Polizei zuzustellen, ihren Eltern zu zeigen und sogar zu publizieren, damit ihre Freunde und Familien die Wahrheit über die beiden erfahren würden. Das Jugendamt würde sich dann ebenfalls einschalten.

Aber Armando ist jetzt Vater eines kleinen Mädchens und versucht mit aller Kraft, das Zepter für sein Leben zu übernehmen. Er geht auf keinen Erpressungsversuch ein und versucht, Domenico zu beschwichtigen, denn auf seinen Job ist er jetzt als Vater erst recht angewiesen.

Am 25. April 1990 spitzt sich die Situation zu. Domenico verhält sich gegenüber dem Paar wie ein Stalker. Den ganzen Tag hindurch belästigt er die beiden mit Anrufen. Er fordert sie auf, zu ihm nach Hause zu kommen, weil er etwas Wichtiges mit ihnen besprechen müsse.

Sie stimmen zu.

Michela und Armando sagen bei der Polizei aus, das Armando um drei Uhr morgens als Erster im Labor von Domenico eintrifft, erst später folgt Michela. Anfangs ist die Situation zwischen Armando und Domenico ruhig, doch als Michela eintrifft, kommt es zu einem heftigen Streit. Die üblichen Eifersuchtsszenen. Michela teilt Domenico mit, dass sie und Armando mit dem Kind die Stadt verlassen werden. Domenico rastet daraufhin völlig aus, nimmt einen Gegenstand aus dem Labor und geht damit auf Armando los. Diesem gelingt es, den kleinen Mann zu entwaffnen, aber es kommt zu einer handgreiflichen Auseinandersetzung.

Michela versucht vergeblich, die beiden zu beruhigen. Sie bekommt Angst und flüchtet aus dem Haus. Währenddessen kämpfen die Männer weiter, bis Armando Domenico überwältigt und ihn mit seinem blauen Foulard, das er um den Hals trägt, auf dem Boden erwürgt.

Armando erzählt den Ermittlern, dass er eine riesige Wut dabei empfunden hat. Es gelingt ihm nicht, seinen ungebremsten Zorn zu kontrollieren, nicht einmal, als Domenico schon tot ist. Er traktiert die Leiche mit Tritten und Faustschlägen, bis er sich wieder beruhigen kann.

Michela erzählt den Ermittlern, dass sie vor dem Mord das Haus fluchtartig verlassen hat, aber nicht weit weggerannt ist. Sie hält nach ein paar Metern auf der Straße an und kehrt zurück. Offensichtlich ist sie zu verängstigt, um wieder ins Haus zurückzugehen, weshalb sie am Hauseingang klingelt und auf Armando wartet. Als ihr Freund ihr mitteilt, dass er Domenico getötet hat, ruft sie Armandos Eltern an und bittet um Hilfe. Diese flehen das Paar an, nach Hause zu kommen, mit ihnen die Situation zu besprechen und sich dann der Polizei zu stellen. Doch Michela und Armando können in ihrer Panik nicht mehr klar denken. Sie haben Angst um ihre Zukunft und die ihres Kindes. Beide packen die Leiche in einen Müllsack und entsorgen diesen außerhalb der Stadt.

Was den Mord anbelangt, behauptet Armando gegenüber den Ermittlern mit großer Standfestigkeit, dass er alleine dafür verantwortlich ist. Michela ihrerseits behauptet dasselbe. Sie sei nicht für die Ermordung von Domenico Semeraro verantwortlich. Der Täter sei Armando. Sie habe ihm nur geholfen, die Leiche zu entsorgen, da er der Vater ihrer Tochter Veronica sei.

Nachdem sie den Müllsack abgeladen haben, fahren beide zu Armandos Eltern, wo sie mit ihrer Tochter wohnen. Diese versuchten, das Paar davon zu überzeugen, sich sofort der Polizei zu stellen. Doch die beiden wollen sich noch Zeit dafür nehmen. Zeit, um sich gegenseitig abzusprechen, wie die Polizei später glaubt ... aber nicht beweisen kann?

Die Ermittler sind nicht sicher, ob sich Armando die gesamte Schuld aufhalst, um die Mutter seines Kindes vor dem Gefängnis zu schützen. Denn wenn beide hinter Gittern landen, wächst das Mädchen ohne Eltern auf. Da sie ein Geständnis von Armando haben und Michela nichts nachweisen können, was ihre Aussage infrage stellt, beschließen sie, dass die mögliche Mitschuld von Michela an dem Mord im Gericht entschieden werden soll.

Im November 1990 findet die erste Gerichtsverhandlung statt. Die beiden Angeklagten stehen wegen Mordes und Michela außerdem noch wegen Vereitelung einer Straftat vor Gericht. Der Fall hat in den Medien große Wellen geschlagen. Die Öffentlichkeit sieht in den beiden Angeklagten die eigentlichen Opfer in dieser Geschichte und in Domenico den wahren Täter. Auch in den zahlreichen Gerichtsverhandlungen wird Domenico Semeraro, der Zwerg aus Termini, als bösartiger, perverser und zwiespältiger Mann dargestellt. Es war beinahe, als ginge es gar nicht um die eigentliche Tat, den Mord an Kleinwüchsigen, sondern um dessen Vergehen.

Auch während den Verhandlungen nimmt Armando die Schuld alleine auf sich. Michaele habe ihn weder zu diesem Mord angestachelt oder damit beauftragt. Die Anwälte der Opferfamilie Semeraro hingegen sind da anderer Meinung. Sie glauben, dass Michela während des Mordes anwesend war, können jedoch keine Beweise für diese Theorie vorlegen.

So kommt es, dass das Gericht am 13. Mai 1991 nur Armando für den Mord verurteilt und Michela aus Mangel an Beweisen freispricht. Das Strafmaß für Armando beträgt fünfzehn Jahre. Das Gericht spricht eine mildere Strafe aus mit der Begründung, dass der Täter gleichzeitig auch das Opfer eines höchst manipulativen älteren Mannes gewesen sei.

Armando akzeptiert das Urteil und zeigt sich sehr gefasst. Anders als es alle erwartet haben, fällt hingegen das Urteil des Berufungsgerichts vom Oktober 1992 aus. Das Strafmaß für Armando wird zwar bestätigt, aber Michela wird zu neun Jahren und neun Monaten Haft wegen Mittäterschaft verurteilt. Daraufhin reicht deren Anwältin erfolgreich Berufung ein. In der letzten Berufungsinstanz wird Michela wieder freigesprochen.

Bis heute fehlt jede Spur von Michela und Armando, der inzwischen seine Strafe abgesessen hat und wieder in Freiheit lebt. Obwohl zahlreiche Reporter intensiv nach den beiden gesucht haben, weiß niemand, was aus ihnen geworden ist und wo sie leben.

Aspekte des Falls:

Das Medienspektakel um diesen Kriminalfall war groß, da die Schuldfrage umstritten war. Es ging um Sex, Drogen, Geld und Abhängigkeiten. Die psychiatrischen Gutachten, die Armando zur Tatzeit eine teilweise Unzurechnungsfähigkeit wegen Drogenmissbrauch attestierten, wurden von den Richtern nicht anerkannt. Sie verkündeten zwar ein milderes Urteil als die von der Staatsanwaltschaft verlangte lebenslängliche Strafe, aber auch nach der dritten Gerichtsinstanz blieben genaue Details und Motive über das Dreier-Verhältnis den urteilenden Beteiligten unklar. Die Schuldfrage von Michela wurde nicht restlos geklärt, was auch das zweite Gerichtsurteil mit einem Schuldspruch von neuen Jahren klar zum Ausdruck brachte.

Fakt ist, dass bis heute nicht die ganze Wahrheit ans Tageslicht gekommen ist und dies auch vermutlich nicht mehr geschehen wird. Armando hat seine Strafe abgesessen und ist anschließend umgehend untergetaucht, so wie Michela nach ihrem zweiten Freispruch. Was stets in den Köpfen der Menschen bleiben wird, ist die Erinnerung an einen kleinen Mann, den *Zwerg von Termini*, der seine innere Leere nach Liebe und Akzeptanz mit dem Tod bezahlen musste.

»Das Mysterium von Olgiata«

Olgiata ist einer der exklusivsten Elite-Bezirke von Rom und befindet sich an der Außenseite des *Grande Raccordo Anulare*. Das Wohnzentrum von *Olgiata* ist Teil der alten Stadt *Veio*, nicht weit von der Insel Farnese entfernt. Die Stadt Rom ist weitgehend auf Fragmenten und Ruinen von Veio gebaut. Die *Olgiata* zeichnet sich durch ihre Fülle von Grünflächen und Luxus-Villen aus, die von vielen berühmten Persönlichkeiten bewohnt werden. Das gesamte Gebiet ist von Zäunen begrenzt, und der Zutritt wird den ganzen Tag über durch Aufsichtspersonal kontrolliert. Dies soll ein Maximum an Privatsphäre und Sicherheit für die Bewohner garantieren. Zu dieser exklusiven Wohngegend Roms existieren zwei Eingänge: Eingang Nord und Eingang Süd. In dem Stadtgebiet gibt es riesige Villen, Golf- und Tennisplätze, Reitzentren, Schwimmbäder, Hotels, Restaurants und Anwohnerklubs. Ein naheliegendes Einkaufszentrum bietet eine Bank, eine Bar und sogar eine ambulante Klinik. Auch staatliche und internationale Schulen fehlen nicht. Ein kleines Wohnparadies für Reiche, die Wert auf Privatsphäre und Sicherheit legen und unter sich bleiben wollen.

Groß ist deshalb das mediale Interesse, als sich am 10. Juli 1991 die Nachricht eines Mordes an diesem sicheren, idyllischen Ort wie ein Lauffeuer verbreitet. Bei dem Opfer handelt es sich um die zweiundvierzigjährige Gräfin Alberica Filo della Torre, Mutter von zwei Kindern – Manfredi, neun Jahre, und Domitilla, sieben Jahre. Sie stammt aus einer aristokratischen neapolitanischen Familie, weshalb sie den Titel einer Gräfin trägt. Ihr Vater ist Graf Ettore della Torre di Santa Susanne und ihre Mutter Donna Anna del Pezzo die Duchi di Caianello. Alberica heiratet zwei Mal. Mit ihrem zweiten Ehemann, dem wohlhabenden Bauunternehmer Pietro Mattei, gründet sie ihre Familie.

Wer hat dieses Familienglück zerstört und welches Motiv steckte dahinter? Was geschah am Morgen des 10. Juli 1991?

An diesem Tag laufen in der Nobelvilla der Familie Mattei die Vorbereitungen für ein Fest auf Hochtouren. Anlässe, Feste und Empfänge sind für die reichen Anwohner dieses Viertels nicht ungewöhnlich. Auf dem großen Gelände sowie im Erdgeschoss des Hauses sind zahlreiche Bedienstete bereits frühmorgens mit den

Festvorbereitungen für eine Pool-Party beschäftigt. Die Hausherrin, Gräfin Alberica, ist eine Perfektionistin und verlangt ihren Hausangestellten einiges ab.

An diesem Morgen bemerkt das englische Kindermädchen Melanie Uniacke bei der Vorbereitung des Frühstücks für die Kinder, dass der Toaster nicht funktioniert. Als sie es der Gräfin mitteilt, stößt diese bereits um acht Uhr zu ihnen in die Küche. Sie spricht mit ihren Kindern, mit Melanie und kontrolliert dann alle Hausangestellten, ob sie bereits bei der Arbeit für die Vorbereitungen des Abends sind. Bevor sie um Viertel vor neun Uhr wieder in ihr Schlafzimmer in den ersten Stock zurückkehrt, nimmt sie ein paar Kekse aus der Küche mit.

Es ist Hochsommer, und die letzten Tage waren sehr heiß. An diesem Morgen zeigt das Thermometer bereits dreißig Grad. Weil es so warm ist, hat das Kindermädchen Melanie von der Gräfin die Erlaubnis erhalten, den Pool der Familie benutzen zu dürfen. Sie schwimmt ein paar Runden, duscht und wechselt ihre Kleider.

Violeta Alpaga, eines der beiden philippinischen Hausmädchen, befindet sich ebenfalls in der Villa. Sie putzt gerade Zimmer für Zimmer und räumt ein paar Sachen von Pietro Mattei auf. Dieser hat bereits kurz vor acht Uhr morgens das Haus verlassen, weil er, wie immer, einen engen Geschäftsterminplan hat. Bevor er sich verabschiedet, kontrolliert er vier Gartenarbeiter, die für diesen Tag bestellt sind, um das Grundstück in Ordnung zu bringen und dabei zu helfen, Stühle und Tische für die Party aufzustellen.

Es ist ein besonderer Tag für die Eheleute, denn auf den Tag vor zehn Jahren haben sie den Bund der Ehe geschlossen, und an diesem Abend wollen sie mit ihren engsten Freunden den runden Hochzeitstag feiern. Pietro hat seine Sekretärin schon im Vorfeld angewiesen, sämtliche Geschäftstermine auf den Vormittag zu verlegen, damit er zeitig nach Hause fahren kann. Als er die Villa verlässt, befinden sich noch zehn Personen auf dem Grundstück und im Haus. Vier Gartenarbeiter, das englische Kindermädchen Melanie, die beiden philippinischen Hausmädchen, die Kinder der Familie, die Gräfin selbst – außerdem zwei Hunde.

Um neun Uhr klopft die kleine Tochter Domitilla an der verschlossenen Schlafzimmertür ihrer Mutter, weil sie nach ihrer Haarspange sucht, doch die Gräfin öffnet nicht. Als nach mehrmaligem Klopfen immer noch keine Reaktion erfolgt, beginnt das Mädchen zu weinen. Die philippinische Hausbedienstete Violeta hört das Kind. Sie versucht Domitilla zu beruhigen, da ihre Mutter wahrscheinlich wieder eingeschlafen ist und Ruhe möchte. Sie begleitet das Mädchen wieder nach unten und hilft ihr beim Suchen ihrer Haarspange.

Erst um Viertel vor zehn begibt sich Violeta wieder in den ersten Stock und klopft an die Tür, da zwei weitere bestellte Aushilfsarbeiter eingetroffen sind, um bei den Festvorbereitungen zu helfen. Als die Tür verschlossen bleibt und aus dem Zimmer nichts zu hören ist, beginnt die Hausangestellte sich Sorgen zu machen. Etwas stimmt nicht. Da die Tür von innen abgeschlossen ist, nimmt die Angestellte den Schlüssel des benachbarten Zimmers, der ebenfalls passt, und schließt damit auf. Beim Eintreten eröffnet sich ihr ein Bild des Grauens. Alberica liegt auf dem Boden. Ihr Seidennachthemd ist voller Blut. Ein Laken bedeckt ihr Gesicht. Sie ist tot.

Panisch rennt die Angestellte hinaus in den Garten. Statt sofort die Polizei zu rufen, schreit sie nach dem Wächter, der unmittelbar vor dem Zaun der Villa seine Runde dreht. Dieser wählt sofort den Notruf und informiert die Polizei. Auch ein paar Freunde der Familie fahren wenig später an der Villa vorbei und sehen neugierige Gaffer vor dem Anwesen, Polizisten sowie einen Krankenwagen. Sie halten an und betreten das Grundstück, da die Polizei dieses noch nicht abgesperrt hat. Einer dieser Freunde benachrichtigt sofort den Ehemann der Gräfin, der noch in der Firma ist. Am Telefon teilt er ihm jedoch nur mit, dass es Alberica nicht so gut ginge, ihr sei übel geworden.

Pietro denkt in dieser Sekunde nicht im Traum daran, dass seine Frau längst tot ist, und erklärt seinem Freund, dass er in etwa einer Stunde zu Hause sein kann, da er noch etwas dringendes Geschäftliches erledigen muss. Als sein Freund ihn daraufhin eindringlich auffordert, sofort nach Hause zu kommen, gerät Pietro in Panik. Der Anrufer will ihm nicht mehr verraten, versucht ihn zu beruhigen, Alberica sei nur schlecht geworden, aber Pietro begreift, dass mehr dahinter steckt. Er hat längst verstanden, dass seiner Frau etwas zugestoßen sein muss, denkt aber in diesem Augenblick immer noch nicht an das Schlimmste.

Pietro informiert seine Sekretärin und bittet sie, all seine restlichen Termine zu streichen, da er zu Hause einen Notfall habe. Er eilt zum Auto und versucht von unterwegs aus, zu Hause anzurufen. Am Telefon teilt man ihm lediglich mit, dass Alberica ohnmächtig geworden sei und das Bewusstsein noch nicht erlangt habe. Als Pietro dann endlich in der Villa ankommt, erklären ihm die Polizisten, dass seine Frau in der Badewanne ausgerutscht und infolge des Sturzes gestorben sei. Er dürfe noch nicht zu ihr, da man das Eintreffen des Gerichtsmediziners abwarten müsse und die

Spuren noch nicht gesichert seien.

In diesem Moment bricht für Pietro die Welt zusammen. Er kann das, was er soeben gehört hat, nicht begreifen. Alles kommt ihm surreal vor. Der Gedanke an seine zwei Kinder bohrt sich wie eine Nadel in seinen Kopf. Wie soll er es ihnen sagen? Wie geht es weiter? In seinem Schockzustand ist er wie gelähmt, versucht zu begreifen, wie so etwas in seinem Haus geschehen konnte.

Um 13 Uhr trifft schließlich auch der Staatsanwalt Dr. Cesare Martellino als Letzter am Tatort ein. Er staunt nicht schlecht, als er die vielen Menschen außerhalb sowie innerhalb der Villa herumschwirren sieht, die nicht zu den Behörden gehören und den Tatort nebst möglichen Spuren bereits verunreinigt haben. Er begibt sich in den ersten Stock und ärgert sich darüber, wie viele Unbeteiligte sich auch hier herumtreiben, die am Ort des Geschehens, dem Schlafzimmer, überhaupt nichts zu suchen haben.

Sein erster Eindruck ist verheerend. Der Tatort wurde von Anfang an nicht korrekt gesichert, was die Arbeit der Spezialisten erschwert. Zu viele Spuren wurden vernichtet oder verunreinigt, was die laufenden Ermittlungen in diesem Fall erschweren wird und so nicht geschehen darf. Staatsanwalt Martellino fordert alle umgehend auf, den Tatort zu verlassen. Unter Zuhilfenahme der erforderlichen Schutzmaßnahmen begutachtet er die Tote auf dem Boden des Schlafzimmers. Ihr Gesicht ist blutüberströmt und angeschwollen. Ein paar Zentimeter neben dem Kopf liegt ein Holzpantoffel, offenbar die Tatwaffe, mit welcher der Mörder auf das Gesicht des Opfers eingeschlagen hat. Stirn, Augen und Nase sind kaum erkenntlich. Nachdem sie getötet wurde, ist ihr Gesicht mit dem Bettlaken bedeckt worden, so als könne der Täter seinem Opfer nicht mehr in die Augen sehen.

Reue oder Scham?

Die gesicherten Spuren sind tatsächlich weitgehend verunreinigt, sodass sich darunter nur wenige weiterverwertbare Hinweise finden.

Die Medien stürzen sich auf diesen außerordentlichen Mordfall inmitten des gut bewachten Viertels der Wohlhabenden. Wer ist dieser kaltblütige Mörder, dem es gelungen ist, unbemerkt ins Schlafzimmer der Gräfin einzudringen, sie brutal zu töten und anschließend unter den Augen der zahlreichen Anwesenden in und außerhalb der Villa ebenfalls unbemerkt wieder zu verschwinden? Wie ist es möglich, dass kein einziger Zeuge etwas gesehen oder gehört hat? Wieso hat das Opfer nicht um Hilfe geschrien? Und welches Motiv trieb den Täter dazu, Alberica zu töten?

In Zusammenarbeit mit der Polizei sorgen die wohlhabenden Anwohner des Viertels dafür, dass die Presse mithilfe von Absperrungen vom Ort des Geschehens weitgehend ferngehalten wird. Diese Maßnahme zieht jedoch nur noch mehr Paparazzi an. Die Gerüchteküche brodelt. Die Polizei hält sich mit einer Pressekonferenz zurück, weil sie selbst noch im Dunkeln tappen. Das öffentliche Interesse ist jedoch so groß, dass der Druck auf die Behörden wächst.

In einer ersten Stellungnahme teilt die Polizei den Medien mit, dass es sich wahrscheinlich um einen Raubmord handelt, da einige wertvolle Schmuckstücke aus dem Schlafzimmer der Gräfin entwendet wurden. Man gehe davon aus, dass sich das Opfer zum Zeitpunkt des Diebstahls im Bad befand und den Täter auf frischer Tat überrascht haben muss. Über die Ermittlungsfehler bezüglich der Verunreinigung des Tatortes schweigen sie.

Diese Theorie ist jedoch nicht haltbar, denn zum Zeitpunkt des Mordes befanden sich viele Zeugen in der Villa und im Garten. Niemand hat etwas gehört oder jemanden gesehen, der geflohen ist. Wie konnte also ein Fremder in einem so gut überwachten Quartier überhaupt in die Nobelvilla eindringen, ohne bemerkt zu werden? Dieser seltsame Mord scheint ein Mysterium zu sein. Deshalb benennt die italienische Presse den Fall »Il mistero dell'Olgiata« (dt.: Das Mysterium von Olgiata).

Bald stellt sich heraus, dass die Villen der Reichen tagsüber gar nicht so gut bewacht sind wie nachts. Die Zäune sind niedrig und leicht zu überwinden. Somit hätte der Täter über den hinteren Teil des Anwesens leicht eindringen und ins Haus gelangen können, ohne dass er unbedingt bemerkt worden wäre, denn die zahlreichen Hausbediensteten und die temporären Arbeiter im Garten waren mit ihrer Arbeit und den Festvorbereitungen beschäftigt und waren einander auch nicht bekannt. Es herrschte reger Verkehr innerhalb und außerhalb der Villa, sodass ein Fremder tatsächlich unbemerkt hätte eindringen und wieder verschwinden können, obwohl etliche Menschen hier agierten – oder vielleicht gerade deshalb.

Viele Fragen bleiben weiterhin offen. Weshalb hat niemand irgendwelche Hilfeschreie des Opfers aus dem ersten Stock gehört? Ist es denkbar, dass Alberica Filo della Torre nicht geschrien hat? Und wieso haben die Hunde nicht angeschlagen?

Pietro Mattei erklärt den Ermittlern, dass der eine Hund sehr menschenfreundlich ist und auch bei Fremden nie bellt, der andere jedoch ein Wachhund sei, der keinen Fremden auf dem Anwesen oder innerhalb des Hauses hätte eindringen lassen, ohne Alarm zu schlagen. Bei Angestellten, Arbeitern oder Besuchern, die er bereits kennt, sei dies kein Problem, aber bei Unbekannten schon. Gemäß aller Zeugen waren an diesem Morgen die beiden Hunde auf dem Anwesen ruhig und haben nicht gebellt. Pietro ist deshalb felsenfest davon überzeugt, dass der Mörder seiner Frau jemand sein muss, den sie kannte, der auch den Hunden bekannt ist. Nur so habe es ihm gelingen können, unbemerkt einzudringen, ohne dass der Wachhund anschlägt und Alberica sofort um Hilfe schreit.

Nach dem Vorliegen des Autopsieberichtes stimmen die Ermittler und der Staatsanwalt dieser Theorie zu. Im Bericht steht, dass der Täter die Gräfin zuerst mit dem Holzschuh malträtiert, dann ihren Kopf gegen die Wand geschlagen und sie schließlich mit den Händen erwürgt haben muss. Mit nur zwei Fingern habe er auf ihren Kehlkopf gedrückt, bis sie durch den Druck auf die Karotis erstickt sei. Laut dem Gerichtsmediziner haben nicht die Schläge ins Gesicht zum Tod geführt, sondern das Erwürgen. Auffällig ist die spezielle Technik, die der Täter angewandt hat. Er besitzt Kenntnisse darüber, wie er mit nur zwei Fingern und wenig Kraftaufwand einen Menschen töten kann. Solche Techniken benutzen ausgebildete Kampfsportler oder Militärs. Am Körper des Opfers sind keine Kampfspuren erkennbar, und der Gerichtsmediziner bestätigt, dass der Tod schnell eingetreten ist. Alberica ist überrascht und sofort angegriffen worden, den Spuren nach hat sie sich kaum gewehrt. Der Tathergang und auch die Tatsache, dass der Eindringling keine eigene Waffe benutzt, sondern sich des Holzschuhs bedient hat, lässt vermuten, dass es sich nicht um einen geplanten Mord gehandelt hat. Die Schubladen der Kommoden standen offen. Wertsachen und Schmuckstücke wurden entwendet, was auf einen Raubüberfall hindeuten soll. Allerdings kann auch die Absicht des Täters dahinter stecken, den Tatort so zu manipulieren, um die Ermittler in die Irre zu führen. Außerdem hat er sich die Zeit genommen, dem Opfer ein Laken über das Gesicht zu legen, was ein fremder Einbrecher in dieser Situation kaum gemacht hätte.

Alle zur Tatzeit anwesenden Personen auf dem Grundstück werden umgehend als Zeugen vernommen, Kleidung und Schuhe für Laboruntersuchungen beschlagnahmt. Minute für Minute werden ihre Handlungen und Bewegungen an diesem Tag analysiert und protokolliert. Auch das zweifelsfreie Alibi des Ehemannes wird eingehend überprüft, um ihn als Verdächtigen auszuschließen. Gleichzeitig durchleuchten die Ermittler das Leben und die Gewohnheiten der Gräfin.

Alberica wuchs mit ihrer Schwester Francesca Filo della Torre in einem Kloster und in privaten Internaten auf. Sie gilt als wohlhabende, elegante Frau mit aristokratischen Wurzeln, die ihr luxuriöses Leben liebt. Das Ehepaar pflegt sehr gute Kontakte zu bekannten Persönlichkeiten. Feinde scheint es nicht zu geben, trotzdem muss sie ihren Mörder gekannt haben. Die Ermittler fragen sich, weshalb der Täter mit einer solchen Gewalt reagiert hat. War es, weil er von der Gräfin überrascht und erkannt wurde, oder steckt ein anderes Motiv dahinter? Nachdem die Zeugenaussagen der Angestellten nichts Verwertbares zutage bringen, erweitert die Polizei die Befragungen auf den Freundes- und Bekanntenkreis der Familie. Eine heikle Situation, die viel Diskretion erfordert, da es sich dabei um berühmte und einflussreiche Persönlichkeiten handelt. Vom Zeitpunkt des Mordes werden alle Telefonate der vernommenen Zeugen abgehört, was in Italien der Polizei von Gesetzes wegen ohne weitere Formalitäten bei Kriminaluntersuchungen erlaubt ist.

Den Ermittlern fällt ein Telefongespräch des Kindermädchens mit einer Freundin in England besonders auf. Darin erklärt Melanie Uniacke, dass sie Angst habe und unter Schock stehe. Die Ermittler protokollieren das Gespräch und lassen es von Profis überprüfen, um sicher zu gehen, dass sie alles richtig verstanden haben. Sie schöpfen den Verdacht, dass die junge Frau an diesem Tag etwas gesehen hat, was sie aus Angst der Polizei verschweigt.

Aufgrund dieses Telefonats und der Aussage von Mattei, dass seine Ehefrau kurz vor ihrem Tod dem Kindermädchen mitgeteilt habe, ihr kündigen zu wollen, weil sie Melanie für diese Arbeit als ungeeignet halte, wird die Engländerin nochmals verhört. Die junge Frau streitet alles ab, außer der Auflösung des Arbeitsvertrages. Sie bleibt bei ihrer ersten Aussage, dass sie weder etwas gehört noch etwas gesehen habe. Da die Ermittler nichts in der Hand haben, um Melanie in Italien festzuhalten, lassen sie sie in ihre Heimat nach England zurückkehren.

Eine andere Theorie tut sich auf, die eines unbekannten Liebhabers. Die Polizei geht davon aus, dass der Mörder die Tat zwar nicht geplant hat, aber da sie mit großer Brutalität ausgeführt wurde, könnte Eifersucht oder ein ähnlicher Beziehungskonflikt als Motiv in Betracht gezogen werden, in dessen Anschluss der Täter einen Raubüberfall inszeniert hat, um sein wahres Motiv zu verschleiern. Doch diese Hypothese weist der Ehemann des Opfers energisch ab. Alberica habe keine Affären gehabt, da ist sich Pietro ganz sicher. Zudem war er noch nicht lange aus dem Haus, als der Mord geschah. Kein Liebhaber würde riskieren, unmittelbar nachdem der Ehemann das Haus verlassen hat und unter so vielen Zeugen ins Schlafzimmer der Eheleute einzudringen – und das am zehnten Hochzeitstag des Paares. Deshalb wird diese Theorie von den Ermittlern schnell wieder auf Eis gelegt, obwohl es für die Paparazzi ein gefundenes Fressen ist, denn diese Mutmaßung sorgt in den Medien für wilde Gerüchte, was den Ehemann und die gesamte Familie des Opfers sehr belastet. Pietro droht der *Yellow Press* mit Klagen, weil sie den Ruf seiner verstorbenen Frau in den Schmutz zieht und die Familientragödie verschlimmert.

Nach dem bisherigen Ermittlungsstand fokussieren sich die Mordermittler und der Staatsanwalt auf einen weiteren möglichen Verdächtigen. Es handelt sich um den zweiundzwanzigjährigen Manuel Winston Reves. Wie die beiden Hausmädchen, so ist auch er Philippiner und war bei der Familie bis vor Kurzem noch als Hausangestellter tätig. Nach einem heftigen Streit hat die Gräfin ihn fristlos entlassen. Die anderen Angestellten haben ausgesagt, dass es bei der Auseinandersetzung um eine Geldangelegenheit ging. Offenbar hat Alberica dem jungen Mann ein Darlehen gewährt, dass er nicht zurückzahlen kann.

Manuel kommt in Untersuchungshaft. Bei den Verhören entdecken die Ermittler Lücken in seinem Alibi. Der Verdächtige sagt zunächst aus, dass er zum Zeitpunkt des Mordes in einer anderen Villa im selben Bezirk gearbeitet hat. Er gibt auch den Namen eines Augenzeugen an, der ihn um diese Zeit gesehen haben soll. Die Eigentümer der Nachbarvilla sind an diesem Tag abwesend. Manuel behauptet, dass er erst um elf Uhr morgens die Villa verlassen und dabei das Auto des Sohnes der Eigentümer gesehen habe, dieser ihn ebenfalls. Der angebliche Augenzeuge kann sich jedoch nicht daran erinnern, Manuel an diesem Tag um diese Zeit begegnet zu sein, und bestätigt das Alibi nicht. Aus diesem Grund bröckelt die Aussage des aktuellen Hauptverdächtigen, macht aber die Ermittlungen nicht einfacher.

Manuel entspricht dem Täterprofil. Er kennt die Villa der Matteis gut und hätte ein Motiv, die Gräfin zu töten. Alberica hätte ihn erkannt und angezeigt, weshalb er sie ermordet haben könnte. Ein weiteres Indiz sind Blutspuren, die die Ermittler auf einer Hose des Verdächtigen finden. Doch wie sich später herausstellt, handelt es sich bei diesen Spuren um sein eigenes Blut. Auf keinem Kleidungsstück des Philippiners werden genetische Spuren des Opfers gefunden.

Mit dem Fortschreiten der Ermittlungen gegen Manuel verdichten sich jedoch die Hinweise darauf, dass er wahrscheinlich doch nicht der Täter ist. Indizien aus der Gerichtsmedizin sprechen für die Unschuld des Philippiners. Nach Aussagen von Prof. Silvio Merli, dem zuständigen Gerichtsmediziner, war der Täter Rechtshänder. Manuel Winston Reves jedoch ist Linkshänder. Zudem gibt es keinen Hinweis darauf, dass eine Frau als Täterin ausgeschlossen werden kann. Für diese spezielle Technik, durch die Alberica Filo della Torre stirbt, ist nur wenig Kraft nötig. Deshalb kommt eine Frau als Mörderin durchaus infrage. Da unter den Fingernägeln des Opfers auch keine verwertbaren DNA-Spuren oder Fasern gefunden werden, ist anzunehmen, dass sich das Opfer nicht gewehrt hat.

Mangels Beweisen wird Manuel aus der Untersuchungshaft entlassen.

Ein weiterer Mann tritt ins Visier der Ermittlungen. Roberto Jacono. Es handelt sich dabei um den Sohn von Franca Senapa, der Frau, die die Kinder der Gräfin ein paar Nachmittage in der Woche zum Sportunterricht begleitete. Im Briefkasten des Ehepaars Mattei haben die Polizisten einen Umschlag mit einem Brief und dem Hausschlüssel der Villa gefunden. Der Inhalt des Briefes ist mehr als nur unfreundlich verfasst. Es scheint, dass die beiden Frauen ein paar Wochen zuvor ebenfalls einen heftigen Streit gehabt haben. Dabei ging es um die Aufwandsentschädigung von Frau Senapa, mit der diese offenbar nicht zufrieden war. Senapas Sohn Roberto hat ebenfalls für einen Stundenlohn als Gärtner in der Villa ausgeholfen, weshalb er sich ebenfalls hin und wieder auf dem Anwesen aufgehalten hat.

Die Ermittler ziehen nun in Betracht, dass Frau Senapas Sohn nach der Entlassung seiner Mutter die Gräfin aufgesucht haben könnte, um mit ihr darüber zu sprechen. Dabei könnte es zu einem heftigen Streit gekommen sein.

Wie bei dem Philippiner Manuel gibt es auch rund um Jacono einige Indizien, die für ihn als Verdächtigen sprechen. Er kennt die Villa gut und hat wegen der Entlassung seiner Mutter, die auf den Lohn der Gräfin angewiesen war, ein Tatmotiv. Zudem hat der Mann psychische und Drogenprobleme und leidet unter einer Persönlichkeitsstörung. Von einer Sekunde auf die andere kann seine Stimmung von Depression in Aggression umschlagen. Die Ermittler finden ebenfalls heraus, dass Jacono in der Vergangenheit als Jugendlicher bereits wegen Diebstahl und Drogenbesitz auffällig geworden ist. In den Verhören verstrickt sich der Mann in Widersprüche. Bei einer Hausdurchsuchung werden auf einem seiner Kleidungsstücke verdächtige Spuren sichergestellt und die Hose wird umgehend zur Analyse ins Labor weitergeleitet. Aber auch in diesem

Falle laufen die Ermittlungen ins Leere. Die DNA des gefundenen Bluts auf dem Stoff entpuppt sich als Jacono eigne. Auch bei den anderen sichergestellten Spuren gibt es keine Kompatibilität zum Opfer. Jacono scheint also ebenfalls nicht der richtige Verdächtige zu sein.

Die DNA-Analysen stecken in den 90er Jahren noch in den Anfängen, sodass nicht derart exakte Untersuchungen durchgeführt werden können wie heute. Zu dieser Zeit ist es nicht möglich, aus winzigen Spuren klare Ergebnisse zu filtern. Diese Entwicklung soll noch ein paar Jahre dauern.

Aus den erwähnten Gründen müssen die Ermittler Jacono gehen lassen, obwohl er aufgrund seiner psychischen Probleme und seiner Aussagen weiterhin zum Kreis der Verdächtigen gehört. Im Jahre 1994 sagt Jacono gegenüber der bekannten italienischen Tageszeitung *Il Corriere della sera*, dass er mehr wisse, als gesagt habe, aber dies nur einem Richter mitteilen werde. Er behauptet entgegen vorheriger Aussagen, dass der Geheimdienst am Mord der Gräfin verwickelt sei.

Die Veröffentlichung dieser Aussage löst in den Medien wiederum großes Aufsehen aus. Die Spekulationen und Gerüchte darüber verlaufen bis ins Absurde und schaden der Ermittlungsarbeit. Jacono gibt an, dass Michele Finocchi, ein Freund der Familie, an diesem Tag noch vor dem Staatsanwalt Martellino in der Villa eingetroffen sei. Michele gehört dem damaligen italienischen Geheimdienst SISDE an. Jacono vergisst jedoch zu erwähnen, dass es der Ehemann selbst war, der seinen Freund angerufen und ihn gebeten hatte, umgehend in die Villa zu fahren, da es sich bei Michele um einen engen Freund der Familie Mattei handelt. Die Gerüchte um den Geheimdienstmann verdichten sich.

Er hat der Gräfin in der Vergangenheit einige Schmuckstücke geschenkt, da Alberica ihm einen Gefallen getan und dafür keine Bezahlung von ihm gewollt hat. Sie besaß einen guten Geschmack in Sachen Inneneinrichtung, und auf Anfrage von Michele hat sie sich einst sofort bereit erklärt, ihm bei der Ausstattung seiner Villa behilflich zu sein. Die geschenkten Schmuckstücke waren Micheles Art, sich für diesen Gefallen bei der Gräfin erkenntlich zu zeigen, da sie von ihm, einem guten Freund der Familie, nie Geld angenommen hätte.

Doch als diese Geste bekannt wird, interpretieren die Medien umgehend eine Liebesgeschichte hinein. Die Familie und Michele Finocchi werden mit Dreck beworfen. Die Ermittlungsbehörden nehmen Michele unter die Lupe und verhaftet ihn, aber nicht wegen des Mordes an der Gräfin, sondern wegen Geldwäscherei im Auftrag des italienischen Geheimdienstes, wobei ihm die Familie Mattei mit ihren Auslandkontakten behilflich gewesen sein könnte, was jedoch nicht bewiesen werden kann. Viele beginnen zu glauben, dass der Geheimdienst Alberica töten ließ, weil sie über die Schwarzgelder des SISDE zu viel wusste. Daraufhin werden auch das Bauunternehmen und die Geschäftsaktivitäten von Pietro Mattei von der Polizei durchleuchtet, da die Ermittler bei den Durchsuchungen auf Schweizer Konten gestoßen sind. Bald stellt sich jedoch heraus, dass es sich dabei um Liegenschafts- und Spesenkonten handeln, dass das Ehepaar ein Haus in der Schweiz besitzen und auch unterhält. Wieder viel Wind um nichts und keinerlei Beweise für Verdachtsmomente. Somit fällt die Theorie eines Auftragsmordes durch den Geheimdienst ebenfalls ins Wasser, obschon in der Öffentlichkeit das plötzliche Verschwinden des wieder auf freien Fuß gesetzten Geheimdienstmannes Anlass zu weiteren Spekulationen gibt. In der Tat taucht Finocchi nach seiner Entlassung für neun Monate in die Schweiz unter, bis er dort wieder verhaftet und nach Italien ausgeliefert wird. Der Grund seiner Flucht hat jedoch nichts mit dem Mordfall zu tun, sondern mit anderen Geldwäschegeschäften des Geheimdienstes, worüber bis heute keine Klarheit geschaffen wurde. Finocchi kann nichts nachgewiesen werden und kommt deshalb schnell wieder frei.

Diese Gerüchte und Überlegungen rund um den Geheimdienst haben den Ermittlungen des Mordfalles mehr geschadet als genützt. Würde ein Geheimagent am helllichten Tag unter zahlreichen Zeugen in ein Haus eindringen, sein Opfer zuerst mit einem Holzschuh angreifen und es dann erwürgen? Die Wahrscheinlichkeit ist gering. Die Gräfin war eine Woche vor ihrem Tod nach Portugal gereist, um dort ihre Mutter zu besuchen. Diese Gelegenheit hätte sich der Geheimdienst sicherlich nicht entgehen lassen, hätte man Alberica tatsächlich umbringen wollen.

Einige Monate nach den Geheimdienst-Spekulationen meldet sich eine weitere Hausangestellte der Familie, Parisi Halfon, die behauptet, wichtige Informationen über den Mordfall zu besitzen. Sie gibt sich als Liebhaberin des Ehemannes Pietro Mattei aus und sendet dem prominenten Staatsanwalt Antonio Di Pietro, der in dieser Zeit den Kampf gegen die Mafia aufgenommen hat, einen Anzug, der angeblich von Mattei am Tag des Mordes getragen wurde und den sie anschließend in seinem Auftrag zur Reinigung gebracht habe.

Die Ermittler nehmen diese Aussage nicht ernst, zu lächerlich klingt sie. Kein Täter würde die Kleidung, die er bei einem Mord getragen hat, in eine Reinigung bringen. Die Frau behauptet es jedoch, und die Polizei ist gezwungen, jedem Hinweis nachzugehen, mag er noch so unwahrscheinlich und absurd klingen, da sie noch keinen Schritt weitergekommen sind. Der Witwer geht auf die Barrikaden und wehrt sich mit allen rechtlichen Mitteln gegen diese Verdächtigungen.

Im April 1994 wird Parisi Halfon von der Polizei nach vielen Verhören als Lügnerin entlarvt. Sie erleidet einen Nervenzusammenbruch und gesteht, sie habe sich in den Mittelpunkt der Aufmerksamkeit stellen wollen durch diese Falschaussage. Währenddessen bleibt Pietro Mattei nichts erspart. Die Öffentlichkeit hält ihn für einen Ehebrecher, obwohl das nie bewiesen wurde. Egal was er sagt, ihm wird nicht geglaubt. Mattei wehrt sich gegen all diese Skandal- und Lügengeschichten. Ein Kampf, den er über Jahre hinweg führt, um den Ruf seiner Familie und seiner verstorbenen Frau zu schützen und wiederherzustellen. Er will die Wahrheit herausfinden, was es auch kostet, und er ist nicht bereit aufzugeben.

Nach der vermeintlichen Liebhaberin betritt auch ein Österreicher namens Roland Voller die Bühne dieses mysteriösen Verbrechens. Die Polizei geht auch hier einem anonymen Tipp nach. Voller hat Verbindungen zum Geheimdienst und ist eine undurchsichtige Person. Bei einer Hausdurchsuchung findet man einige vertrauliche Polizeiakten über den Mordfall der Gräfin. Er behauptet, dass er diese von einem Polizisten zugespielt bekommen habe, um sie teuer an eine Zeitung zu verkaufen. Es stellt sich zum wiederholten Male heraus, dass auch dieser Verdächtige nichts mit dem Fall zu tun hat.

Es verstreichen vier Jahre, und die Spuren werden immer kälter. Die Ermittlungen geraten ins Stocken, bis 1995 eine weitere Figur die Bühne betritt. Es handelt sich dabei um einen chinesischen Unternehmer namens Frank Yung, der 1991 ebenfalls in der Olgiata wohnte und ein Bekannter der Familie Mattei war. Seine Tochter ging mit Pietros Tochter Domitilla zur Schule. Dort haben sich die Familien auch kennengelernt.

Yung gerät durch Aussagen seiner Ehefrau ins Visier der Ermittler und weil er als Chinese Kampfkünste und diesen speziellen Fingergriff, der die Gräfin das Leben kostete, kennen könnte. Seine italienische Gattin behauptet, dass Yung ein gewalttätiger Mann sei und sie damals in einer benachbarten Villa gewohnt hätten. An diesem Morgen habe sie gesehen, wie er am Anwesen vorbeigegangen sei. Die Frau gibt an, dass ihr Ehemann sich bei der Polizei nicht als

Zeuge gemeldet und bei den Befragungen nichts davon erzählt habe.

Der reiche Textilunternehmer wehrt sich gegen die Anschuldigungen seiner Frau. Die gemeinsame Tochter sei immerhin mit Domitilla befreundet gewesen, so wie auch seine Ehefrau ein freundschaftliches Verhältnis mit der Gräfin gepflegt habe und ab und zu gemeinsam Essen gegangen seien. Sie seien sogar einmal zusammen in die Ferien gefahren, aber er habe mit dem Mord an Alberica nichts zu tun. Am Morgen der Tat habe er mit seinem Vater gefrühstückt und um 8.30 Uhr sein Haus verlassen. Um 9.00 Uhr sei er in der Firma angekommen, und sein Vater könne sein Alibi bestätigen.

So wie bei all den anderen Verdächtigen zuvor führt auch diese Spur ins Nichts. Yungs Vater und andere Zeugen bestätigen das Alibi des Chinesen. Das Mysterium um den Mord der Gräfin bleibt bestehen.

Nach vierzehn Jahren erfolgloser Suche geben die Ermittler auf. Im Juni 2005 wird der Mordfall von der Polizei als ungelöst archiviert. Der Witwer Mattei ist über diesen Entschluss schockiert, da er dies nicht von den Behörden erfährt, sondern aus den Zeitungen. Pietro Mattei und die Familie der ermordeten Gräfin geben nicht auf. Um den Fall wieder aufzurollen, gehen sich gerichtlich vor und begründen die Wiederaufnahme der Ermittlungen mit dem technischen Fortschritt der Forensik in der DNA-Analyse. Die Auswertung der sichergestellten Spuren könne nach so langer Zeit zu anderen Ergebnissen führen als noch vor Jahren. Es bestehe die Möglichkeit, dem Täter dadurch auf die Spur zu kommen.

So geschieht es, dass der Fall wieder aufgerollt wird und die Ermittler nach all den Jahren die damals sichergestellten Spuren mit den modernen Methoden von verschiedenen Labors neu analysieren lassen. Die Beweisstücke werden untersucht, insbesondere die Kleidungsstücke der ersten Verdächtigen, die Bettlaken und die Kleidung des Opfers, ein Stofftaschentuch, die goldene Rolex-Uhr der Ermordeten sowie der Holzschuh. Leider bleiben auch diese Ergebnisse im Jahr 2008 erfolglos.

Nach diesem herben Rückschlag beantragt die Staatsanwaltschaft die endgültige Archivierung des Falles. Mattei akzeptiert dies nicht und erhebt Einspruch. Er geht wieder rechtlich vor, weil er erfahren hat, dass die Polizei sich bei den Auswertungen der Beweisstücke nicht der neusten technischen Mitteln der Forensik bedient hat. Trotz des Antrags von Pietro Mattei Anwalts wurde die

Uhr des Opfers nicht mehr neu untersucht. Somit bekommt Mattei recht, und das Spiel geht von vorne los, denn der Witwer will nicht aufgeben, bis die Wahrheit ans Tageslicht kommt, eine Wahrheit, die zwanzig Jahre lang ein Mysterium bleibt.

Seine Hartnäckigkeit zahlt sich nach so vielen Jahren endlich aus. 2011 wird auf dem sichergestellten Bettlaken eine brauchbare DNA-Spur identifiziert, durch die der Täter eindeutig identifiziert werden kann. Die Forensik kann sie klar einem der früheren Tatverdächtigen zuordnen. Es handelt sich um den Philippiner Manuel Winston Reves, heute vierzig Jahre alt und mit italienischer Staatsangehörigkeit. Er ist mittlerweile verheiratet und selbst Familienvater.

Die Polizei nimmt den Mann wegen Fluchtgefahr sofort fest. Der Beweis ist so erdrückend, dass Winston nach zwanzig Jahren des Schweigens den Mord an der Gräfin Alberica ohne Ausflüchte gesteht. Sie hatte ihn nach dem heftigen Streit fristlos entlassen. An diesem Morgen wollte er mit ihr darüber sprechen, sie umstimmen und um Weiterbeschäftigung bitten, da er damals dringend Geld benötigte. Aber Alberica ließ nicht mit sich reden und lehnte ab. Winston wurde sehr wütend und tötete sie, dann entwendete er einige Schmuckstücke und verschwand.

Am 14. November 2011 wird der geständige Manuel Winston Reves zu sechzehn Jahren Haft verurteilt. Aufgrund seines vollumfänglichen Geständnisses wird er in einem beschleunigten Gerichtsverfahren verurteilt, was ihm ein Drittel der Strafe erspart.

Aspekte des Falls:

Der Mordfall der Gräfin Alberica Filo della Torre ist vor allem wegen den zahlreichen Gerüchten um die erfundenen Liebhaber der Eheleute und wegen der angeblichen Verwicklung des Geheimdienstes in die italienische Kriminalgeschichte eingegangen. Auch an Ermittlungsfehlern mangelte es bei dieser Tragödie nicht. Nur dank dem technischen Fortschritt und der Hartnäckigkeit des Ehemannes, Pietro Mattei, konnte dieser *Cold Case* nach zwanzig Jahren gelöst werden, und damit lösten sich auch alle Gerüchte um die Familie in Luft auf. Das Motiv war nicht so kompliziert, wie es sich die *Yellow Press* gewünscht hätte. Gerade deshalb wurde es nach der Verurteilung des Täters schnell ruhig in den Medien. Entschuldigungen an die Familie der verstorbenen Gräfin gab es von keiner Seite, aber die Gerechtigkeit hat zum Schluss gesiegt. Die

Familienmitglieder konnten endlich ihren Frieden finden.

»Das Projekt«

Montecchìa di Crosara ist eine kleine Gemeinde mit rund 4'600 Einwohnern in der Provinz Verona. Der Ort liegt etwa 21,5 Kilometer nordöstlich von Verona im *Val d'Alpone* und grenzt an die Provinz *Vicenza*, inmitten von Weinbergen, Ländereien und Hügeln. Das ruhige, ländliche Dorf lebt von der Landwirtschaft und ist eine bekannte Weinregion mit zahlreichen Winzereien, die Wein produzieren und exportieren.

Seit Tagen regnet es ununterbrochen, so auch am Donnerstag, den 18. April 1991. Es ist zwei Uhr morgens, als ein Streifenwagen aufgrund eines Notrufs in der Via San Pietro unterwegs ist. Der aufgeregte Anrufer teilt der Zentrale mit, dass er im Nachbarhaus etwas Seltsames bemerkt habe. Als die Polizisten die Straße entlangfahren, kommt er ihnen aufgeregt entgegen und winkt ihnen zu. Der Mann führt sie sofort zum benachbarten Haus der Familie Masi.

Kaum betreten die beiden Polizisten die Villa, eröffnet sich ihnen ein grauenvolles Bild. Auf dem Küchenboden liegen zwei reglose Körper in einer Blutlache. Ein Mann und eine Frau. Über ihnen eine Decke. Als die Polizisten die Stoffdecken wegziehen, können sie die Gesichter der zerschmetterten Köpfe nicht mehr erkennen. Ihre Körper weisen weitere schwere Verletzungen auf. Die Tatwaffe muss ein Holzschläger, ein Hammer oder ein anderer schwerer Gegenstand gewesen sein, mit dem der Täter mehrmals auf die wehrlosen Eheleute eingeschlagen hat. Ein brutaler Mord, der mit einer großen Grausamkeit ausgeführt wurde. Bei den Toten handelt es sich um die Eheleute Maso.

Der fünfundfünfzigjährige Antonio Maso ist Landwirt und besitzt einige Ländereien. Nebenbei arbeitet er gegen Stundenlohn in verschiedenen Firmen. Mit den Jahren häuft der fleißige Arbeiter ein beträchtliches Vermögen an. Seine Frau heißt Maria Rosa Tessari, ist achtundvierzig Jahre alt und Hausfrau. Nebenbei arbeitet sie als Schneiderin. Das Paar hat drei Kinder: Pietro, neunzehn Jahre, sowie zwei Töchter (über die Schwestern dürfen keine privaten Informationen publiziert werden, da ihre Privatsphäre bis heute durch Anwälte rechtlich geschützt wird). Das Ehepaar ist seit dreißig Jahren verheiratet und lebt seit zwanzig Jahren in der zweistöckigen Villa in der *Via San Pietro 42*.

Da die Masos vermögend sind und in den letzten Wochen in der Region einige Einbrüche stattfanden, vermuten die Polizisten, dass es sich auch hier um einen Raubüberfall handeln könnte. Doch nach eingehender Besichtigung des Tatorts zweifeln sie an dieser Theorie. Die grausame Art und Weise, mit der das Paar getötet wurde, entspricht nicht dem Modus Operandi der anderen Raubüberfälle, bei denen bisher niemand ermordet wurde. Es gibt umgekippte Möbel, geöffnete Schubladen und sogar Wertsachen, die im Haus auf dem Boden herumliegen, aber keinerlei Einbruchspuren.

Der Nachbar teilt den Polizisten mit, dass der Sohn der Familie, Pietro, völlig verstört um zwei Uhr morgens bei ihm geklingelt und um Hilfe gebeten habe. Der Neunzehnjährige sagt seinerseits aus, dass er kurz vor zwei Uhr mit dem Alfa Romeo seines Vaters nach Hause gekommen und seine Eltern tot in der Küche gefunden habe. Schon als er das Auto in der Garage parkte, habe er ein seltsames Gefühl gehabt. Das Tor stand offen. Das sei ungewöhnlich gewesen. In der Küche war das Licht an, in allen anderen Räumen hingegen war es dunkel. Als er das Haus betrat und hinter einem Türrahmen ein Bein am Boden entdeckte, war er außer sich vor Angst. Er rannte sofort hinaus und bat den Nachbarn um Hilfe. Dieser alarmierte sofort die Polizei.

Nach der Sicherung des Tatorts und der Spuren durchleuchten die Ermittler das Leben des Ehepaars. Aufgrund der Aussagen des Sohnes sowie der Nachbarn versuchen sie, den Tag vor dem Mord, den 17. April 1991, genau zu rekonstruieren.

Wie jeden Mittwochabend, so waren die Eheleute auch an diesem Abend mit ihrem blauen Alfa zu einem neokatechumenalem Treffen gefahren. In den letzten Jahren hat der religiöse Glaubensweg des Neokatechumenat einen großen Platz im Leben des Paares eingenommen. Es ist ein Bildungsweg zur Glaubensunterweisung, ein Instrument der römisch-katholischen Kirche zur Einführung von Erwachsenen in den christlichen Glauben. Dabei steht nicht die Vermittlung von Glaubenswissen im Vordergrund, sondern die persönliche Glaubenserfahrung. Der neokatechumenale Weg hat als Ziel, eine evangelisierte, geistlich geprägte Welt bereits im Hier und Jetzt zu realisieren und die persönliche Glaubenserfahrung durch Missionierung weiterzutragen. Zu diesem Zweck gibt es kleine Gemeinschaften im Dorf, wo sich die Anhänger dieses Glaubens wöchentlich treffen, diskutieren und beten. Das Ehepaar fehlt bei keinem dieser Treffen.

Um 22.30 Uhr machen sich die Masos auf dem Heimweg. Antonio will seinem Sohn anschließend den Alfa leihen, damit dieser mit Freunden in die Diskotheken außerhalb des Dorfes fahren kann. Als die Eheleute in der Villa eintreffen, wartet Pietro bereits auf sie. Auch der Nachbar sieht, wie die Masos um diese Zeit nach Hause kommen. Diesen beiden Zeugenaussagen nach gibt es keine Zweifel, dass der oder die Täter zwischen 22.30 Uhr und 02.00 Uhr in die Villa eingebrochen sein müssen. Die Nachbarn haben aber in diesem Zeitraum weder Schreie noch andere Geräusche gehört, was jedoch nichts bedeuten muss, da an diesem Abend heftige Gewitter mit lauten Donnern über das Dorf wüten.

Am nächsten Tag wird der Sohn Pietro Maso von den Mordermittlern nochmals vernommen. Er sagt aus, dass er am Abend der Tat mit ein paar Freunden in der Bar des Dorfes gewesen sei. Um 22.00 Uhr abends trifft er zu Hause ein, um sich das Auto seines Vaters zu borgen. Das Fahrzeug braucht er, weil er mit seinen Freunden nach Verona in eine Diskothek fahren will, wo eine Vorwahl zur Miss Italien stattfindet. Pietro gibt an, den ganzen Abend mit seinen drei engsten Freunden verbracht zu haben: Giorgio Carbognin, Paolo Cavazza, beide ebenfalls neunzehn Jahre alt, und Damiano Burato, mit seinen siebzehn Jahren der Jüngste der Gruppe.

Pietro erzählt den Ermittlern auch, dass er in den letzten Tagen im Viertel und vor der Villa seiner Eltern einen weißen Golf bemerkt habe. Mit dem Besitzer des Fahrzeugs könne sein Vater womöglich Probleme gehabt haben, weil Antonio sich von ihm Geld geliehen, aber noch nicht zurückbezahlt habe. Das ist nicht die einzige Spur, der die Polizei zunächst nachgeht. Nachbarn sagen aus, dass die Familie einen Schlüssel zur Villa unter einem Blumentopf versteckt habe, über den in der Wohnsiedlung einige Bescheid wussten.

Und wenn die Mörder auch davon wussten?

Der brutale Mord in dem sonst so ruhigen Dorf macht in ganz Italien die Runde. Zahlreiche Journalisten interessieren sich für den Fall. Bald wird der Ort von Medienleuten regelrecht belagert, die täglich darüber berichten. Alle wollen mit dem Sohn sprechen, der seine Eltern tot im eigenen Haus aufgefunden hat. Pietro stellt sich der Presse und gibt einige Interviews. Selbst in diesen Tagen zeigt er sich äußerst gepflegt, mit gesenktem Blick, aber ohne emotionale Regung.

Die Untersuchungen im Mordfall laufen in den ersten Stunden auf Hochtouren. Der beauftragte Staatsanwalt Mario Giulio Schinaia überprüft sorgfältig alle Zeugenaussagen und befragt Pietro ein weiteres Mal. Auch dessen enge Freunde, Giorgio, Paolo und Damiano, werden zu einer Vernehmung eingeladen. Die gesicherten

Spuren zeigen ein anderes Bild. Für den Staatsanwalt gibt es am Tatort selbst wie auch unter den Zeugenaussagen einige Unklarheiten, denen er nachgehen will. Auffällig ist, dass es keinerlei Einbruchspuren gibt, die Räuber kein Diebesgut mitgenommen haben und seltsamerweise einige Glühbirnen im Haus abgeschraubt wurden. Dies würde der Annahme eines Einbruchdiebstahls widersprechen und der Theorie einer im Voraus geplanten Tat mehr Gewicht geben. Einbrecher haben das primäre Ziel, Beute zu machen und nicht, die Opfer mit brutaler Gewalt zu ermorden, um dann mit leeren Händen abzuhauen. Der Staatsanwalt glaubt an ein anderes Motiv, eines mit einer großen Portion Dramatik wie Rache, Wut oder Bestrafung.

Die Mordermittler und Schinaia haben also begründete Zweifel an dieser Einbruchgeschichte. Insbesondere das Verhalten des Hauptzeugen erscheint dem Staatsanwalt merkwürdig. Zu kühl, zu distanziert und zu emotionslos für einen trauernden Sohn, der seine Eltern auf diese grausame Weise verloren hat. Er beobachtet Pietro Maso genau. Geht mit ihm nochmals vor Ort die Tatnacht und das Auffinden der Leichen durch. Schinaia nimmt sich außerdem die von Pietro den Medien gegebenen Interviews vor. Prüft jede seiner Gesten, Blickkontakt, Emotionen. Zum Schluss hat er keinerlei Zweifel mehr. Pietros Verhalten ist nicht das eines schockierten und trauernden Sohnes. Doch sein Verdacht reicht nicht aus für eine Anklage. Zudem fragt er sich, was das Motiv sein könnte? Pietro hatte doch alles und war von seinen Eltern mehr als nur verwöhnt worden. Er will der Sache nachgehen, den Sohn weiterhin beobachten und im Leben des ihm äußerst verdächtig erscheinenden Burschen tiefer graben.

Wer ist Pietro Maso? Im Dorf kennen alle den attraktiven, äußerst gepflegten jungen Mann gut. Er trägt nur Markenkleidung, ist ein Fan des Filmstars *Don Johnson* aus der amerikanischen Krimi-Serie *MIAMI VICE*. Er kleidet sich wie er, trägt die gleiche Frisur, und sogar seine Gesten ähneln die dem Schauspieler. Täglich trifft er sich mit Freunden in der *Bar John*. Das Lokal ist im Dorf IN und der einzige Treffpunkt der jungen und älteren Männer. Dort trinkt man zusammen, stellt das neue Auto vor, spielt Karten und Billard und spricht über schöne Frauen. In *Montecchìa di Crosara* gibt es sonst nichts anderes. Keine Bibliothek, kein Theater, keinen Tanzklub, kein Jugendhaus oder Kino.

Pietro Maso fühlt sich in dieser Bar den anderen überlegen. Er sieht gut aus, hat stets Geld in der Tasche, ist ein Angeber und wartet mit Starallüren auf. Unter seinen engsten Freunden ist er der Anführer. Ein Alpha-Tier. Niemand stellt seine Chef-Position innerhalb der Gruppe je infrage. Seine Freunde tanzen nach seiner Pfeife, wollen so cool sein wie er.

Pietro spielt Poker in den Stadtkasinos einige Kilometer außerhalb des Dorfes. Er gibt mit seinem Reichtum an und besucht Prostituierte. Von Ländereien, Weinbergen, Winzerei und Arbeit will er nichts wissen. Der junge Mann denkt nur daran, sich zu amüsieren, der Rest interessiert ihn nicht. Nach dem Schulabschluss macht er auch keine Berufsausbildung. Er arbeitet temporär als Verkäufer und wechselt ständig seine Jobs, ist immer wieder arbeitslos, lebt zu Hause auf Kosten seiner Eltern und von ihrem Geld.

Pietro ist der Jüngste in der Familie. Schon als Kind wird er von seinen Eltern bevorzugt verwöhnt, was sich auch später nicht ändert. Auch seine beiden älteren Schwestern behandeln ihn als Nesthäkchen und schlagen ihm keinen Wunsch ab. Pietro kennt kein Nein und akzeptiert dies auch von niemanden.

Die Mordermittler wie auch Staatsanwaltschaft fragen sich natürlich, welches Motiv Pietro haben könnte, um seine Eltern so grausam zu töten, wenn er doch bei ihnen den Himmel auf Erden hatte.

Am Freitag, den 19. April 1991, wird Pietro Maso erneut zur Vernehmung in die Polizeizentrale geordert. Dieses Mal laufen die Befragungen jedoch in eine andere Richtung. Er gilt als Hauptverdächtiger in dem Mordfall. Nun wollen die Ermittler Pietro einige Beweise vorlegen und beobachten, wie er darauf reagiert. In der Villa hat die Spurensicherung eine Jeans mit winzigen Blutresten und weitere Spuren im Bad sichergestellt, zudem fanden sie die Kopie eines am 15. April 1991 ausgestellten Bankschecks über 25‘000‘000 Lire (ca. 13‘000 EUR). Die gefälschte Unterschrift auf dem Scheck ist die der Mutter, was die Polizei mittlerweile herausgefunden hat. Die Schwestern haben die Ermittler darauf aufmerksam gemacht, weil sie sicher waren, dass ihre Mutter nie einen solchen Bankscheck für ein Darlehen an einen Freund ihres Bruders ausgestellt hätte. Am 16. April 1991 wurde dieser Scheck in der Sparkasse des Dorfes von einem jungen Mann eingelöst. Dieser ließ sich die gesamte Summe auf sein Konto direkt gutschreiben. Der Name des Begünstigten lautete Giorgio Carbognin, einer der engsten Freunde Pietros. Gegenüber der Bankangestellten teilt Giorgio mit, dass Frau Maso ihm mit diesem Scheck ein Privatdarlehen gewährt habe.

Die Mordermittler schenken dieser Angabe keinen Glauben. Sie konfrontieren Pietro Maso mit ihrem Verdacht, dass er und seine

Freunde den Mord an seine Eltern gemeinsam geplant haben.

Unter dem Druck der Beweise und des Verhörs bricht Pietro zusammen und legt ein vollumfängliches Geständnis ab. Er gibt zu, den Bankscheck gefälscht und gemeinsam mit seinen Freunden seine Eltern getötet zu haben.

Er brauchte Geld, und er wollte es sofort. Die Erbschaft war sein Ziel. Er wollte nicht darauf warten, bis seine Eltern irgendwann mal starben. Pietro hatte nicht die Absicht, ein Leben lang zu arbeiten und sparsam zu leben wie sie. Nein, er wollte sich seiner *Dolce Vita* widmen, ohne Geldsorgen und Verpflichtungen.

Der Staatsanwalt macht Pietro darauf aufmerksam, dass er noch zwei Schwestern habe und diese Miterben seien, also hätte er ohnehin nicht das ganze Vermögen der Eltern erben können. Pietro gibt darauf eine klare Antwort. Sein Plan war es, auch seine Geschwister zu töten, um als Alleinerbe über das gesamte Vermögen zu verfügen. Dieser Plan sah sogar vor, auch zwei seiner Komplizen zu ermorden, um die Gesamtbeute schlussendlich nur mit seinem engsten Freund Giorgio Carbognin teilen zu müssen.

Ermittler und Staatsanwaltschaft sind erschüttert über die Kaltblütigkeit des Geständigen. Er erzählt seine Mordpläne ohne ein Zeichen der Reue, ohne jegliche Emotionen. Er klingt selbstsicher und überzeugt, so als habe er selbst nie ein Blutbad angerichtet.

Nach diesem Geständnis nimmt die Polizei auch die drei Komplizen fest. Sie stammen allesamt aus *Montecchìa di Crosara.* Die drei Mittäter bestätigen Pietros Aussagen und geben ebenfalls mit erstaunlicher Gelassenheit ein vollumfängliches Geständnis ab.

Die Öffentlichkeit und die Behörden sind über die Geständnisse schockiert. In dem kleinen ländlichen und ruhigen Dorf herrscht entsetzte Sprachlosigkeit.

Auf einer Pressekonferenz teilt der Staatsanwalt mit, dass der Angeklagte Pietro Maso sein Geständnis so abgelegt habe, als würde er ihnen von einem Horrorfilm erzählen. Der Sohn des ermordeten Ehepaars habe dieses *Projekt*, wie er es selbst nannte, bereits vor einem Jahr geplant. In den letzten fünf Monaten verteilte er die Aufgaben an seine Komplizen, besprach jedes Detail mit ihnen, um schließlich am 19. April 1991 zur Tat zu schreiten.

Pietro hat aus Geldgier getötet, um mit dem Erbe seiner Eltern versorgt zu sein. Arbeiten war nicht sein Ding. Er wollte weiterhin ein schönes und exzessives Leben führen, inklusive Drogen, Kasinos, Frauen und Autos.

Vor einem Jahr rechnet er sich zusammen, welchen Wert der gesamte Besitz seiner Eltern nebst den elf Ländereien ungefähr haben könnte. Er kommt auf über elf Milliarden Lire (über 500‘000 Euro). Von da an ist für ihn klar, dass er sein *Projekt* auf jeden Fall umsetzen muss, egal wie. Alleine jedoch wird er es kaum schaffen. Er sucht lange nach einer Lösung und heckt einen ausgeklügelten Mordplan aus. Gleichzeitig weiht er seine Komplizen ein, die ebenfalls aus Geldgier einwilligen. Giorgio Carbognin ist Pietros bester Freund und Vertrauter. Im Gegensatz zum ihm arbeitet Giorgio als Verkäufer. Die beiden sind zusammen aufgewachsen, und Giorgio ist Pietros rechte Hand. Carbognin sieht in Pietro ein Vorbild. Er möchte gerne so sein wie er, weshalb er ihm hörig ist. Egal was sein Freund von ihm verlangt, er macht es. Durch Pietro lernt Giorgio das Nachtleben und die Welt der Kasinos kennen. Im Herbst 1990, ein Jahr vor der Tat, weiht Pietro sein Busenfreund in seinen Plan ein. Er macht ihm einen Vorschlag: Wenn er Pietro bei der Ermordung seiner Eltern hilft, wird er ihm die Hälfte des Erbes überlassen. Giorgio zögert am Anfang, willigt jedoch schließlich ein. Pietros Freund glaubt an den perfekten Mordplan und hinterfragt weder seinen Freund noch dessen skrupelloses Denken, denn auch er möchte das Leben führen, das Pietro ihm mit dem Erbanteil versprochen hat. Er will aus diesem altmodischen Dorf endlich raus. Geblendet von Pietros Selbstsicherheit und seinen Anführerqualitäten folgt er ihm blind.

Zwei Monate vor der Tat nimmt Giorgio ein Darlehen über 25 Mio. Lire bei der Bank auf. Da er über keine Sicherheiten verfügt, bürgt sein Arbeitgeber für ihn. Mit dem Geld will er sich endlich sein Traumauto kaufen, einen *Lancia Delta Integrale*. Seine Eltern sind dagegen, aber Giorgio gelingt es, seinen Arbeitgeber für die Bürgschaft bei der Bank zu gewinnen. Nachdem er das Darlehen einkassiert, überzeugt Pietro ihn, das Geld anderweitig in Kasinos und Diskotheken auszugeben, statt sich sofort das Auto zu kaufen, denn bald würden sie ja sowieso sehr viel Geld besitzen. Giorgio glaubt ihm und verschleudert das Geld mit seinem Freund Pietro im Nachtleben von Verona. Nach wenigen Wochen ist alles aufgebraucht. Da nun beide pleite sind, entscheiden die Freunde, endlich zur Tat überzugehen und ihr *Projekt* umzusetzen.

Im März 1991 sieht Pietros erster Plan vor, ein paar Gasflaschen in der Villa mit einem entsprechenden Timer zu deponieren, um das Haus samt seiner Familie in die Luft zu jagen. Den Timer befestigt er an psychedelischen Lampen, die wiederum mit den Gasflaschen verbunden sind. Während eines Familienessens will er damit alle Angehörigen auf einen Schlag auslöschen. So könnte er die Versicherungssumme einkassieren und problemlos sein Erbe antreten. Da seine beiden älteren Schwestern nicht mehr zu Hause wohnen, lädt er diese mit Ehemann und Verlobtem zu einem Essen mit den Eltern in die Villa ein. Er deponiert zwei Gasflaschen im Keller mit den Lampen und dem Timer.

Zufällig geht eine der Schwestern in den Keller und bemerkt die seltsame Konstruktion. Sie alarmiert sofort den Vater, der wiederum in Panik die gefährlichen Gasflaschen in den Garten bringt. Die Familie ist schockiert, aber Pietro gelingt es, alle zu beruhigen und die Sache mit einer Lüge aus der Welt zu schaffen. Er und sein Freund Giorgio hätten ein Fest organisieren wollen. Die Gasflaschen, die Lampen und der Timer seien für den Heizofen gedacht, den die Freunde für diese Party besorgt hätten. Die Familie glaubt ihm und er kommt gerade noch davon, aber die Zeit drängt, so wie auch die Rückzahlungsfrist des Darlehens seines Freundes Giorgio sich nähert.

Pietro denkt sich einen anderen Plan aus. Die Mutter würde er während einer Autofahrt umbringen, gemeinsam mit Giorgio. Er lädt sie zu einem Ausflug ein, sitzt hinter dem Steuer und unterhält sich mit ihr. Auf dem Rücksitz wartete Giorgio mit einem Fleischhammer auf den richtigen Moment, um die Frau von hinten zu erschlagen. Nach dem Mord würden sie den Vater mit einer Lüge in die Garage locken und ihn dort mit einer Eisenstange erledigen. Anschließend würden sie, wie im Kino, den Wagen mit den beiden Leichen in ein Abgrund stürzen lassen, um es wie einen Unfall aussehen zu lassen.

Der Plan misslingt. Während der Fahrt gibt Pietro seinem Freund im Rückspiegel ein Zeichen, damit Giorgio zuschlagen kann, aber dieser zögert zu lange. Er schafft es nicht. Nach diesem Ereignis versteht Pietro, dass Giorgio zu feige ist, um einen Mord auszuführen. Also heckt er einen dritten Plan aus.

Da die Eltern von Giorgio ebenfalls wohlhabend sind, schlägt er seinem Freund vor, doch zuerst dessen Eltern umzubringen. Giorgio lehnt ab und hält am Ursprungsplan fest, Pietros Eltern zu töten.

In den folgenden Wochen beschäftigt sich Pietro nur mit einem Gedanken: wie er seine Familie ermorden könnte. Um den Plan endlich in die Tat umzusetzen, weiht er zwei weitere Freunde in das Vorhaben ein, Paolo Cavazza und Damiano Burato. Der siebzehnjährige Damiano ist von Motorrädern begeistert. Pietro verspricht ihm einen Anteil von 100 Mio. Lire, wenn er mitmacht. Geblendet von der Summe, stimmt der Freund zu. Paolo Cavazzo stammt aus einer Familie, die nicht so wohlhabend ist wie die seiner Freunde. Auch er kann dem charismatischen Pietro und seinem lukrativen Plan nicht widerstehen. Er sagt ebenfalls zu. Um sich für die Zustimmung und Hilfe erkenntlich zu zeigen, schenkt ihm Pietro ein neues Handy. Eines der neuesten und modernsten Modelle in diesem Jahr. Ein Statussymbol, das so viel kostet wie drei Monatslöhne eines normalen Arbeiters zur damaligen Zeit in Italien. Cavazza ist von Pietros Geld geblendet, ebenso wie die anderen Freunde.

Die Zeit drängt. In wenigen Tagen muss Giorgio Carbognin sein Darlehen der Bank zurückzahlen. Pietro entschließt sich, den Bankscheck zugunsten seines Freundes zu fälschen, aber nicht nur das. Er schreitet zur effektiven Ausführung seines Mordplans mit seinen Komplizen.

Nachdem Giorgio den gefälschten Scheck einlöst, um sein Darlehen zurückzuzahlen, läuft die Uhr für den Mordplan. Pietro ist bewusst, dass seine Eltern das Fehlen einer solchen Summe auf dem Bankkonto bald bemerken würden, also müssen sie sofort handeln. Damit fällt er ihr Todesurteil.

In der Nacht vom 17. auf den 18. April 1991 teilt er Paolo und Giorgio in der *Bar John* mit, dass der Moment gekommen sei, um das Projekt in Angriff zu nehmen. Sie können nicht mehr länger warten.

Die Freunde fahren zu Damiano. Um 21.30 Uhr kommen sie an, packen ein paar Arbeitsoveralls, eine Eisenstange mit 5 Zentimetern Durchmesser und einer Länge von 50 Zentimetern sowie zwei Faschingmasken, einen Dämon und einen Drache, ein. Anschließend fahren sie zu Pietros Haus. Dort ziehen sie sich die Overalls an und schrauben die Glühbirnen im Haus ab. Nur die am Eingang und in der Küche belassen sie. Schließlich verstecken sie sich in der Küche. Pietro gleich hinter der Tür, Damiano und Giorgio hinter dem Sofa und Paolo in der Vorratskammer. Pietro ordnet diese Aufstellung an, damit er mit der Eisenstange gleich beim Betreten der Küche seiner Eltern auf deren Köpfe einschlagen kann. Paolo kann sie von vorne und die beiden anderen von hinten angreifen. Der Plan sieht vor, dass alle gemeinsam auf das Ehepaar einschlagen, bis sie tot sind.

Während Pietro mit der Eisenstange und Giorgio mit einer Lenkradsperre bewaffnet ist, holen sich Damiano und Paolo Eisengusspfannen aus den Küchenschränken. Gespannt warten sie nun auf das Eintreffen der Eheleute Maso.

Es ist 23.10 Uhr, als die Eheleute vom Religionstreffen heimkehren und Pietros Falle zuschnappt. Antonio Maso betritt zuerst die Küche. Pietro greift ihn mit seiner Eisenstange sofort an und schlägt mehrmals auf ihn ein. Er trägt keine Maske, sodass der Vater seinem Sohn beim Angriff direkt in die Augen sieht. Damian hilft Pietro und schlägt mit der Eisengusspfanne ebenfalls auf den verletzt am Boden liegenden Vater so lange ein, bis der Holzgriff sich von der Pfanne löst. Gleichzeitig greifen Paolo und Giorgio Pietros Mutter an, die ebenfalls die Küche betreten hat und nicht einmal mehr Gelegenheit zum Schreien hat. Beide schlagen ihr sofort gegen den Kopf. Pietro bemerkt, dass sich seine Mutter, im Gegensatz zu seinem Vater, wehrt und versucht, sich aufzurichten, es jedoch nicht schafft. Sie kriecht blutüberströmt in Richtung Küchentür. Daraufhin nimmt Giorgio eine Decke, kniet sich über sie, drückt die Decke auf ihr Gesicht und wartet, bis sie erstickt. Da die Gliedmaßen der hilflosen Frau unter der Decke zucken, gesellt sich Pietro dazu und schlägt mit seiner Eisenstange mehrmals auf ihren Kopf ein, bis sie sich nicht mehr regt. Giorgio und Paolo tun es ihm im Blutrausch nach. Dann bemerkt Pietro, dass sein Vater noch lebt. Er atmet. Um ihn endgültig zu töten, erstickt er ihn, indem er ihm einen Fuß ins Gesicht drückt, sodass der Vater nicht mehr atmen kann.

Das viele Blut stört den sonst so gepflegten und stets gut parfümierten Pietro. Er will sich im Bad waschen gehen und bittet Giorgio, dem Vater seinen Schuh weiter auf das Gesicht zu drücken, so lange, bis der endlich erstickt ist.

Der schreckliche Todeskampf der Eheleute Maso dauert zwanzig Minuten.

Nach diesem Blutrausch, gehen alle ins Bad, waschen sich, ziehen saubere Kleidung an, wischen ihre Spuren weg und beginnen im Anschluss mit der Manipulation des Tatorts. Sie täuschen einen Einbruch vor. Öffnen Schubladen, werfen Möbel um, nehmen aber keine Wertsachen mit – ein verheerender Fehler in ihrem Plan. Anschließend schleichen sie sich durch den Hintereingang und von den Nachbarn unbemerkt davon. Nur Pietro verlässt die Villa durch den Haupteingang, nimmt das Auto seines Vaters, als wäre nichts geschehen, und fährt ins Dorf in die *Bar John*, wo er sich wieder mit seinen Freunden trifft. Anschließend fahren sie gemeinsam in eine Diskothek nach Verona. Sie tanzen, trinken und spielen, als hätten sie vor ein paar Stunden in der Villa kein Blutbad angerichtet.

Um zwei Uhr morgens kehrt Pietro nach Hause zurück. Tut so, als wäre er in Panik, was er unterwegs gut einstudiert hat. Er eilt zum Nachbar, um Hilfe zu holen.

Nachdem diese Details öffentlich werden, fragen sich alle, ob in dieser *Bar John* nicht auch andere Leute von Pietros Mordplan gewusst haben könnten. Die Polizei befragt einige Gäste, die das Lokal besuchen, aber alle streiten es ab. Es sei wahr, dass Pietro mal im Scherz davon gesprochen habe, wie man einen Auftragskiller anheuern könne, aber niemand habe geglaubt, dass er es ernst meinte. Deshalb habe auch keiner je die Polizei über diese Gespräche informiert.

Das Dorf ist im Visier der Medien und wird seit Tagen von Presseleuten belagert. Die Anwohner fühlen sich von diesem Rummel belästigt und verschließen sich in ihren Häuser. Sie geben keine Interviews und reagieren aggressiv auf die Fragen der aufdringlichen Reporter.

Während die Täter in Haft sitzen, werden die Eheleute am 23. April 1991 im Dorf beerdigt. Die Anteilnahme ist groß, so wie der Schock über das Motiv und den Ablauf dieser unglaublichen Tat. Der Staatsanwalt beauftragt einen Psychiater mit dem Erstellen eines psychologischen Gutachtens für alle Angeklagten. Vittori Andreoli ist ein bekannter Arzt aus Verona und Gerichtsgutachter. Er leitete jahrelang eine der größten psychiatrischen Kliniken in Venetien. Giorgio Carbognin schreibt er eine Persönlichkeitsstörung zu, die einer völligen Abhängigkeit von Pietro. Paolo Cavazza hingegen zeigt keine psychische Störung, er ist lediglich ein unerfahrener Junge, dem es an Selbstbewusstsein mangelt und der sehr unsicher ist. Der Schwächste im Bunde ist der siebzehnjährige Damiano Burato, der bis zum letzten Abend nicht daran geglaubt hat, dass sie den Plan umsetzen würden. Da er während der Tat noch minderjährig ist, sitzt er im Jugendgefängnis und kann mit einem milderen Strafmaß rechnen als seine Komplizen, die nach dem Erwachsenenrecht verurteilt werden.

Das Gutachten über Pietro Maso fällt anders aus. Ihm werden starke narzisstische Züge attestiert. Die liberale Erziehung seiner Eltern sowie das soziale Umfeld im Dorf habe zu seiner Persönlichkeitsentwicklung beigetragen, aber gemäß Anklage war er zum Zeitpunkt der Tat voll zurechnungsfähig. Der Arzt zeigt mit dem Finger auf die Mentalität der Dorfbewohner. Reiche Landwirte, die weiterhin hart arbeiten, als hätten sie kein Geld. Sie häufen Vermögen an, ohne ihr Leben zu genießen, und erwarten dies auch von der jungen Generation, die jedoch die Konsumgesellschaft der Städte früh kennenlernt und diese dem Landleben bevorzugt. Eine solche Mentalität wollen die Eltern ihren Kindern weitergeben, Jugendliche, die jedoch außerhalb des Dorfes eine andere Welt kennenlernen und sich gegen die der Eltern stellen.

Vittorio Andreolis Aussagen empören die Dorfbewohner. Aber der Psychiater hält an seinen Erkenntnissen fest. Auch die Gesellschaft trägt eine gewisse Mitschuld an der Entwicklung solcher Burschen wie Pietro Maso. Das will jedoch niemand hören, erst recht nicht die Bewohner des Dorfes. Mit seiner Gesellschaftskritik kassiert der Psychiater selbst einige Kritik, insbesondere aus der Region in Verona. Diese Kritik scheint dem Ansehen von Pietro Maso im Gefängnis nicht zu schaden. Im Gegenteil. In seiner Zelle erhält er zahlreiche Briefe von Bewunderern und von Mädchen, die ihn heiraten wollen. Viele junge Menschen sehen in Pietro nicht den brutalen Killer, sondern eine Art Held, ein Rebell, der den Mut aufbrachte, sich von seinen altmodischen Eltern zu befreien.

Mittlerweile ist Pietro in ganz Italien zu einer Persönlichkeit geworden, die Interesse weckt, wenn auch nur im krankhaften Sinne.

Im Februar 1992 kommt es in Verona zur Gerichtsverhandlung gegen Pietro Maso und seine Komplizen. Die Anwälte der Angeklagten plädieren auf nicht vollständige Zurechnungsfähigkeit während der Tat, das Gegenteil der Ankläger. Die Verhandlungen sind ein mediales Ereignis, das auch Pietro für sich nutzt. Er erscheint gepflegt und in Markenkleidern. Sein Auftritt gleicht dem eines Filmstars in Handschellen, als würde er es genießen, so viel Aufmerksamkeit auf sich zu lenken. Er wirkt ruhig und kühl. Zeigt, wie immer, keinerlei Emotionen oder Anzeichen von Reue.

Auf der Anklagebank sitzen Pietro Maso, Giorgio Carbognin und Paolo Cavazza. Damiano Burato steht vor dem Jugendgericht. Die beiden Schwestern von Pietro Maso haben mittlerweile durch eigene Anwälte erreicht, dass ihr Bruder von der Erbschaft für immer ausgeschlossen wird. Sie sind während den Gerichtsverhandlungen nicht anwesend und versuchen mit ihren Anwälten, die Privatsphäre ihrer eigenen Familien zu schützen, da sie selber Kinder haben und sich dem medialen Interesse entziehen wollen.

Am 29. Februar werden die Urteile gefällt. Pietro Maso wird zu dreißig Jahre Haft verurteilt. Giorgio Carbognin und Paolo Cavazza zu je sechsundzwanzig Jahren. Am 29. April 1993 bestätigt das Berufungsgericht alle drei Urteile, wie im ersten Gerichtsurteil.

Pietro Maso wird eine Borderline- und narzisstische Persönlichkeitsstörung anerkannt, bei Carbognin eine submissive Abhängigkeits-Persönlichkeitsstörung und Cavazza lediglich Unreife. Die teilweise anerkannte Unzurechnungsfähigkeit durch die attestierte Persönlichkeitsstörung bewahrt Pietro vor einer lebenslangen Haftstrafe.

Mitte März 1992: Pietro Masos Schwestern besuchen ihn zum ersten Mal im Gefängnis. Sie werden seelsorgerisch von einem Pfarrer begleitet. Pietro hat die beiden vergeblich vom Gefängnis aus um Verzeihung gebeten. Doch die beiden Frauen können so schnell nicht vergeben, da er auch sie kaltblütig umbringen wollte.

Pietro hat im Gefängnis die Ausbildung zum Buchhalter abgeschlossen und sich der Religion gewidmet. Durch diese Entwicklung gelang es dem Pfarrer der Familie, die Schwestern mit ihrem mittlerweile reuigen Bruder zusammenzubringen.

1. Oktober 1992: Damiano Burato, der jüngste Komplize, wird vom Jugendgericht in Venedig zu dreiundzwanzig Jahren Haft verurteilt. Am 9. Februar 1994 wird das Urteil auf dreizehn Jahre verringert. In der Berufungsinstanz erkennen die Richter dem Jungen einige psychische Entwicklungsstörungen an. Zu Tatzeit war er nicht voll zurechnungsfähig. Angesichts seines jungen Alters ließ er sich durch die Gruppendynamik zur Tat verleiten.

14. Oktober 2008: Pietro Maso wird eine Vollzugslockerung gewährt. Er darf das Gefängnis stundenweise mit Fußfesseln verlassen. Er lernt eine Frau namens Stefania kennen, die er noch im gleichen Jahr heiratet.

20. April 2011: Pietro Maso wird während seines Freigangs von einem Mann angezeigt, mit dem er ein Geschäft abschließen wollte, weil er diesen angeblich mit dem Tod bedroht hat. Pietro streitet alles ab. Da er auch wegen eines Verkehrsverstoßes angezeigt wird, entziehen ihm die Richter den Freigang. Im Juli 2011 wird ihm diese wieder gewährt.

15. April 2013: Pietro Maso wird aus der Haft entlassen. Mit einundvierzig hat er seine Strafe von insgesamt zweiundzwanzig Jahren verbüßt. Die Schwestern haben sich mittlerweile mit ihm versöhnt. Ein Pfarrer hat alle drei Geschwister seit der Verurteilung betreut und es nach Jahren geschafft, dass die beiden Frauen ihm verziehen haben. Ein Großverlag veröffentlicht im gleichen Jahr Pietro Masos Autobiografie. Heute lebt er mit seiner Frau Stefania in Mailand.

Pietro Masos Komplizen wurden vor ihm aus der Haft entlassen und meiden die Öffentlichkeit. Sie tauchten unter und versuchten, sich ein neues Leben aufzubauen. Genaueres über ihre heutigen Lebensumstände ist nicht bekannt.

Aspekte des Falls:

Die Schuldfähigkeit von Pietro Maso gab in der Öffentlichkeit viel zu diskutieren. Einige Psychologen wiesen seinen Eltern und deren Erziehung eine Teilschuld für die Entwicklung des jungen Mannes zu. Sie hätten ihn geprägt, ihm die Dorfmentalität aufgezwungen und gleichzeitig so erzogen, dass sie ihm zu viele Freiheiten einräumten und ihm keinen Wunsch abschlugen. Pietro hasste seine Eltern und deren Leben. Er wollte nie so werden wie sie. Obwohl die Eheleute vermögend waren, arbeiteten sie weiterhin hart und hielten all ihr Geld zusammen. Sie opferten sich für die Arbeit und für ihren Glauben, der den größten Platz in ihrem Leben einnahm. Um Streitereien und Konflikte mit dem rebellischen Sohn aus dem Weg zu gehen, »erkauften« sie sich den Frieden mit ihm. Deshalb erhielt Pietro von klein auf alles, was er forderte.

Andere Experten widersprachen diesem Vorwurf an die Adresse der Eltern. Sie seien die Opfer und nicht ihr Sohn. Weder Erziehungsfehler noch gesellschaftliche Gründe könnten eine solche Bluttat rechtfertigen. Pietro Maso sei ein verwöhnter, egoistischer, habgieriger Mann, der keine Gefühle für seine Familie empfand, denn andernfalls wäre er nicht in der Lage gewesen, die eigenen Eltern derart kaltblütig zu töten und selbst nach der Festnahme keinerlei Reue zu zeigen.

Wie auch in diesem Fall, so gehen die Meinungen der Experten oft auseinander. Weltweit anerkannte Studien von psychiatrischen Instituten haben betreffend Vater- und/oder Muttermord die nachstehende Gruppierung festgelegt (Studien von Hull (1987), Heide (1995), Hillbrand (1999), Hart & Helms (2002) sowie Kashani (1997). Generell gibt es drei Hauptgruppen:

- Jugendliche, die unter schweren psychischen Störungen leiden und den Bezug zur Realität verloren haben.
- Gefährliche asoziale Jugendliche. Hierbei handelt es sich um Schwererziehbare, die schon früh gegenüber Tieren oder Menschen aggressives Verhalten aufweisen, Fremdeigentum zerstören, lügen und keinerlei Reuegefühle zeigen.
- Jugendliche, die schwer misshandelt wurden und diesen Misshandlungen sowie der häuslichen Gewalt entfliehen wollen. In dieser Gruppe summieren sich die meisten Vater- und/oder Muttermorde. Meistens gehen der Tat jahrelange psychische, physische oder sexuelle Misshandlungen des Jugendlichen voraus. Die Betroffenen in dieser Gruppe sehen keinen anderen Ausweg, als ihren Peiniger zu töten.

Pietro Masos Fall ist auch deshalb außergewöhnlich, weil sein Tatmotiv Habgier war und in keine dieser Gruppen einzuordnen ist. Er wollte Geld und dies sofort. Auch wenn die Verteidiger vor Gericht versuchten, ihn durch den Nachweis einer narzisstischen Borderline-Persönlichkeitsstörung in die erste Hauptgruppe einzuordnen, verurteilte ihn das Gericht in allen Instanzen als schuldfähig mit einer teilweisen Unzurechnungsfähigkeit. Weder Erziehungsfehler, Konsumgesellschaft oder Gruppendynamik zogen die Richter als Grund für eine mildere Strafe in Betracht. Pietro Maso hat den Mord an seinen Eltern ein Jahr lang geplant. Auch seine beiden Schwestern hätten sterben sollen. Hinter seinem *Projekt*, wie er es nannte, steckten Egoismus, Kalkül, Kaltblütigkeit und Habgier.

Ganz anders sieht es im nächsten Fall aus.

»Der Wohnmobil-Krimi«

Die Provinz *Parma* liegt in Norditalien und gehört zur Region *Emilia-Romagna*. Sie erstreckt sich zwischen dem Fluss *Po* im Norden, der sie von der Lombardei trennt, bis zum Bergkamm des Apennins, der die Grenze zur Toskana bildet. Die Landschaft besteht überwiegend aus Ebenen wie der *Bassa Parmense*, die dem Verlauf des *Pos* folgt und eindrucksvolle Übergänge schafft, sogar wenn sie in Nebel eingehüllt ist, wodurch eine geheimnisvolle Atmosphäre entsteht. Aber gerade bei schönem Wetter ist diese Gegend mit all ihren Ortschaften, Burgen und alten Kirchen idyllisch und wunderschön. Die geografische Lage, die Geschichte sowie die gastronomische Tradition haben *Parma* zu einem für Italien symbolhaften Ort gemacht. Das internationale Aushängeschild dieser Region und überhaupt ganz Italiens ist der berühmte *Parmaschinken* und der *Parmigiano Reggiano* (Parmesankäse).

Im Jahre 2013 zählte die Gemeinde Parma 188'792 Einwohner. Bis 1989 gehörte auch eine vierköpfige Familie namens Carretta zu ihren Bewohnern. Es ist eine ruhige Gemeinde, in der nicht viel los ist. Erst recht nicht die Kriminalität betreffend – bis auf das Jahr 1989. Es war ein besonderes Jahr in Parma, das von einem Mysterium heimgesucht wurde.

Die Familie Carretta ist eine ganz gewöhnliche Familie, die in einer Eigentumswohnung an der *Via Rimini Nr. 8* in einer ruhigen Siedlung von Parma wohnt. Der dreiundfünfzigjährige Giuseppe arbeitet seit dreißig Jahren in einem Glasunternehmen als Buchhalter und ist Mitglied des Vorstands. Seine Arbeitskollegen beschreiben ihn als gewissenhaften Angestellten. In der Firma wird er von allen sehr geschätzt, obwohl er mit seinen Kollegen nur eine rein geschäftliche Beziehung unterhält. Mit seinen Verwandten pflegt Giuseppe schon seit Jahren keinen regelmäßigen Kontakt mehr. Seine Ehefrau heißt Marta Chezzi. Sie ist fünfzig Jahre alt und Hausfrau. Marta liebt es, mit ihrem Mann und den beiden Kindern ins Ausland zu reisen. Das Paar hat zwei Söhne, die noch zu Hause wohnen: Nicola, dreiundzwanzig Jahre, arbeitet als selbstständiger Lkw-Fahrer, und Ferdinando, sechsundzwanzig Jahre alt und immer wieder arbeitslos. Zwar findet er hier und dort als temporäre Aushilfskraft einen Job, sucht aber seit Längerem erfolglos eine feste

Stelle.

Ferdinando ist ein merkwürdiger Kerl. Schon als Kind verhält er sich anders als sein Bruder oder Gleichaltrige. Er ist introvertiert, scheut soziale Kontakte und wirkt manchmal etwas verstört oder zerstreut, was ihm die Stellensuche erschwert. Er hat keine Freunde, ist ein Einzelgänger.

So wie jedes Jahr, planen die Carrettas auch im Sommer 1989 ihre Camping-Ferien im Ausland, doch Ferdinando will dieses Mal nicht mitfahren und möchte zu Hause bleiben. Geplant ist eine dreiwöchige Reise durch Frankreich und Spanien, um schließlich nach Nordafrika zu gelangen. Leider können sie den Urlaub nicht länger planen, da Giuseppe und Nicola nach den drei Wochen wieder zur Arbeit müssen.

Am 5. August ist es dann so weit. Die Abreise steht bevor, dieses Jahr ohne Ferdinando. Es gibt noch viel zu erledigen für Marta. Bevor sie die Koffer für die Familie packt, macht sie einige Einkäufe, schließlich sind sie mit ihrem Wohnmobil länger unterwegs, und sie will Ferdinando zu Hause gut versorgt wissen. Es soll ihm während ihrer Abwesenheit an nichts fehlen. Marta füllt den Kühlschrank und die Eistruhe bis oben. Anschließend verabschieden sich die Carrettas von den Arbeitskollegen, Freunden, Nachbarn und von Ferdinando.

Am nächsten Morgen fahren sie mit dem Wohnmobil los, so wie sie es jedes Jahr machen.

Als Giuseppe Carretta am 28. August 1989 nicht zur Arbeit erscheint, macht sich sein Arbeitgeber Sorgen. Etwas stimmt nicht. Giuseppe hat seit dreißig Jahren noch keinen Tag unentschuldigt gefehlt. Er ist ein vorbildlicher Angestellter in einer verantwortungsvollen Stellung, die er gewissenhaft ausübt. Der Vorgesetzte und die Kollegen machen sich ernsthafte Sorgen um ihn. Da er sich nicht gemeldet hat, muss ihm etwas passiert sein. Sie rufen bei Verwandten und Freunden an. Fahren zu seiner Wohnung und klingeln. Niemand öffnet ihnen, niemand scheint zu Hause zu sein. Ferdinando ist ebenfalls verschwunden. Sie befragen die Nachbarn, aber auch die haben weder die Urlauber noch den Daheimgebliebenen gesehen oder etwas gehört.

Die Arbeitskollegen und auch Martas Schwester, Adriana Chezzi, schlagen bei der Polizei Alarm, da sie glauben, dass etwas Schreckliches passiert sein muss. Den besorgten Kollegen gelingt es, die Polizei davon zu überzeugen, die Tür der Wohnung aufzubrechen, da Giuseppe als Buchhalter den Tresorschlüssel der Firma bei sich zu Hause aufbewahrt und dieser dringend benötigt wird. Nachdem die

Polizisten die Wohnung betreten haben, stellen sie nichts Ungewöhnliches oder Verdächtiges fest. Die Zimmer sind sauber und ordentlich aufgeräumt. Sie finden nichts, was das seltsame Verschwinden der gesamten Familie Carretta erklären würde. Giuseppe, Marta, Nicola und Ferdinando scheinen wie vom Erdboden verschluckt zu sein, und mit ihnen das Wohnmobil.

Als am 3. September 1989 noch immer kein Lebenszeichen von der Familie zu sehen ist, gibt Martas Schwester eine offizielle Vermisstenanzeige auf. Daraufhin fahren die Polizisten nochmals zur Wohnung und nehmen die Ermittlungen auf. Sie durchsuchen alles und befragen das gesamte Umfeld der Carrettas. Das Einzige, das im Haus fehlt, sind wenige Schmuckstücke von Marta, was jedoch nichts Ungewöhnliches ist, wenn man für eine Weile in die Ferien verreist. Es wird vermutet, dass Marta sie mitgenommen hat.

Die Polizei steht vor einem Rätsel. Es gibt weder Spuren noch Hinweise, die ihnen bei der Suche weiterhelfen. Die Ermittlungen stecken fest. Es sieht aus, als wäre die gesamte Familie samt Wohnmobil von einem Schwarzen Loch verschluckt worden. Die Ermittler glauben zwar, dass die Familie einen Unfall hatte, finden jedoch weder in Italien noch im Ausland irgendwelche Hinweise darauf. Die erfolglose Suche nach dem Camper und den vier Familienangehörigen reicht bis in die algerische Wüste.

Da die Polizei nicht weiterkommt, wendet sich Adriana Chezzi zusammen mit Giuseppes Arbeitskollegen im November 1989 an die bekannte Fernsehsendung Chi l'ha visto? (Wer hat was gesehen?), in der nach Vermissten gesucht wird. Diese Sendung genießt bis heute eine hohe Einschaltquote und verfolgt aktuelle wie auch ältere Vermisstenfälle in Italien. Sie wird auch von Italienern, die im Ausland leben, gerne gesehen, sodass auch Hinweise von außerhalb der Grenzen das Callcenter der Sendung erreichen.

Als Chi l'ha visto? im November über das Verschwinden des Wohnwagens und der Familie Carretta berichtet, meldet sich ein Bürger telefonisch live aus Mailand und behauptet, genau diesen Camper auf einem Parkplatz an der Viale Aretusa in der Nähe des SAN SIRO Stadions gesehen zu haben. Die Sachbearbeiter der Sendung nehmen umgehend die Personalien des Anrufers auf und geben die Hinweismeldung an die Mailänder Polizei weiter, damit man sich umgehend vor Ort ein Bild machen kann. Als die Ermittler noch am gleichen Abend, an dem die Sendung ausgestrahlt wird, den Parkplatz erreichen, stellen sie fest, dass es sich tatsächlich um den Wohnwagen der Familie handelt. Das Fahrzeug ist völlig intakt, nur die Batterie ist leer. Zwei Türen sind nicht verschlossen. Der

Innenraum des Campers ist sauber und ordentlich aufgeräumt.

Wo ist die Familie Carretta nur geblieben, und weshalb haben sie das Wohnmobil dort abgestellt?

Die Polizisten untersuchen die Videos der Straßenkameras und Aufnahmen einer Zeitung, die Anfang August ein Bild für einen Artikel dort gemacht hatte. Der Journalist hat seinen Bericht samt Foto von diesem Parkplatz den Ermittlern als Beweisstück eingereicht. Ja, es ist nicht nur ein Hinweis, sondern ein Beweis. In der Zeitung *Gazzetta di Parma*, datiert vom 9. August, sieht man das geparkte und verlassene Wohnmobil. Jetzt weiß man, dass die Familie ab diesem Datum offiziell als verschwunden gilt.

Die Spurensicherung untersucht den Camper und findet weder Blut noch zerbrochene Scheiben oder Einschusslöcher. Es wirkt, als hätten die Carrettas ihr Wohnmobil dort selbst eingeparkt und dieses freiwillig verlassen, um irgendwo anders hinzugehen. Nur, wohin sind sie gegangen? Flohen sie freiwillig aus ihrem bisherigen Leben, um irgendwo im Ausland einen Neuanfang zu wagen? Was genau hatten sie vor?

Das Rätsel um die spurlos verschwundene Familie weckt das Interesse in ganz Italien. Spekulationen und Gerüchte machen die Runde, sei es auf den Straßen, in Bars, in Zeitungen oder Fernsehsendungen. Manche glauben, dass Giuseppe Carretta in seiner Funktion als Buchhalter Geld aus seiner Firma gestohlen oder unterschlagen haben könnte, um sich dann mit seiner Familie in der Karibik abzusetzen, da in den Folgesendungen von *Chi l'ha visto?* und auch bei der Polizei derartige anonyme Hinweise eintreffen.

Die eingehenden Meldungen können unterschiedlicher nicht sein. Zum Beispiel wird behauptet, die Familie sei in Venezuela gesehen worden. Marta, die Ehefrau, sei krank geworden und gestorben. Giuseppe lebe nun mit einer um Jahre jüngeren Frau auf der Insel Aruba. Seine Söhne seien deshalb wütend auf ihn gewesen und aus diesem Grund nach Valençia ausgewandert, in der Nähe von Caracas. Dort würden sie eine Pferdezucht betreiben.

Es sind Hinweise, Vermutungen und Gerüchte, denen auch die seriösen Journalisten nachgehen, da einige davon nicht gänzlich aus der Luft gegriffen scheinen. Andere hingegen erweisen sich als haltlos und stammen aus der Gerüchteküche.

Doch mit der Theorie, dass sich die Familie ins Ausland abgesetzt haben könnte, stimmt etwas nicht. Davon sind die Ermittler und der damalige Staatsanwalt, Antonio Di Pietro, überzeugt. Einerseits könnte zwar Geld die Ursache für eine Flucht ins Ausland darstellen, andererseits jedoch genau das Gegenteil. Am 5. August, einen Tag vor dem Verschwinden der Familie, war Giuseppe Carretta noch am Bankschalter, um eine Summe in Höhe von 150‘000 Lire auf sein Konto einzuzahlen. Dabei handelt es sich um die letzte Rate eines Anlagefonds über acht Millionen Lire. Der Mann ist Buchhalter und in jeglicher Beziehung penibel und präzise. Er hält alle Rechnungsfälligkeiten ein. Wieso hätte er diese Einzahlung gemacht, wenn er vorhatte, für immer zu verreisen? Dieses Geld hätte er sicherlich für sein Verschwinden eingeplant und mitgenommen und nicht noch zur Bank gebracht.

Dies alles ergibt für die Polizei keinen Sinn und steht der Theorie von der Flucht ins Ausland im Weg. Zudem haben die Carrettas nur wenig Bekleidung mitgenommen und das meiste Zuhause gelassen, gerade genug für einen dreiwöchigen Urlaub, was ebenfalls gegen ein vorsätzliches Untertauchen spricht. Ein weiterer Punkt ist die bis oben mit Lebensmitteln gefüllte Tiefkühltruhe und der volle Kühlschrank. Warum hätte Marta Carretta so viel einkaufen und vorkochen sollen, wenn doch sowieso alle zusammen abtauchen wollten? Und wie erklärt sich Ferdinandos Verschwinden? Er wollte nicht mit seiner Familie fahren, aber zu Hause ist er auch nicht geblieben. Nachbarn haben ihn nach dem 5. August, dem Abreisedatum der Carrettas, noch an den offenen Fenstern der Wohnung gesehen, also ist er tatsächlich nicht mitgefahren. Dennoch ist keinem Nachbarn irgendetwas Verdächtiges aufgefallen. Niemand hat Ferdinando mit Koffern gesehen, was darauf schließen würde, dass er alleine irgendwohin gefahren wäre.

Mittlerweile sind die Ermittler aber einen Schritt weiter. Sie haben herausgefunden, dass Ferdinando am 8. August eine der Hausbanken der Familie besucht hat, wo sein Vater ein Bankkonto unterhält. Dort hat er einen Bankscheck über fünf Millionen Lire eingelöst, ausgestellt und unterzeichnet von Giuseppe Carretta. Anschließend geht er zu einer anderen Hausbank, bei der er eine Million Lire vom Konto seines Bruders durch die Einlösung eines weiteren Bankschecks bezieht. Dieser Scheck ist ebenfalls von seinem Bruder ausgestellt. Weitere Nachforschungen ergeben, dass die Unterschriften auf beiden Schecks gefälscht sind. Es handelt sich um Ferdinandos eigene Handschrift. Zudem findet die Polizei heraus, dass er sich vor Kurzem eine Pistole gekauft hat.

Diese Ermittlungsergebnisse lassen nichts Gutes vermuten. Aber trotz intensiver nationaler und internationaler Suche, auch via Interpol, bleibt die gesamte Familie spurlos verschwunden. Einen plausiblen Grund, weshalb die Carrettas untergetaucht sein könnten, gibt es nicht.

Die Polizei gräbt weiter in der Vergangenheit der einzelnen Familienmitglieder und erfährt dabei, dass Nicola, der jüngere Sohn, Drogenprobleme hatte, die er mit großer Mühe und der Unterstützung seiner Eltern hinter sich bringen konnte. Von vielen der Befragten wird die Familie als intakt, freundlich und sogar glücklich beschrieben, aber die Polizei glaubt nicht an diese Fassade. Es gibt auch Zeugenaussagen aus der näheren Verwandtschaft, die bestätigen, dass es innerhalb der Familie oft Streit wegen Ferdinandos eigenartigem Verhalten gab. Familienstreitigkeiten sind jedoch nichts Ungewöhnliches, deshalb kommen die Ermittler mit diesen Informationen auch nicht weiter. Die Frage, ob Ferdinando vielleicht eifersüchtig auf seinen jüngeren Bruder war, weil Nicola durch seine Drogenprobleme in der Vergangenheit mehr Aufmerksamkeit von den Eltern erhalten hat als er, bleibt offen.

Der andere interessante Anhaltspunkt ist das Geld. Die Eltern besitzen zwei Eigentumswohnungen und ein kleines Vermögen auf verschiedenen Banken. Die Summe der von Ferdinando gefälschten Schecks ist jedoch verhältnismäßig gering und würde für eine Flucht nicht lange ausreichen. Die gekaufte Pistole, die gefälschten Unterschriften und die fehlenden Schmuckstücke sind zwar Hinweise, die auf Ferdinando als möglichen Täter hinweisen. Doch ohne weitere Spuren, den Verbleib des Verdächtigen und die Leichen der anderen Familienmitglieder können die Ermittler nur Vermutungen anstellen und niemanden anklagen.

Sie suchen weiter nach Ferdinando und seiner Familie. Die Wohnung und das Wohnmobil werden von der Spurensicherung mehrmals erfolglos untersucht. Die monatelangen Ermittlungen führen zu keinem Ziel. Es sieht aus, als kann dieser mysteriöse Fall nicht aufgeklärt werden. Fast zehn Jahre lang bleibt er ein ungelöstes Rätsel, bis kurz vor der Archivierung der Akten etwas Unglaubliches geschieht.

London, 22. November 1998: Das Motorrad eines Kuriers einer englischen Postbeförderungsfirma steht im Halteverbot. Als der Besitzer des Fahrzeugs zurückkehrt, findet er ein Bobby daneben vor, der ihm gerade einen Bußgeldzettel ausstellt. Der Polizist bittet den Fahrzeughalter, ihm die Ausweispapiere zu zeigen. Auf dem Führerschein steht der Name Antonio Ferdinando Carretta, geboren am 7. November 1962.

Da zu dieser Zeit in London einige Attentate durch die IRA stattgefunden haben, fragt ihn der Polizist auch nach seiner Herkunft.

»Ich stamme aus Parma«, antwortet ihm Ferdinando.

Der aufmerksame Bobby hat bei diesem Burschen ein seltsames Gefühl, das ihn nicht loslässt. Als er nach seiner Außendienstschicht in die Polizeizentrale zurückkehrt, lässt er die Personalien von Ferdinando durch verschiedene Datenbanken laufen. Bei Interpol hat er schließlich einen Treffer. Der komische Kerl steht auf einer Fahndungsliste als gesuchte Personen im Ausland, und nicht nur er. Seine gesamte Familie wird in Italien seit Jahren vermisst.

Der Polizist verliert keine Zeit und informiert umgehend den Verantwortlichen bei Interpol. Dort werden die Informationen von London nach Rom weitergeleitet und von dort wiederum zu den Behörden in Parma.

Staatsanwalt Saverio Brancaccio prüft nochmals alle Geburtsurkunden und Ausweiseinträge von Ferdinando Carretta. Dabei stellt er mit Erstaunen fest, dass der Vorname Antonio weder auf dem Pass noch auf der Identitätskarte steht, sondern nur auf dem Führerschein. Es besteht kein Zweifel mehr, dass es sich um denselben Mann handelt, den sie seit neun Jahren vergeblich suchen. Weitere Nachforschungen der englischen Behörden ergeben, dass Ferdinando seit Dezember 1989 am Stadtrand von London in Chadewell Heath lebt. Diese Gegend wird hauptsächlich von Einwanderern aus Nahost-Staaten bewohnt. Er lebt alleine in einer einfach eingerichteten Einzimmerwohnung und hält sich mit Aushilfsjobs wie den als Kurierfahrer und mit etwas Sozialhilfeunterstützung über Wasser. Seinem aktuellen Arbeitgeber teilt er mit, dass er verheiratet sei und Kinder habe, was natürlich nicht stimmt.

Die Nachricht, dass man nach so vielen Jahren ein Familienmitglied gefunden hat, verbreitet sich schnell in ganz Italien. Staatsanwalt Brancaccio macht sich umgehend auf den Weg nach London, um Ferdinando zu verhören. Er will wissen, wo der Rest seiner Familie ist. Bei der ersten Befragung sagt Ferdinando aus, dass er keinen blassen Schimmer habe, wo seine Familie sei. Er habe sie ebenfalls seit 1989 nicht mehr gesehen und nichts mehr von ihnen gehört, und er habe auch nicht nach ihnen gesucht, weil er nicht nach Italien zurückkehren wollte. In London habe er sich ein neues Leben aufgebaut und sein altes vor langer Zeit hinter sich gelassen. Er hoffe aber, dass sie noch am Leben seien. Nach der Abreise seiner Eltern sei er aus eigenen persönlichen Gründen ins Ausland gegangen. Erst als er in London angekommen wäre, habe er vom Verschwinden seiner Familie erfahren. Das wäre im Dezember 1989 gewesen. Damals habe er lange überlegt, entweder nach Italien zurückzukehren oder in London seine Anonymität zu wahren und sich schließlich für Letzteres entschieden. Ferdinando fühle sich nach so vielen Jahren als Engländer und nicht mehr als Italiener. Damals habe er lediglich illegal die beiden Bankschecks eingelöst, um sich die Reise nach London zu finanzieren und eine Unterkunft zu bezahlen. Er habe nicht gewollt, dass seine Familie nach ihm sucht. Wollte einfach nur endgültig untertauchen. In England angekommen, habe er sich mit Aushilfsjobs über Wasser gehalten und sich dann in London niedergelassen. Er sei abgehauen, weil ihm zu dieser Zeit schwerwiegende psychische Probleme heimgesucht hätten, unter denen er bereits seit der Schulzeit gelitten habe. Diese Probleme hätten ihm das Leben in Italien erschwert. Mit seinen Eltern habe er sich oft deswegen gestritten, deshalb wollte er nur noch weg. In seiner Verzweiflung habe er nur zwei Möglichkeiten gesehen: Entweder einen Psychiater aufzusuchen oder für immer zu verschwinden.

Weiter sagt Ferdinando aus, dass er in London immer gearbeitet habe. Im Vergleich zu seiner früheren finanziellen Situation in Italien, lebe er zwar in ärmlichen Verhältnissen, aber er sei damit sehr zufrieden. Freunde und Bekannte habe er keine. Er lebe seit Jahren zurückgezogen und isoliert, was aber seine eigene Entscheidung gewesen sei. Er sehne sich nach Ruhe und Einsamkeit. Das sei in dieser Wohnsiedlung mit den zahlreichen Einwanderern auch möglich, da sich hier jeder nur um sich selbst und seine eigenen Angelegenheiten kümmere. Aus welchem Grund auch seine Familie plötzlich verschwunden war, könne er sich nicht erklären.

Nach dieser Befragung ist für den Staatsanwalt schnell klar, dass Ferdinando lügt. Doch er hat nichts in der Hand, um ihn zu verhaften und nach Italien ausliefern zu lassen. Er nimmt sich Zeit, um das weitere Vorgehen zu überdenken. Währenddessen geschieht etwas Unglaubliches.

Ferdinando sagt in den Folgetagen gegenüber dem Staatsanwalt nichts mehr aus, spricht aber mit den Reportern der Fernsehsendung Chi l'ha visto?, die ihn um ein Interview bitten. Nach Ferdinandos Einwilligung fliegt der Reporter Giuseppe Rinaldi aus dem Team des TV-Formats mit einigen Mitarbeitern nach London. Das Interview findet in Ferdinandos Wohnung statt. Der Journalist hat ein eigenartiges Gefühl, schon bevor er seine Fragen stellt. Als die Kameras eingeschaltet werden und das Interview beginnt, geschieht etwas völlig Unvorhergesehenes: Vor laufenden Kameras gesteht Ferdinando Carretta, seine Familie ermordet zu haben. Giuseppe Rinaldi und seine Kollegen sind wie versteinert, denn dies ist ein journalistischer *Scoop*, eine Sensationsmeldung. Ein öffentliches

Geständnis, noch bevor es zu einer offiziellen Anschuldigung kommt.

Obwohl der erfahrene Reporter von Anfang an bei diesem Interview ein seltsames Gefühl im Bauch hat, setzt er seine Befragung geschickt und mit Fingerspitzengefühl fort. Ihm ist klar, dass diese Aufnahmen, die am 30. November 1998 in der Sendung gezeigt werden, nicht nur für die Öffentlichkeit, sondern insbesondere für die ermittelnden Behörden sehr wichtig sind. Wie Rinaldi in einem späteren Interview erklärt, jagte ihm Ferdinando während des Interviews eine Höllenangst ein. Die ganze Zeit habe er einen seltsam starren Blick gehabt, so als würde er ihn mit den Augen durchdringen wollen. Rinaldi habe sofort gemerkt, dass etwas mit diesem Mann nicht stimme, und er sei froh gewesen, nicht alleine mit Ferdinando in diesem Raum gesessen zu haben. Er habe sich zusammenreißen müssen und versucht, so viele Informationen wie möglich herauszubekommen, um das gesamte Material anschließend sofort dem Staatsanwalt zu übergeben.

In diesem Interview gibt Ferdinando zu, dass er sich mit seinen Eltern nicht verstanden habe. Wegen seinen psychischen Problemen habe es ständig Streit gegeben und er habe stets das beklemmende Gefühl gehabt, von seinem Vater erdrückt zu werden, keine Luft mehr zu bekommen. Zu Hause habe er beispielsweise die Gewohnheit gehabt, nicht in die Toilette zu urinieren, sondern heimlich in ein Glas oder in eine Zeitung. Eines Tages, im Jahre 1982, sei er von seinem Vater dabei in flagranti erwischt worden, worauf dieser regelrecht ausgerastet wäre. Seither habe Ferdinando sich nie wieder wohl in seinem Körper gefühlt und sich vor allem vor seinem Vater geschämt. In seiner Vorstellung habe er gesehen, wie sich sein Bauch und sein Gesicht aufblähten, während seine Genitalien verschwanden. Diese Imagination in seinem Kopf sei für ihn sehr real gewesen. Schloss er sich im Bad ein, habe er Geräusche und Stimmen vor der Tür gehört, die ihn daran hinderten, sich normal in der Toilette zu entleeren. Sicher waren es nur Wahnvorstellungen, das wisse er heute, aber für ihn waren diese Wahrnehmungen damals so echt gewesen, dass er sie für real gehalten habe. Nachdem es immer wie schlimmer wurde, habe er beschlossen, seine verhassten Eltern zu töten. Er war im Besitz eines Waffenscheins, deshalb kaufte er sich ein Jahr vor der Tat eine automatische Walther 6.35 Kaliber, deckte sich mit Munition ein und wartete auf den richtigen Zeitpunkt. Sein vorrangiges Ziel war sein Vater, aber ihm war klar, dass er seine Mutter ebenfalls töten müsse. Nicola, sein jüngerer Bruder, habe eine sehr enge Beziehung zum Vater gepflegt. Hätte Ferdinando ihn nicht auch getötet, so hätte sein Bruder ihn umgebracht. Also mussten alle sterben.

Das Geständnis

Am Abend des 5. August 1989 stehen die Koffer der Familie für die Abreise am darauffolgenden Tag bereit. Nicola ist noch nicht nach Hause zurückgekehrt, als Ferdinando seine Pistole packt und zu seinem Vater geht, der gerade etwas in die Abstellkammer räumt. Er wartet hinter ihm, bis Giuseppe Carretta sich umdreht und ihm in die Augen sieht. Dann drückt er ab, kehrt um und geht durch den Flur, wo ihm seine Mutter entgegenkommt, die die Schüsse gehört hat. Wieder drückt er ohne zu zögern ab. Er wartet. Lauscht. Ja, sein nächstes Ziel wird bald heimkehren. Ferdinando eilt zum reglosen Körper seiner Mutter. Versteckt schnell ihre Leiche, damit Nicola diese beim Betreten der Wohnung nicht gleich sieht. Während er wartet, lädt er die Waffe nach. Als Nicola nichts ahnend die Haustür hinter sich zu macht, schießt Ferdinando auch auf ihn. Aber es reicht nicht. Er muss Gewissheit haben. Er ist noch nicht fertig. Aus einem Impuls heraus geht er wieder zurück in die Abstellkammer und feuert weitere Schüsse auf die Leiche seines Vaters. Er will sicher gehen, dass Giuseppe auch wirklich tot ist.

Anschließend schleppt er alle drei Leichen ins Bad und legt sie in die Badewanne. Er lässt so viel Wasser laufen, bis die Körper bedeckt sind, um die Verwesung zu verzögern. In den folgenden beiden Tagen wartet er nachts auf den richtigen Moment, um die Leichen unbemerkt wegzuschaffen. Niemand darf ihn sehen oder hören, und er muss schnell handeln, bevor der Verwesungsgestank irgendwelchen neugierigen Nachbarn auffällt.

Der geeignete Augenblick kommt. Ferdinando besorgt sich drei dunkle Plastiksäcke und packt die Körper damit ein. Passt auf, dass ihn niemand sieht. Lädt die Säcke nachts in den FIAT CROMA seines Vaters, in dem er vorher schon die Rückbank umgeklappt hat, damit alle Leichen Platz darin haben. Dann setzt er sich hinter das Steuer und fährt zu einer abgelegenen Stelle am Flussufer in der Nähe eines Damms. Dort begegnet er einem Pärchen, das gerade mit sich selbst beschäftigt ist. Sie bemerken ihn nicht. Ferdinando ändert sofort seinen Plan. Er kehrt um und fährt mit seiner makaberen Ladung nach *Viarolo*, wo sich eine große Mülldeponie befindet. Er ist alleine. Unbemerkt versteckt er dort die Säcke unter stinkenden Müllbergen. Dann kehrt er nach Hause zurück. Um die Theorie vom spurlosen Verschwinden seiner Familie in die Welt zu setzen, nimmt er das Wohnmobil und stellt dieses in Mailand auf einem Parkplatz ab. Im

Camper hinterlässt er eine Zeitung, die vom 9. August datiert ist. Bevor er mit öffentlichen Verkehrsmitteln zurückkehrt, geht er in eine Bar und lässt dort die Schlüssel des Fahrzeugs unbemerkt liegen.

Zu Hause angekommen, wäscht und putzt er mehrmals Kleider, Möbel, Fußböden und besonders das Bad. Anschließend geht er ins Bett und schläft mehrere Stunden durch. Wenige Tage danach besorgt er sich mit den gefälschten Bankschecks das Geld für seine Flucht und taucht in London unter.

Zum Schluss des Interviews zeigt sich Ferdinando erleichtert und reuig. Über all die Jahre habe er mit einer schweren Last gelebt. Er sei für die Konsequenzen, die er nun tragen müsse, bereit. Ihm sei klar, dass das, was er getan hat, niemand verstehen wird, am allerwenigsten seine Verwandten in Italien, die jahrelang nach den Familienangehörigen gesucht haben und sich Lügengeschichten anhören mussten. Alle werden ihn jetzt verurteilen, aber damit könne er leben, weil diese schwere Last endlich von seinen Schultern gefallen sei. Er habe damals schwere psychische Probleme gehabt.

Nach dem vollumfänglichen Geständnis wird Ferdinando Carretta in London verhaftet und nach Italien ausgeliefert. Dort gesteht er Staatsanwalt Brancaccio gegenüber nochmals die Morde an seinen Eltern und seinem Bruder. Die Ermittler stehen nun vor der schwierigen Aufgabe, nach so vielen Jahren Beweise für das Geständnis zu finden. Bei dem Angeklagten handelt es sich um einen psychisch gestörten Mann, der aus seltsamen Motiven heraus seine gesamte Familie ausgelöscht hat. Und wenn er lügt? Hat er alles nur erfunden? Leben Giuseppe, Marta und Nicola vielleicht doch noch irgendwo im Ausland und Ferdinando deckt sie?

Was die Polizei jetzt dringend benötigt, sind Beweise wie die sterblichen Überreste, die Ferdinando in der Mülldeponie versteckt haben will. Mittlerweile sind aber fast zehn Jahre vergangen und die Deponie ist groß. Sie umfasst über zehn Quadratkilometer und wird ständig mit Tonnen von neuem Müll beliefert. Es ist ein unmögliches Unterfangen, nach so langer Zeit noch irgendwelche Überreste zu finden. Trotzdem wird die Mülldeponie von der Spurensicherung – erfolglos – untersucht. Auch die Tatwaffe, die Ferdinando in den Fluss geworfen haben will, wird nicht gefunden. Und es gibt noch etwas, das die Ermittler bei seinem Geständnis stutzig macht. In der Tatnacht will er mit seiner Pistole etliche Schüsse abgefeuert haben. Es war heiß in diesem Sommer, und viele Anwohner hatten die Fenster geöffnet. Trotzdem will niemand die Schüsse gehört haben?

Die ehemaligen Nachbarn werden ein weiteres Mal befragt,

aber keiner von ihnen erinnert sich mehr an irgendwelche verdächtigen Geräusche, niemand hat Ferdinando beim Verladen der Leichen in dieser Nacht bemerkt oder Verwesungsgerüche aus dem Mehrfamilienhaus wahrgenommen. Der Mörder muss somit großes Glück gehabt und in diesen Nächten die besten Umstände vorgefunden haben, von allen unbemerkt einen perfekten dreifachen Mord zu begehen und neun Jahre lang unentdeckt geblieben zu sein. Ohne sein Geständnis wäre dieser Fall archiviert und die Familienmitglieder nach zehn Jahren rechtlich für tot erklärt worden.

Da die Mordermittler nichts in der Hand haben außer dem fragwürdigen Geständnis eines psychisch kranken Mannes, beschließt der Staatsanwalt, sich an Italiens berühmtesten Forensiker zu wenden, ein Spezialist für solch schwierige Fälle: General Luciano Garofano, der 1998 die forensische Abteilung in Parma leitet, die *R.I.S.* (Reparto Investigazioni Scientifiche – Kriminaltechnische Abteilung für wissenschaftliche und forensische Ermittlungen). Garofano ist überzeugt, mit den entsprechenden technischen Mitteln und spezifischen Untersuchungen auch nach so langer Zeit noch Spuren am vermeintlichen Tatort zu finden. Ferdinando muss etwas hinterlassen haben, wenn er die Wahrheit sagt. Er hat in der Wohnung Schüsse abgefeuert, Blut ist geflossen, und er hat drei Tote durch die Räume geschleift. Das geht nicht ohne irgendwelche Hinterlassenschaften, selbst wenn sie für das menschliche Auge unsichtbar sind.

Luciano Garofano will die Wohnung von seinem Team noch einmal von oben bis unten untersuchen lassen. Jeder winzige Partikel ist wichtig. In all den Jahren wurde die Wohnung von den Familienangehörigen der Carrettas nur einmal vermietet. Anschließend stand sie leer.

Am 15. Dezember 1998 reist er mit seinem Stellvertreter Kapitän Marco Pizzamiglio und einer Gruppe von Spezialisten aus seinem forensischen Team zum Tatort. Staatsanwalt Brancaccio und Ferdinandos Verteidiger sind an diesem Tag ebenfalls anwesend. Zuerst stellen die Forensiker die Schüsse nach. Die Ballistikexperten Michele Pierni und Giuliano Ceneroni führen dies aus. Sie feuern mit einer Pistole auf ein Holzrohr, das mit einem Wärmedämmstoff (Schaumglas) gefüllt ist. Sie wiederholen die Szene immer wieder unter anderen Bedingungen. Mit laufendem Fernseher, mit offenen und geschlossenen Fenstern. Sie nehmen die Intensität der Geräusche mit speziellen Instrumenten auf, vergleichen sie mit denen im Haus, bei Tag und in der Nacht. Mit Erstaunen stellen sie fest, dass die Schüsse tatsächlich von möglichen Zeugen nicht gehört werden konnten. Die Tatwaffe war eine Kaliber 6.35. Sie ist verhältnismäßig leise im Vergleich zu anderen Pistolen, und im Sommer ist der Geräuschpegel nachts sowohl in der Umgebung wie auch im Gebäude höher als im Winter. Das Ballistikergebnis beweist zwar nicht, dass Ferdinando Carretta die Wahrheit gesagt hat, aber auch nicht, dass er lügt.

Somit lassen die Forensikspezialisten diese Spur fallen und konzentrieren sich auf die Suche von Blutspuren in der gesamten Wohnung. Dafür nutzen die Techniker *Crimescope CS-16*, eine spezielle Lampe mit variabel einstellbaren Wellenlängen, wie auch Luminol, eine Substanz, die auf das Vorhandensein von Hämoglobin farblich reagiert. Das Luminol wird zuerst auf eine Oberfläche aufgesprüht, dann wird das Licht aus- und die Crimescope-Lampe eingeschaltet. Wenn Hämoglobin-Spuren vorhanden sind – also Blut, und möge es noch so wenig sein –, werden diese sichtbar gemacht. Anschließend wird der Combur®-Test ausgeführt, ein Papierstreifen, der bei Kontakt mit Blut die Farbe wechselt.

Unter Anleitung von General Garofano untersuchen nun die Forensiker die gesamte Wohnung und fotografieren alles. Abstellkammer, Bad, Wohnzimmer, alle Schlafzimmer, Küche und Flur.

Zehn Jahre sind, wie gesagt, seit dem dreifachen Mord vergangen. Die Wohnung ist zwischenzeitlich vermietet worden, steht aber zum Zeitpunkt der forensischen Untersuchungen 1998 leer. Nicht nur Ferdinando hat die Räume nach der Tat angeblich sehr gut gereinigt, auch der Nachmieter. Trotzdem glaubt General Garofano hartnäckig daran, etwas finden zu können.

Er und sein Team beginnen mit der Luminol-Untersuchung im Flur. Nichts. Schlafzimmer, Wohnzimmer und Küche. Nichts. Zum Schluss das Bad. Ferdinando behauptet, dass er die drei Leichen hierhergebracht und in der Badewanne zwei Tage gelagert hat. Es ist das letzte Zimmer. Die einzige Chance für den General, noch eine Spur zu finden. Gleichzeitig handelt es sich um den Raum, in dem am intensivsten mit aggressiven Reinigungsmitteln wie Entkalker und Chlorbleiche gearbeitet wird.

Die Forensiker nehmen im Bad alles auseinander. Sie schrauben Armaturen ab, sogar die Spiegelwand wird entfernt und untersucht. Nichts. Sie überprüfen die Boden- und Wandfliesen inklusive der Silikonfugen. Nichts. Die Dusche wird untersucht und die Seifenschale aus Porzellan neben der Badewanne samt Metallhaltern demontiert. Dieses Zubehör wird in der Regel im hinteren Teil der Schale und in den Ecken nicht besonders intensiv gereinigt. Es ist an der Wand verschraubt und wird beim Reinigen kaum abmontiert.

Nachdem sie das Zubehör entfernt haben, untersuchen die Forensiker diese Zone ganz genau. Die Wandfliese, Schrauben, Löcher, Fugen und den abgeschraubten Teil des Metallhalters, der an der Wand befestigt war. Endlich. Der Test ist positiv. Die Experten haben Spuren an einem Ort gefunden, an dem Menschenblut kaum durch Nasenbluten oder eine Verletzung beim Rasieren hingelangen kann. Es ist der einzige Beweis, den sie in der Wohnung finden.

Die sichergestellten Blutspuren werden vom *R.I.S.* sofort ins forensische Labor eingeschickt, um sie auszuwerten. Der anschließende DNA-Test ergibt, dass es sich um menschliches Blut handelt. Eine männliche und eine weibliche DNA. Der Fundort würde Ferdinandos Aussage unterstreichen. Er habe die Leichen seiner Familie in der Badewanne abgelegt. Bevor er das Badewasser abließ, muss Blut vom Vater, Bruder und von der Mutter auf die Seifenschale gelangt sein und von dort aus hinter die Befestigung.

Die Forensiker sind jetzt einen Schritt weiter, aber es reicht noch nicht. Nun muss herausgefunden werden, welchen der drei Opfer diese Spuren gehören. Im Jahre 1998 sind die DNA-Tests noch nicht so ausgereift wie heute, weshalb Ferdinandos genetischer Fingerabdruck nicht für einen solchen Zuordnungstest verwendet werden kann. Da die Leichen der Opfer nicht mehr auffindbar sind, benötigen die Experten für den Test Giuseppes und Martas Eltern. Drei Elternteile sind bereits tot, einer lebt noch. Die Verstorbenen werden exhumiert und die sterblichen Überreste von Professor Maurizio Gennari von der Gerichtsmedizin in Parma untersucht. Dafür entnimmt er den Verstorbenen mehrere Fragmente aus Knochen und Zähnen, um die DNA sicherzustellen. Auch vom einzig noch lebenden Elternteil wird eine DNA-Probe genommen.

Es vergehen ein paar Wochen, bis das endgültige Ergebnis endlich vorliegt. Bei dem gesicherten Blut im Bad handelt es sich definitiv um das von Giuseppe und Marta. Somit gilt dies als einziger Beweis dafür, dass Ferdinandos Geständnis der Wahrheit entspricht.

In der Tatnacht muss er demnach unglaubliches Glück gehabt haben. Niemand hat die Schüsse in der Wohnung gehört. Und auch später, als er die Leichen aus dem Haus in den Wagen schaffte und sich derer auf der Mülldeponie entledigte, war niemand unterwegs oder hat etwas gesehen.

15. April 1999: Das Gericht (Corte d'Assise) verurteilt

Ferdinando Carretta nach nur drei Stunden als schuldig am dreifachen Mord und gleichzeitig als schuldunfähig. Zum Zeitpunkt der Tat bis zum Schuldspruch gilt Ferdinando als psychisch erkrankt, sodass ihn keine reguläre lebenslange Haft in einem normalen Gefängnis erwartet. Durch die psychiatrischen Gutachten der Experten Prof. Cesare Piccinini, Prof. Vittorio Andreoli sowie Prof. Giovanbattista Cassano wird ihm volle Unzurechnungs- fähigkeit anerkannt. Das Gericht beschließt, Ferdinando für mindestens fünf Jahre in die geschlossene psychiatrische Haftanstalt *Castiglione delle Stiviere* einzuliefern. Gleichzeitig schlägt sich das Glück wieder auf Ferdinandos Seite. Es gibt eine rechtliche Lücke im Gesetz, die die Verteidiger des Angeklagten ausnutzen. Die Frist, um vermisste Personen für tot zu erklären, beträgt zehn Jahre. Diese Erklärung wurde schon rechtsgültig, bevor Ferdinando in Italien angeklagt und inhaftiert wurde. Das bedeutet, dass der einzige Sohn der Carrettas aus Sicht des Gesetzes als Alleinerbe gilt. Das Gericht hat ihn durch seine psychische Erkrankung für den dreifachen Mord als schuldunfähig verurteilt. Das ihm zustehende Erbe ist beträchtlich.

Um dies zu verhindern, fechten die Angehörigen der Familie Carretta, allen voran Paola Carretta, das Erbe an. Ein langes Gerichtsverfahren um die Erbschaft beginnt, während Ferdinando in der psychiatrischen Haftanstalt seine Zeit absitzt.

September 2003: Ferdinando wird Freigang gewährt. Er darf die Haftanstalt für einige Stunden in Begleitung verlassen. Er besucht die Wohnung, in der er die Morde begangen hat, was in den Medien hohe Wellen schlägt.

Februar 2004: Die Haft wird gelockert, Ferdinando genießt ab diesem Zeitpunkt die Halbfreiheit.

2005: Ferdinando verliert die erste Runde um den Erbstreit mit seinen Verwandten. Richter Giacomo Cicciò spricht das gesamte Vermögen seinen Tanten zu. Die Entscheidung basiert darauf, dass der Angeklagte, obwohl gerichtlich als schuldunfähig erklärt, sein Erbrecht nach zehn Jahren im Ausland (London) zum Zeitpunkt der Todeserklärung seiner Eltern nicht anerkannt und somit nicht angenommen hat. Die Anwälte des Angeklagten fechten dieses Urteil an und ziehen in die nächste Instanz. Ein jahrelanger Erbstreit bahnt sich an. Die Anwälte der Tanten sind sich dieser Tatsache bewusst. Ihre Mandantinnen sind bereits im fortgeschrittenen Alter, sodass die Wahrscheinlichkeit besteht, dass sie das gerichtliche Endurteil nicht mehr miterleben werden. Aus diesem Grund versuchen die Anwälte, dem Erbstreit ein Ende zu bereiten. Sie streben eine Einigung an. Diese Strategie würde allen Beteiligten den schnellen Zugang zum Erbvermögen ermöglichen, was im Interesse beider Parteien wäre.

Juni 2006: Der Angeklagte wird aus der psychiatrischen Haftanstalt *Castiglione delle Stiviere* entlassen und kommt in eine überwachte Gemeinschaft zur Rehabilitierung von Häftlingen in Forli.

Oktober 2008: Der gerichtliche Erbstreit endet endlich. Die Parteien einigen sich dank ihrer Anwälte. Es wird ein Abkommen unterzeichnet. Die Wohnung in *Via Campioni* geht an Paola Carretta, die Wohnung *Via Rimini*, in der die Morde geschahen, fällt an Ferdinando. Eine nicht bekannte Geldsumme geht an die beiden anderen Tanten, die sich im Gegensatz zu Paola Carretta nie in der Öffentlichkeit gezeigt haben und im Hintergrund blieben. Der Erbstreit ist somit endgültig vom Tisch. Der Angeklagte erbt ca. 50‘000 Euro und die Wohnung seiner Eltern im Wert von ca. 200‘000 Euro.

Juni 2009: Ferdinando genießt in der Gemeinschaft zur Rehabilitation von Häftlingen in Forli die überwachte Halbfreiheit. Er muss sich regelmäßig und zu vorgegeben Zeiten in der Gemeinschaft melden und dort auch weiter übernachten. Er darf die Stadt nicht verlassen, und wenn er zu den festgesetzten Terminen nicht erscheinen kann, muss er dies begründen und um Erlaubnis fragen. Durch die Unterstützung der Gemeinschaft arbeitet er stundenweise in einer kleinen Firma in Forli. In verschiedenen Interviews erklärt er, dass er geheilt sei und sich nichts anderes wünsche als ein normales Leben mit einer Vollzeitarbeitsstelle und einer eigenen Familie.

April 2010: Ferdinando gelingt es, die Tatort-Wohnung für 200‘000 Euro zu verkaufen. Seine Anwälte reichen vor Gericht einen Antrag auf vollständige Rehabilitierung ein, da der Angeklagte aus Verteidigungssicht als geheilt gilt.

Januar 2013: Das Gericht lehnt den Antrag mit der Begründung ab, dass nach wie vor ein Restrisiko bestehe, dass der Angeklagte für die Gesellschaft gefährlich sein könnte. Er muss seiner überwachten Therapie und seinem Rehabilitationsprozess weiter nachgehen.

Ferdinando Carretta hat insgesamt sechseinhalb Jahre in der psychiatrischen Haftanstalt und bisher sieben Jahre in Halbfreiheit in der überwachten Gemeinschaft in Forli verbracht. Die Leichen seiner Familie wurden bis heute nicht gefunden.

Aspekte des Falls:

Bei der Gerichtsverhandlung vom April 1999 sind sich alle psychiatrischen Gutachter einig, dass der Angeklagte zum Zeitpunkt der Tat schuldunfähig und geistig unzurechnungsfähig ist. Gleichzeitig wird er bei der Urteilsverkündung als Gefahr für die Gesellschaft eingestuft. Die Anklage fordert zehn Jahre Inhaftierung in der psychiatrischen Haftanstalt mit anschließender Überprüfung seines Zustandes durch Experten und Verlängerung der Haft. Die Richter sprechen jedoch nur fünf Jahre aus, weil sie Schuldunfähigkeit anerkennen. Das Urteil wird November 1999 nochmals bestätigt, weil die Anklage nach der ersten Instanz einen Antrag auf Verlängerung der ausgesprochenen fünf Jahre verlangt. Die Richter lehnen ab. Sie sehen in Ferdinando einen reuigen Mann, dem sie gute Chancen einräumen, mit entsprechender Therapie vollkommen rehabilitiert zu werden. Während der Morde habe der Angeklagte sich in einer Art Delirium befunden und nicht gewusst, was er tat. Er glaubte, sich durch den Tod seiner Familienangehörigen endgültig von seinen psychischen Albträumen befreien zu können. Zeugen vor Gericht haben bekräftigt, dass es in der Familie wegen Ferdinando immer wieder heftige Streitigkeiten gab und dass der Angeklagte isoliert gelebt und Schwierigkeiten im sozialen Kontaktbereich hatte. Diese Elemente führen die Richter zu dem Ergebnis, dass Ferdinando die Tat an diesem Abend nicht geplant, sondern aus einem Impuls heraus gehandelt hat.

Das Urteil des Gerichts wird im November 1999 von allen Parteien akzeptiert. Weder die Staatsanwaltschaft noch die Verteidiger reichten weitere Anträge ein.

Die Öffentlichkeit zeigt sich über diese milde Strafe empört, da Ferdinando sich nach dem Dreifachmord sehr planvoll verhalten habe. Wie sonst konnte er nach der Tat so organisiert und bewusst handeln? Die Entledigung der Leichen führte er präzise und unentdeckt aus. Er säuberte die Wohnung gründlich, fälschte die Schecks und reiste unbemerkt ins Ausland, um unterzutauchen. Wie kann ein psychisch Kranker noch Tage nach der Tat so klar denken?

Doch die Richter haben entschieden und ihr Urteil gefällt. Egal was die Öffentlichkeit über den Fall Carretta und Ferdinando bis heute denkt, die Zeit wird zeigen, ob der Täter voll in die Gesellschaft integriert werden kann.

Bis heute sind trotz intensiver GEO-Radar-Suche die sterblichen Überreste der Familie nicht aufgetaucht.

»Die Bestien des Satans«

Mailand 1998: Der *Parco Sempione* ist eine städtische Grünanlage in Mailand mit einer Größe von rund 386‘000 Quadratmeter. Dieser Park sowie die *Fiera di Sinigallia*, ein wöchentlicher Flohmarkt, sind bekannte Treffpunkte einer Clique, die Heavy-Metall-Musik liebt, Drogen konsumiert und damit dealt. Die Jugendlichen nennen sich Satanisten und bilden eine kleine Sekte. Alle Mitglieder huldigen Satan. Sie fühlen sich als auserwählte Rasse, veranstalten Rituale zu Ehren des Teufels. Gewalt steht im Zentrum.

Auch Chiara und Fabio gehören zu dieser Jugendgruppe. Obwohl es konkrete Hinweise darauf gibt, ignorieren die Eltern diesen Umstand. Sie glauben der verharmlosten Darstellung ihrer Kinder, dass sie sich lediglich anders kleiden, Tattoos und andersartigen Schmuck tragen und gerne Heavy-Metall hören.

Die sechzehnjährige Chiara trägt schwarze Kleidung, auf den Kopf gestellte Kreuze und ist die Freundin des neunzehnjährigen Fabios, der als Gitarrist in einer Band namens *Ferocity* spielt. Beide wohnen noch bei ihren Eltern. Chiara stellt zu Hause einen schwarzen Altar auf mit dunklen Kerzen, einem Tuch mit einem fünfzackigen Stern, einem Ziegenbockfuß und einem künstlichen Schädel. Ihre Eltern mögen es nicht, aber Chiara beschwichtigt. Es sei absolut nichts Schlimmes dabei, sie sollen sich keine Sorgen machen, es sei alles nur Show und nicht echt. Sie mag einfach die Art von Musik, solche schwarze Figuren und Symbole, aber sie gehöre keiner Sekte an.

Diese Zeichen werden von ihren Eltern unterschätzt. Sie glauben ihrer Tochter, wollen ihr glauben. Chiara gehört sicherlich keiner dunklen Satanssekte an, nein, nicht ihre Tochter.

Am 17. Januar 1998 verbringen Chiara und Fabio den Abend mit Freunden in einem Lokal in Mailand. Gegen 23.30 Uhr ruft Fabio zu Hause an, um seinem Vater Michele mitzuteilen, dass er nachts bei seiner Freundin schlafen werde. Michele ist damit nicht einverstanden und fordert seinen Sohn auf, zu Hause zu übernachten. Fabio unterbricht abrupt das Telefonat. Es ist das letzte Gespräch zwischen Vater und Sohn. An diesem Abend verschwindet das Paar.

Sind sie gemeinsam ausgerissen, so wie ihre Freunde behaupten?

Die Eltern der beiden Jugendlichen sind besorgt. Seit diesem Abend fehlt jede Spur von ihnen. In Chiaras Zimmer findet ihre Mutter einen Zettel. Es ist eine Liste, die darauf hindeutet, dass sie ein neues Leben beginnen will. Erst vor Kurzem hat sie von einer Versicherung eine größere Summe Geld erhalten, weil sie von einem Auto angefahren und verletzt wurde. Ein kleines Polster, um bald von zu Hause auszuziehen. Auf der To-do-Liste steht außerdem, dass sie eine Wohnung suchen muss und eine Arbeit.

Für die Polizei sieht es danach aus, dass Chiara mit ihrem Freund ausgerissen ist. Die Aussagen der Clique stützen diese Theorie, aber die Eltern des Pärchens haben trotzdem kein gutes Gefühl dabei. Tief in ihrem Innern scheinen sie zu spüren, dass mit den beiden etwas passiert sein muss. Dass sie nicht gemeinsam weggelaufen sind, um irgendwo ein neues Leben anzufangen.

Die Wochen vergehen. Chiara und Fabio bleiben verschwunden. Kein einziges Lebenszeichen. Die Familienangehörigen hoffen Tag für Tag, dass das Paar bald wieder zurückkehren wird.

Chiaras Mutter Pasqualina Antonini und Michele Tollis, der zweiundfünfzigjährige Vater von Fabio, sind verzweifelt. Als die polizeiliche Suche erfolglos bleibt, wenden sich die beiden an das bekannte TV-Format »Chi l'ha visto?«, das für die Suche nach Vermissten ermittlungserfahrene Journalisten einsetzt. Die Reporter der Sendung graben gemeinsam mit den Eltern im näheren Umfeld der beiden Jugendlichen und finden heraus, dass der engste Freundeskreis des Paares hauptsächlich aus den dunklen Gestalten der Satanssekte besteht.

Trotz all den Hinweisen kommen weder die Polizei noch die Journalisten bei der Suche weiter. Es herrscht eine Mauer des Schweigens. Niemand hat was gesehen. Niemand hat was gehört.

Es vergehen Monate. Während die Hoffnung schwindet und die meisten bereits aufgegeben haben, sucht Michele Tollis gemeinsam mit seinem anderen Sohn Giuseppe, der neun Jahre älter ist als Fabio, weiter. Er will das Handtuch noch nicht werfen. Hartnäckig arbeitet er sechs Jahre lang, den Fall in den Medien präsent zu halten. Für diesen mutigen, kleinen Mann ist die Suche nach der Wahrheit zum einzigen Lebensinhalt geworden. Michele ist überzeugt, dass die ehemaligen Jugendfreunde seines Sohnes genau wissen, was mit dem Paar geschehen ist und eine Mauer des Schweigens aufgestellt haben.

Wie ein Privatdetektiv deckt er Stück für Stück Details über die sogenannten Freunde seines Sohnes auf. Er weiß, dass sie eine geschlossene Gruppe sind, eine gefährliche Satanssekte, aus der man nicht einfach aussteigen kann. Michele hat keine Angst vor ihnen. Er kämpft und will die Wahrheit erfahren, koste es was es wolle. Aber es ist ein einsamer Kampf, den Michele über diese langen Jahre führt, unterstützt von der Sendung »Chi l'ha visto?«, die die Angehörigen der Vermissten auch über lange Zeiten hinweg nicht im Stich lässt.

Genau sechs Jahre und sieben Tage nach dem spurlosen Verschwinden von Fabio und Chiara tut sich etwas völlig Unerwartetes.

24. Januar 2004: Michele Tollis sitzt an diesem Abend vor dem Fernsehen, um sich die Nachrichten anzuschauen. Die Meldung eines Mordes in *Somma Lobardo*, einer Gemeinde in der Provinz Varese (Lombardei), versetzt ihm einen Stich ins Herz. Die Nachrichtensprecherin berichtet über den Mord an Mariangela Pezzotta, siebenundzwanzig Jahre alt, Tochter eines bekannten Politikers der Partei *Forza Italia*. Ihr ehemaliger Verlobter, Andrea Volpe, der mutmaßliche Mörder, sei zusammen mit seiner Freundin Elisabetta Ballarin verhaftet worden. Das Paar wäre bei der Festnahme sehr verstört gewesen. Sie hätten unter starkem Alkoholeinfluss und Drogen gestanden und wären sofort in ein Krankenhaus eingeliefert worden.

Der Name Andrea Volpe trifft Michele Tollis wie ein Blitzschlag. Durch seine langjährigen Recherchen kennt er diesen gefährlichen Burschen, ein ehemaliger Freund seines Sohnes Fabio. Er gehört dieser Satanssekte an, so wie einige andere, die Michele ebenfalls überwacht hat.

Ja, der kleine, mutige Mann hat der Polizei vor Jahren sogar eine vollständige Namensliste der Mitglieder dieser Satanssekte überreicht, die leider wegen der undurchdringbaren Mauer des Schweigens zu keinem Ergebnis führte. Alle dort aufgelisteten waren sogenannte enge Freunde von Chiara und Fabio. Doch die Ermittler kamen einfach nicht weiter. Keine Beweise. Keine Zeugen.

Einige der Zugehörigen waren zwar wegen Drogenhandel festgenommen worden, wurden aber bereits wieder entlassen.

Nachdem Michele Tollis die Nachricht am Fernseher verdaut hat, packt er sein gesamtes Material, das er über all die Jahre bei seinen Recherchen gesammelt hat. Auch das dunkle Tagebuch seines Sohnes Fabio. Am wichtigsten ist die Namensliste all der Mitglieder, die zu der Satanssekte gehören. Er fährt noch am gleichen Abend zur Polizei. Erzählt all das, was er bereits vor Jahren geschildert und vorgelegt hat.

Während seiner Recherchen ging Michele oft im *Midnight Pub* ein und aus, um mehr über die Jugendlichen, den Umgang seines Sohnes herauszufinden. Das Lokal war ein Treffpunkt für Heavy-Metall-Anhänger. Michele glaubte, dass irgendwann jemand über Fabios Verschwinden ihm gegenüber auspacken würde.

So kam es, dass er während seiner zahlreichen Besuche in dem Lokal Andrea Volpe ein Bier spendierte und ihn über den Abend von Fabios Verschwinden ausfragte. Andreas Antwort brannte sich in Micheles Gehirn ein: »Herr Tollis, WIR können uns nicht ruinieren, nur um IHNEN zu helfen.«

Michele erinnert sich noch genau daran, so als wäre es gestern gewesen.

Ein weiteres Detail geht ihm nach dem Mord an Mariangela nicht aus dem Kopf. Andrea betonte und wiederholte das Wort WIR in diesem Gespräch zwei Mal. Damals interpretierte er die Aussage so, dass Andrea zwar etwas über seinen Sohn Fabio wusste, aber nichts verraten wollte, da ansonsten er und seine Freunde bestraft werden könnten.

Was am Abend vom 23. auf den 24. Januar 2004 geschah:

Elisabetta Ballarin lebt mit Andrea Volpe in einem abgelegenen Chalet, das sich in einem Waldgebiet in *Golasecca* (Provinz Varese in der Lombardei) befindet. Das Ferienhaus in der Nähe von *Somma Lombardo* gehört ihrem wohlhabenden Vater Giuseppe Pino. Das Paar ist drogenabhängig und lebt in einem Chaos, im Dreck. Das abgeschiedene Chalet im Wald macht innen wie außen einen verwahrlosten Eindruck.

Die Polizei von *Somma Lombardo* erhält in den frühen Morgenstunden des 24. Januars 2004 die Meldung eines Aufsehers der Druckerei STS, dass ein völlig verstört wirkender junger Mann auf dem Parkplatz der Druckerei herumtobt. Die Polizisten einer Patrouille, Leonardo Stoppa und Luca Capogreco, gehen der Sache nach und fahren entlang des Bewässerungskanals *Villoresi*, wo der Fluss Ticino hindurchfließt. Sie glauben, dass es sich um einen Betrunkenen handelt. Nichts Ungewöhnliches. Doch als sie in der Nähe des Damms *Pan Perduto* in dem kleinen Ort *Maddalena* in *Somma Lombardo* ankommen, finden sie einen völlig durchgedrehten Mann vor. Er schreit, flucht, tobt herum. Die Polizisten identifizieren ihn als Andrea Volpe, geboren am 7. Februar 1976 in Gallarate. Er trägt dunkle Jeans mit zahlreichen Flecken und ein Kurzarm-T-Shirt obwohl die Temperaturen unter dem

Gefrierpunkt liegen.

Die erfahrenen Beamten erkennen an seinen Augen und seinem Verhalten sofort, dass er mit so vielen Drogen, Alkohol und Psychopharmaka vollgepumpt ist, dass es einen Elefanten umhauen würde. Volpe hat dunkles, langes Haar und trägt einen Kinnbart. Seine Schuhe sind dreckig und durchnässt, wie auch der Bund seiner Jeans. Der Schnürsenkel des rechten Schuhs ist offen, der linke fehlt. Der Kerl redet wirres Zeug und scheint kurz vor einem Kollaps zu stehen.

Die Polizisten verlieren keine Zeit und fordern umgehend einen Krankenwagen an. Sie fragen nach dem Drogencocktail, den er eingenommen habe. Andrea antwortet, dass er einen Mix aus Heroin, Kokain und Tavor intus habe und seit über sechsunddreißig Stunden auf den Beinen sei. Dann schreit er die Beamten an, seiner Freundin sofort zu helfen, sie sei in Gefahr und er wisse, wo sie sich befinde. Sie hätten beide mit dem Auto abhauen können, aber eine Kurve nicht erwischt und einen Unfall gebaut. Zwanzig Männer seien hinter ihnen her gewesen. Vielleicht seien es aber auch nur zehn gewesen, er wisse es nicht mehr genau, da er in Panik geraten sei.

Die beiden Polizisten glauben ihm nicht. In seinem Zustand könnte er halluzinieren, die wahrscheinlichste These. Bei näherer Betrachtung der Flecken auf Andreas Jeans sind sich die Beamten sicher, dass es sich um Blut handelt. Die erfahrenen Polizisten wissen, dass Blutspritzer auf Kleidung ein typisches Muster aufweisen. Sie sehen anders aus als alle anderen Flecken. Ist der Kerl in seinem Zustand vielleicht durchgedreht und hat seine Freundin umgebracht oder schwer verletzt?

Den Polizisten ist klar, dass es jetzt auf jede Sekunde ankommt. Sie fordern Andrea auf, sie zu seiner Freundin zu führen, damit sie ihr helfen können. Während die Zentrale auch Volpes Eltern benachrichtigt, fahren die Beamten mit ihm wenige Kilometer den Flusskanal Villoresi entlang. Auf der schmalen Brücke eines Dammes finden sie zwei Unfallwagen vor. Einen dunklen Honda Accord und einen grauen Fiat UNO. Es stellt sich heraus, dass der Fiat Annamaria Pezzotta gehört, der Mutter Mariangelas, Andreas Ex-Verlobter. Der andere Wagen hingegen ist Elisabetta Ballarins Vater zuzuordnen.

Während der dunkle Honda im Geländer feststeckt, klemmt der graue Fiat zwischen den Mauern auf der Brücke. Beide Autos sind stark beschädigt. Die Polizisten rufen Verstärkung und fordern die Spurensicherung an. Sie kontaktieren die Besitzerin des Fiat UNO und erfahren, dass deren Tochter am Vorabend noch spät mit dem Auto weggefahren und bis jetzt nicht zurückgekehrt sei. Die Beamten fragen Annamaria Pezzotta, ob sie Andrea Volpe kennen. Sie bejaht. Ihre Tochter sei fast zehn Jahre lang mit diesem miesen Typen zusammen gewesen. Sie befürchtet das Schlimmste. Keinen Unfall. Volpe habe ihr etwas angetan.

Sie benachrichtigt den Rest ihrer Familie, um so schnell wie möglich zum Unfallort zu kommen und nach Mariangela zu suchen.

Den Polizisten wird klar, dass diese Sache größere Dimensionen annimmt als angenommen.

Im Fiat sitzt niemand, aber im Honda schon. Die Polizisten ziehen Plastikhandschuhe über und schauen nach. Hinter dem Steuer befindet sich eine junge Frau mit langen, dunklen Haaren. Sie trägt schwarze Kleidung und ist verletzt. Ihr Kopf liegt auf dem Lenkrad. Sie ist bei Bewusstsein, redet wirres Zeug. Speichel fließt aus ihrem Mund. Sie steht ebenfalls unter Drogeneinfluss. Wie ihr Freund Andrea zeigt sie Symptome einer Überdosis und befindet sich in einem bedrohlichen Zustand. Es handelt sich um Elisabetta Ballarin, Andrea Volpes neue Freundin.

Die Polizisten ordern einen weiteren Krankenwagen zum Unfallort. Unterdessen trifft die Verstärkung ein. Sie überprüfen die beiden Autos und finden besorgniserregende Dinge, die nichts Gutes vermuten lassen. Der Wagen vermüllt. Abfall, Essensreste, Kleider und Tücher – auffällig viele blutgetränkte Tücher. Im Kofferraum liegt die Handtasche von Mariangela.

Wo könnte sie sein, was ist geschehen?

Die Beamten suchen im Kanal und gehen vom Schlimmsten aus. Die angeforderten Rettungswagen treffen ein, Andrea Volpe und Elisabetta Ballarin können rechtzeitig ins Krankenhaus eingeliefert werden. Als die Notärzte die junge Frau stabilisieren, erzählt diese, dass im Chalet etwas Schreckliches passiert wäre: Mariangela sei tot.

Daraufhin sucht die Polizei nach diesem Chalet und befragt nochmals die Eltern der verschwundenen Frau. Diese geben wiederholt an, dass ihre Tochter Mariangela am Vorabend um 23.00 Uhr das Haus verlassen habe und seither verschwunden sei. Die Beamten wollen wissen, wie die Beziehung zwischen Andrea Volpe, Elisabetta Ballarin und Mariangela war.

Früher wären sie alle befreundet gewesen, aber seit der Trennung ihrer Tochter von Andrea habe sich Mariangela glücklicherweise von diesem schlechten Umgang entfernt. Leider sei sie trotzdem nicht ganz darüber hinweggekommen, obwohl Andrea sie mehrfach betrogen und sogar eine neue Freundin habe: Elisabetta Ballarin. Immer wieder habe er sie aufgesucht. Mariangela sei nicht fähig gewesen, ihm etwas abzuschlagen, habe ihm auch weiterhin

Geld gegeben, obwohl sie unter dieser Beziehung jahrelang gelitten habe.

Ein Polizist wartet im Krankenhaus, bis die Zeugin Elisabetta versorgt und wieder ansprechbar ist, um sie nach der vermissten Mariangela und den Geschehnissen zu befragen. Die anderen Beamten machen sich unterdessen auf den Weg, das von Andrea Volpe beschriebene abgelegene Chalet im dichten Wald zu suchen. Als Elisabetta die Augen öffnet, fragt der Beamte nach dem Verbleib von Mariangela. Sie erzählt ihm, dass sie es nicht wisse. Sie selbst sei mit Drogen vollgepumpt gewesen und habe schreckliche Gestalten gesehen. Panisch sei sie aus dem Chalet gerannt, dann in den Wagen gestiegen und einfach losgefahren. Sie glaubte, eine Kurve gesehen zu haben, die direkt vor ihr lag, aber in Wirklichkeit existierte die nicht. Sie hatte halluziniert und geriet in Panik. Schwenkte das Lenkrad und rammte das Geländer, in dem der Wagen steckenblieb.

An mehr kann sie sich nicht erinnern, da sie das Bewusstsein verloren habe.

Der Polizist entschließt sich, die Befragung später wieder aufzunehmen. Als er das Zimmer verlassen will, betreten die Eltern von Andrea Volpe den Raum, die von der Polizeizentrale benachrichtigt wurden. Ihr Sohn befindet sich im gleichen Krankenhaus. Kaum sieht Elisabetta das Paar, verliert sie die Contenance. »Wir haben Mariangela getötet«, flüstert sie, ein Flüstern, dass dem Polizisten nicht entgeht.

»Wo ist sie jetzt?«, fragt daraufhin Vincenza Di Lorenzo, Andrea Volpes Mutter.

»In einem Wald ... im Chalet ...«, gesteht Elisabetta, schließt die Augen und schweigt. Sie beantwortet keine Fragen mehr, weder von Andreas Eltern von noch dem Beamten.

Die Polizei hat die Adresse des Chalets herausgefunden und ordert die Beamten, die schon danach suchen, dorthin. Das Ferienhaus gehört Alberto Ballarin, Elisabettas Vater. Er ist Sportreporter und befindet sich gerade in Südafrika.

Inzwischen gibt es weitere Informationen über Andrea und Elisabetta. Andrea Volpe ist am 7. Februar 1976 in Gallarate geboren und seit längerer Zeit arbeitslos. Er spielt in einer Heavy-Metal-Band und haust mit seiner Freundin in diesem abgelegenen Chalet. Elisabetta ist am 22. Juli 1985 in Mailand geboren und stammt aus guten Familienverhältnissen. Sie hat die Schule abgebrochen, um mit

Andrea zusammenzuleben – weit weg von allem im Chalet ihres Vaters.

Eine andere Frage bereitet den Beamten Kopfzerbrechen. Was hatte Andreas Ex-Freundin in diesem Chalet um diese Zeit zu suchen?

Als sie endlich das Gebäude erreichen und das Haus betreten, eröffnet sich ihnen ein Bild der Verwahrlosung und des Verfalls. Der Gestank ist fürchterlich. In allen Zimmern herrscht Chaos. Essensreste, Bücher, Klamotten, Abfall, Waffen, Patronen und Drogengeschirr liegen überall herum. Auf dem Fußboden, auf Möbeln, in den Gängen, im Bad ... Bei der Durchsuchung des Hauses stoßen die Polizisten auch auf Objekte, die zweifellos auf Satanismus-Rituale hinweisen. Eine riesige Altarkerze brennt noch immer. Bücher über Satan und Schwarze Messen, eine lebende Schlange in einem Knochenschädel und sehr viele Drogen.

Doch von Mariangela fehlt jede Spur.

Um das gesamte Anwesen auf den Kopf zu stellen, fordern die Polizisten weitere Verstärkung und die Spurensicherung an. Sie rechnen mit dem Schlimmsten.

Die Forensiker durchsuchen das gesamte Haus von oben bis unten und das Grundstück rund um das Chalet. In einem Treibhaus, das sich neben dem Haus befindet, machen sie einen makabren Fund. Halb vergraben unter der Erde liegt eine Leiche. Sie weist eine schwere Verletzung am Hals auf, der restliche Körper scheint unversehrt. Doch das Gesicht – es ist grauenvoll und bis zur Unkenntlichkeit verunstaltet. Weitere Spuren auf dem Boden zeigen, dass die Leiche mit einem Schubkarren ins Treibhaus transportiert wurde.

Bei der Toten handelt es sich tatsächlich um die vermisste siebenundzwanzigjährige Mariangela Pezzotta aus *Somma Lombardo*, Tochter eines bekannten Lokalpolitikers. Sie war neun Jahre lang Andrea Volpes Verlobte, neun qualvolle Jahre, wie sich bald herausstellen soll, in denen Mariangela einiges ertragen musste. Gewalt, Drohungen, Demütigungen, Erpressungen ...

All diese Informationen kommen kurz nach dem Fund der Leiche im Haus des Opfers ans Licht. Tagebücher, die Schreckliches über die Beziehung zwischen Mariangela und Andrea ans Tageslicht bringen. Die junge Frau schreibt von einer stürmischen Leidenschaft, einer emotionalen Abhängigkeit ihrerseits. Trotz aller Qualen und Leid habe sie ihm nicht widerstehen können.

Nach dem Auffinden der Leiche werden Andrea Volpe und

Elisabetta Ballarin noch im Krankenhaus verhaftet. Ihr Zustand hat sich stabilisiert, und sie können vernommen werden. Die Nachricht über diesen grausamen Mord verbreitet sich wie ein Lauffeuer über alle Nachrichtensender Italiens.

So erfährt auch am Abend des 26. Januars 2004 Michele Tollis, der Vater des seit sechs Jahren vermissten Fabio und dessen Freundin Chiara, von der Verhaftung. Andrea Volpe, ein Name, den er gut kennt. Sein Sohn spielte in der gleichen Band, und nach seinen langjährigen Recherchen weiß Michele mit Gewissheit, dass Fabio seine letzten Stunden mit Andrea verbracht hat. Er ist sicher, zwischen Mariangelas Ermordung und dem Verschwinden seines Sohnes gibt es eine Verbindung: Andrea Volpe. Vielleicht wusste Mariangela zu viel und musste deshalb sterben?

Nach der Obduktion hält der Gerichtsmediziner fest, dass das Opfer Mariangela mit einem Kopfschuss niedergestreckt wurde, aber nicht sofort daran starb. Anschließend wurde auf brutalste Weise mit einem Spaten auf ihren Kopf und ihr Gesicht eingeschlagen. Die Todesursache war nicht die Schussverletzung, sondern die massive Gewalt der folgenden Schläge. Aufgrund der Schädel-Hirnverletzungen kann der Experte der Gerichtsmedizin dies mit Sicherheit bestätigen.

Die Mordermittler verhören das inhaftierte Paar über Stunden und durchleuchten deren Leben sowie all ihre Kontakte unter Berücksichtigung der Liste, die ihnen Michele Tollis ausgehändigt hat.

Elisabetta Ballarins Aussage zum Tathergang:

In der Nacht zum 24. Januar 2004 ist Elisabetta gerade mit dem Abwasch beschäftigt, als sie Mariangelas Stimme hört. Sie verlässt die Küche des Chalets und findet die Ex-Verlobte ihres Freundes am Tisch im Wohnzimmer zusammen mit Andrea Volpe sitzen und reden. Der Besuch überrascht Elisabetta, aber bevor sie etwas sagen kann, befiehlt ihr Andrea, zwei *Speedballs* (Drogencocktail aus Heroin und Kokain) vorzubereiten. Elisabetta traut sich nicht, ihrem Freund weitere Fragen zu stellen, da er sich außergewöhnlich nervös zeigt. Sie kennt seine Gewaltausbrüche und geht Streit möglichst aus dem Weg. An seinem Verhalten und seiner Stimme erkennt sie sofort, dass etwas nicht stimmt. Außerdem hat er von ihr nur zwei *Speedballs* verlangt, nicht drei.

Elisabetta geht ins Nebenzimmer und bereitet den

Drogencocktail vor. Plötzlich hört sie einen Schuss. Sie schreckt zusammen, lässt alles fallen und rennt ins Wohnzimmer. Dort findet sie Andrea schreiend und mit einer Pistole in der Hand im Raum toben.

Elisabetta erstarrt vor Angst. Sieht, wie Mariangela blutüberströmt auf dem Boden liegt. Dann versucht sie Andrea zu beruhigen und hilft ihm dabei, die Leiche zu vergraben.

Die Mordermittler schenken ihrer Aussage keinen Glauben und befragen gleichzeitig Andrea Volpe, um seine Version zu hören.

Andrea Volpes erste Aussage zum Tathergang:

Am Abend des 23. Januar 2004 ruft Andrea seine Ex-Verlobte an. Er behauptet, dass er mit ihr auch nach der Trennung eine freundschaftliche Beziehung führt. In diesem Telefongespräch bittet er Mariangela, ihm ein Video persönlich vorbeizubringen. Seine Ex-Verlobte stimmt zu. Als Mariangela im Wohnzimmer Platz nimmt, spielt Andrea mit einer Pistole herum. Dabei löst sich plötzlich ein Schuss.

Ein schrecklicher Unfall. Sie alle hatten unter Drogen gestanden und keinen klaren Kopf. Als er feststellt, dass sie tot ist, vergräbt er ihre Leiche im Treibhaus.

Auch an diese Version glauben die Mordermittler nicht. Die beiden Aussagen der Angeklagten decken sich nicht. Elisabetta Ballarin leugnet gesehen zu haben, wie ihr Freund mit einer Pistole am Tisch spielt, als er mit Mariangela diskutiert. Sie kann nicht bezeugen, dass es ein Unfall war, da sie sich sofort ins Nebenzimmer begeben habe, um die Drogencocktails zu mischen. Elisabetta bestätigt jedoch, Andrea dabei geholfen zu haben, die Leiche im Treibhaus zu begraben. Nur in diesem Punkt stimmen die Versionen überein.

Nach dem Vorfall haben die beiden versucht, das Auto und alle persönlichen Gegenstände des Opfers zu beseitigen. Sie wollten den Fiat UNO in den Kanal versenken. Elisabetta stieg in den Honda, Andrea in den Fiat. Da beide nicht fahrtüchtig waren, kam es zu dem Crash.

Die Staatsanwaltschaft glaubt natürlich nicht, dass es sich bei Mariangelas Tod um einen Unfall durch das versehentliche Losgehen der Schusswaffe handelt. Was ihnen aber fehlt, ist ein klares Motiv für eine Tötungsabsicht. Andrea Volpe unterhielt offenbar noch einen freundschaftlichen Kontakt zum Opfer. Seine Ex-Verlobte gab ihm auch nach der Trennung immer noch Geld und stand zur Verfügung, wenn er sie brauchte. Die Staatsanwälte fragen sich, weshalb er sie getötet haben könnte, wenn er doch von ihr profitierte?

Die Mordermittler graben weiter im Leben der Inhaftierten. Telefonnachweise von Andrea Volpe bringen eine weitere Spur ans Tageslicht. Die Verbindungsdaten der Telefongespräche beweisen, dass Andrea in der Nacht zum 24. Januar seinen Freund Nicola Sapone angerufen hat und dieser sich wenig später ebenfalls vor Ort befand. Beide gehören noch immer zur Clique der Satans-Anbeter. Daraufhin durchleuchten die Polizisten sämtliche Mitglieder dieser Sekte. Einige Namen kennen sie bereits. Es sind noch immer dieselben, die auf Michele Tollis‘ Liste stehen.

Die Gruppe besteht aus ungefähr fünfzehn Mitgliedern im Alter zwischen vierzehn und fünfundzwanzig Jahren. Einige sind nur kurz aktiv, andere wiederum bildeten schon seit längerer Zeit den Kern der Sekte. Alle konsumierten regelmäßig Alkohol und Drogen, hören harte Rockmusik und führen gemeinsam Satansrituale durch.

Zum Kern dieser Gruppe gehören Paolo Leoni, Eros Monterosso, Marco Zampollo, Massimino Magni und Mario Maccione. Zwei Namen fehlen: Fabio Tollis und Chiara Marino, die seit dem 17. Januar 1998 verschwunden sind.

Michele Tollis ist überzeugt, dass Andrea Volpe weiß, was mit seinem Sohn und Chiara geschehen ist. Er und sein enger Freund Nicola Sapone, die beiden Köpfe dieser Satansgruppe. Michele ist seit dem Mord an Mariangela auch klar, dass sein Sohn nicht mehr lebt. Er will endlich die Wahrheit und ein Grab für Fabio. Einen Ort, wo er um ihn trauern kann. Er möchte wenigstens die sterblichen Überreste seines Sohnes zurück nach Hause holen.

Nach vier Monaten intensiver Verhöre, widersprüchlicher Aussagen aller Mitglieder, die die Zugehörigkeit zu der Satanssekte abstreiten, fühlt sich Andrea Volpe nicht mehr so sicher, dass er mit der Version des angeblichen Unfalls von Mariangela durchkommt. Seine Verteidiger raten ihm, mit der Polizei zu kooperieren, um das Strafmaß zu seinen Gunsten zu beeinflussen. Mittlerweile ist er von den Drogen clean und entscheidet sich auszupacken, in der Hoffnung, dass das Gericht dies bei seiner Verhandlung berücksichtigen wird. Wenn die Richter ihm durch seine Kooperation mildernde Umstände anrechnen, kann dies bei einer lebenslange Haftstrafe und einem beschleunigten Gerichtsverfahren bis zu zehn Jahre Haftreduktion bedeuten. Es ist keine Reue, nur Kalkül.

Andrea verrät der Polizei, wo die Leichen von Fabio und Chiara vergraben sind. Das Paar sei nicht abgehauen, sondern seit Jahren tot. Er habe sie umgebracht, gemeinsam mit seinen Freunden, und anschließend in einem Wald vergraben. Zudem ändert er seine Aussage über den Tathergang von Mariangelas Ermordung.

Definitives Geständnis von Andrea Volpe vom 12. Mai 2004:

Staatsanwaltschaft und Gericht halten die Schilderung des Tathergangs sowie das Motiv für den Mord an Mariangela für glaubwürdig, obwohl die anderen Sektenmitglieder Andreas Geständnis nicht bestätigen. Die forensischen Beweise und diverse Zeugenaussagen bekräftigen jedoch später in der Gerichtsverhandlung Andreas Aussagen zu den Geschehnissen in dieser Nacht.

Bereits Weihnachten 2003 fällt das Todesurteil für Mariangela, und zwar während des Essens am Heiligen Abend zu Hause bei Andrea Volpe. Am Tisch sitzen seine Eltern, Elisabetta Ballarin, Nicola Sapone und Andrea selbst. Nicola bittet seinen Freund während der Zusammenkunft kurz aus dem Esszimmer. Er muss ihm etwas Wichtiges mitteilen. Als sie draußen sind, erklärt Nicola Andrea, dass die Entscheidung gefallen sei. Sie könnten nicht länger warten. Andrea müsse Mariangela sofort töten. Das hätten alle Sektenmitglieder einstimmig beschlossen. Sie geben Volpe genau einen Monat Zeit. Mariangela weiß zu viel und ist eine Gefahr für die ganze Gruppe. Nicola droht ihm, wenn Andrea es nicht tut, müsse er selbst auch sterben. Sie hätten ihn ausgewählt, weil er viele Jahre mit ihr verlobt gewesen sei und sein Blut mit dem ihren vermischt wäre. Dabei handelt es sich um ein typisches Ritual unter den Mitgliedern. Man schneidet sich die Pulsadern auf, gießt das Blut in einen Krug und trinkt es dann.

Andrea nimmt den Auftrag entgegen. Er ist nervös, weil er nicht viel Zeit hat. Einen Monat später, in der Vollmondnacht vom 23. zum 24. Januar 2004, ist er bereit. Er muss das Ultimatum einhalten, sonst ist er dran. Andrea ruft Mariangela an. Sie soll ihm eine Videokassette bringen. Es ist zwar schon sehr spät, aber wie immer folgt sie Andreas Befehlen – auch nach der Trennung von ihm. Mariangela eilt hinaus. Ihre Mutter bemerkt, dass ihre Tochter nervös ist, und versucht sie vor der Haustür aufzuhalten und mit ihr zu reden. Vergeblich.

Um 23.30 Uhr fährt Mariangela zu dem Chalet in Golasecca. Als sie das Haus betritt, steht sie Andrea und Elisabetta gegenüber. Beide sind mit Drogen vollgepumpt.

Andrea bittet sie, ins Wohnzimmer zu gehen. Dort stehen drei Gläser und eine Champagnerflasche. Sie wollen mit Mariangela auf deren Geburtstag anstoßen. Seine Ex-Freundin folgt ihm, obwohl sie nicht in Feierstimmung ist. Andrea bittet Elisabetta, in die Küche zu gehen und zwei *Speedballs* zu mixen. Für seine Freundin ist es das Zeichen, auf das sie gewartet hat. Sie weiß Bescheid, was zu tun ist.

Als Andrea mit Mariangela alleine im Wohnzimmer ist, beginnt zwischen ihnen eine Diskussion. Mariangela leidet unter der Trennung. Macht ihm Vorwürfe, wieso er fast zehn Jahre einfach weggeworfen habe. Sie hätten eine freie Beziehung geführt und er habe beliebig mit anderen Frauen herummachen und trotzdem mit ihr zusammenbleiben können.

Andrea ist high und sehr nervös. Inmitten der Diskussion bemerkt Mariangela, dass er die Kontrolle zu verlieren droht. Daraufhin will sie gehen, aber Andrea lässt sie nicht. Sie muss sitzenbleiben.

Während die beiden streiten, betritt Elisabetta das Wohnzimmer mit einem Gewehr und positioniert sich hinter Mariangela, blockiert den Flur, damit sie nicht abhauen kann. Andreas Nervosität steigt. Plötzlich zückt er eine Pistole, eine Smith & Wesson Kaliber 38. Er legt sie auf den Tisch. Im Haus gibt es überall Waffen und Munition. Für Mariangela ist das keine abnormale Szene, sie hat Schlimmeres mit Andrea erlebt. Trotzdem spürt sie, dass etwas im Busch ist, aber sie sitzt in der Falle. Mariangela hat Angst, bleibt jedoch sitzen, um die Sache nicht noch schlimmer zu machen. Sie fragt ihn, ob er sie jetzt töten wolle.

Andrea starrt in ihre Augen und schweigt. Elisabetta geht Richtung Sofa, setzt sich dort und legt das Gewehr auf den Boden. Die Anspannung löst sich langsam.

Andrea weiß, wie er Mariangela beruhigen kann. Er beginnt ein belangloses Gespräch, lenkt von seinen Absichten ab. Wie immer, fällt seine Exfreundin darauf rein. Sie will nicht glauben, dass der Mann, mit dem sie neun Jahre zusammen war, sie töten will. Sie waren erst sechzehn, als sie sich ineinander verliebten, oder war nur sie es, die Liebe für ihn empfand? Wieder entfacht sich eine heftige Diskussion zwischen ihr und Andrea. Langsam hebt er die Pistole vom Tisch und richtet sie auf Mariangelas Kopf. Sie steht sofort auf, aber es ist zu spät. Andrea drückt ab, und Mariangela fällt blutüberströmt zu Boden. Daraufhin geraten Elisabetta und Andrea in Panik. Es sind die Drogen. Er halluziniert, hat keinen klaren Kopf, weiß auf einmal nicht mehr, was er jetzt tun soll. Er entscheidet sich, Nicola Sapone anzurufen und ihn um Hilfe zu bitten. Während

Elisabetta und Andrea auf ihren Freund warten, nehmen die beiden noch mehr Drogen zu sich, gemischt mit Beruhigungsmitteln. Zwanzig Minuten später trifft Nicola endlich ein. Er ist nicht high und bemerkt plötzlich, dass Mariangela noch lebt. Also transportieren alle drei das Opfer mit einer Schubkarre ins Treibhaus. Nicola hebt dort eine Grube aus. Er ist der Einzige, der einen kühlen Kopf behält. Er sagt den beiden anderen, was sie zu tun haben, fordert Elisabetta auf, zurück ins Haus zu gehen und alle Spuren zu beseitigen. Nicola versucht, den aufgebrachten und zugedröhnten Andrea zu beruhigen. Er befiehlt ihm weiterzugraben. Als Elisabetta wieder zu den beiden zurückkehrt, sieht sie Mariangela in der Grube liegen und wie Andrea und Nicola den Körper mit Erde zuschaufeln. Ihr fällt auf, dass Mariangela immer noch lebt. Sie zuckt mit den Füßen. Daraufhin schlägt Nicola mit dem Spaten mehrmals und sehr heftig auf das Opfer ein. Andrea verliert in diesem Augenblick die Kontrolle, sodass Nicola beschließt, sich sofort aus dem Staub zu machen. Er befiehlt den beiden, Mariangela fertig zu begraben und dann ihren Wagen im Kanal verschwinden zu lassen.

Für die Mordermittler ist der beschriebene Tathergang glaubwürdig. Alles stimmt mit dem Obduktionsbericht und den forensischen Beweisen überein. Aber Andrea Volpe verrät noch mehr. Nach sechs Jahren erfährt der Vater von Fabio Tollis, wo die Überreste seines Sohnes, zusammen mit Chiara, begraben sind. Andrea sagt aus, dass er das Paar umgebracht habe, gemeinsam mit seinen Freunden aus der Satanssekte. Anschließend haben sie die Leichen tief im Wald begraben.

Die Ermittler fordern ihn auf, sie zu dieser Stelle zu führen, aber Andrea kann sich nicht mehr genau an den Ort erinnern. Eine Woche führt er die Beamten durch die Gegend zu verschiedenen Waldstellen, aber da ist nichts. Während einige Ermittler plötzlich an der Glaubwürdigkeit seiner Behauptung zweifeln, ist sich die Staatsanwaltschaft sicher, dass der Angeklagte die Wahrheit sagt. Nachforschungen ergeben, dass sich die Vegetation der angegeben Waldzone in den letzten sechs Jahren verändert hat. Bäume und wilde Sträucher sind mittlerweile stark gewachsen und haben sich ausgebreitet, weshalb Andrea sich vermutlich nicht mehr an die genaue Stelle erinnern kann. Um die sterblichen Überreste der Vermissten zu finden, brauchen die Ermittler ein Suchteam bestehend aus Anthropologen, Archäologen, Botanikern sowie Leute vom Zivilschutz und Suchhunde. Das gesamte Gebiet muss Meter für Meter abgesucht werden.

Am 28. Mai 2004 findet der Suchtrupp schließlich menschliche Überreste in einer Grube im dichten Wald. Die beiden Körper wurden aufeinanderliegend begraben. Mittlerweile können sie nur noch vermoderte Kleider und Skelettknochen finden, Knochen, die auch nach so langer Zeit noch sprechen können.

Das Paar wurde mit brutaler Gewalt ermordet. Die Tatwaffen waren Hammer und Metzgermesser.

Nach diesem Fund und auf der Basis der Aussagen von Andrea Volpe droht allen involvierten Sektenmitglieder eine lange Haftstrafe.

Bei den Beschuldigten handelt es sich um nachstehende Personen. Alle Namen decken sich mit der Liste, die Michele Tollis schon vor Jahren zusammengestellt hat:

NICOLA SAPONE:
Geboren am 28. Januar 1977 in Busto Arsizio (Provinz von Varese). Von Beruf Klempner. Lebte in Mailand. Nicola war einer der brutalsten und aktivsten Anführer dieser Satanssekte.

ANDREA VOLPE:
Geboren am 7. Februar 1976 in Gallarate (Provinz von Varese). Andrea war neben Nicola einer der Leader. Nach der Verhaftung legt er verschiedene Geständnisse ab, um durch Kooperation mit der Polizei einer lebenslangen Strafe zu entkommen. Er hat alle Mitglieder seiner Sekte verraten; dank ihm konnten diese verhaftet werden. Er führte eine Art Tagebuch aus losen Blättern, wo er Regeln für die praktische Hypnose und Musiktexte im Death-Metal-Stil aufschrieb. Sein Verrat und Kalkül zahlt sich später bei seiner Gerichtsverhandlung aus.

PAOLO LEONI:
In der Sekte Ozzy genannt (angelehnt an Ozzy Osborne). Geboren am 20. Februar 1978 in Mailand. Er arbeitete in einem Shoppingcenter als Verkäufer. Paolo organisierte die Rituale. Er ist als Schläger bekannt.

MARCO ZAMPOLLO:
Geboren am 23. Juli 1978 in Mailand.

MARIO MACCIONE:
Geboren am 15. April 1980 in Mailand. Er behauptet von sich,

mediale Fähigkeiten zu besitzen. Beim Channeln sprächen die Dämonen durch ihn. Im Gegensatz zu Andrea selbst behauptet er gegenüber der Polizei, dass Andrea Volpe der Hauptanführer der Satanssekte sei.

EROS MONTEROSSO:
Geburtsdatum und -ort unbekannt. Wurde nie veröffentlicht.

PIETRO GUERRIERI:
Geboren am 16. November 1975 in Mailand. Er arbeitete als Handlanger und Tätowierer. Lebte mit seiner Familie in der Nähe von Mailand. Er sagt aus, dass der Anführer der Gruppe Mario Maccione sei.

ANDREA BONTADE: 1979 – 1999.
Andrea starb unter mysteriösen Umständen im Jahre 1999.

ELISABETTA BALLARIN:
Geboren am 22. Juli 1986 in Mailand. Freundin von Andrea Volpe. Gleich nach ihrer Inhaftierung beendete sie die Beziehung.

Michele Tollis will nun endlich die Wahrheit erfahren, was mit seinem Sohn am Abend seines Verschwindens geschehen ist und wieso die Mitglieder der Satanssekte ihn und seine Freundin Chiara so brutal ermordet haben. Sie waren doch alle miteinander befreundet, konsumierten gemeinsam Drogen, zelebrierten Rituale, hörten die gleiche Musik und besuchten die gleichen Lokale. Weshalb beschlossen die Mitglieder der Sekte, ausgerechnet Fabio und Chiara zu töten?

Andrea Volpe kennt die Antworten auf alle Fragen, und er erzählt sie. Während alle anderen Inhaftierten ihre Beteiligung an dem Doppelmord abstreiten und Nicola Sapone, der zweite Leader der Gruppe, auch seine Mithilfe bei der Ausführung des Mordes an Mariangela, packt Andrea aus. Die Verteidiger der anderen Angeklagten empfehlen ihren Mandanten, ihre eigenen Versionen zu erzählen. Die Staatsanwaltschaft jedoch glaubt nur an Andrea Volpes Geschichte.

Volpes Kalkül zahlt sich aus. Ihm ist klar, dass die Gruppe jetzt nicht mehr existiert und jeder für sich selbst kämpft. Er will mit einem blauen Auge aus dieser Sache rauskommen, und dafür ist er bereit, alles auszupacken ohne Rücksicht auf seine ehemaligen Freunde.

Am 13. Juli 2004 legt Andrea Volpe gegenüber Staatsanwalt Antonio Pizzi, der gemeinsam mit seinem Kollegen Tiziano Masini diesen komplexen Fall bearbeitet, ein vollumfängliches Geständnis ab. Er erklärt seinen Schritt damit, weil er jetzt clean sei und mit dieser schweren Last auf seinen Schultern nicht mehr leben wolle. Er träume sogar von den Toten.

Andrea trägt jetzt einen kurzen Haarschnitt, seine Augen sind klar. Die Staatsanwälte glauben zwar nicht, dass er aus Reue auspackt, aber im Fazit ist es ihnen egal, denn was er ihnen an diesem Morgen sonst noch erzählt, nimmt weitaus größere Dimensionen an, als sie bisher ahnten.

Mariangela. Fabio. Chiara. Und es gibt noch mehr. Selbstmorde, die keine sind. Ehemalige Sektenmitglieder, die aussteigen wollten und zum Suizid angestiftet wurden. Hätten sie sich nicht selbst umgebracht, so hätte die Sekte dafür gesorgt. Es fallen Namen: Stefano Longone, Andrea Bontade, Andrea Ballarin (nicht verwandt mit Elisabetta Ballarin).

Die Staatsanwälte wissen, dass diese Anstiftungen zum Selbstmord schwierig zu beweisen sein werden, weshalb sie sich erst einmal auf die Morde konzentrieren, insbesondere auf die an Fabio und Chiara. Andrea nennt die Namen der Anführer der Satanssekte und schließt sich damit aus:

Paolo Leoni (Ozzy), Nicola Sapone und Mario Maccione.

17. Januar 1998: Das Verschwinden von Fabio und Chiara

«Papa, heute Abend komme ich nicht nach Hause.»

«Warte, Fabio, warte.»

«Nein, ich schlafe bei Chiara.»

«Wo bist du?»

«Im *Midnight Pub.*»

«Warte dort und geh nicht weg! Ich hol dich ab.»

«Nein!»

Das ist die letzte Unterhaltung zwischen Michele Tollis und seinem Sohn Fabio, die der Vater später bei der Polizei zu Protokoll gibt. Michele ahnt nicht, dass kein Wort seines sechzehnjährigen Sohns freiwillig aus dessen Mund kommt. Nein. Er wird von jemand anderem kontrolliert, der neben ihm steht und die Antworten vorgibt, der das Telefonat aus einer Telefonzelle dann abrupt beendet.

Aus einem unbekannten Grund hat Fabios Vater in diesem Augenblick eine Art Vorahnung. Instinktiv verabschiedet er sich von seiner Ehefrau. Rennt zu seinem Wagen. Michele hat keine Ahnung, weshalb ihn ein solch schlechtes Gefühl auf einmal übermannt. Er fährt nach Mailand. Vielleicht schafft er es noch rechtzeitig zum *Midnight Pub,* und Fabio ist noch da. Seine Eile ist vergeblich. Zwanzig Minuten nach Mitternacht trifft er endlich ein, aber Chiara und Fabio sind bereits weg. Michele sieht sich im Pub um. Zwei Freunde seines Sohnes erkennt er sofort. Den einen nennen sie Ozzy (Paolo Leoni), der andere heißt Pietro Guerrieri. Michele fragt Ozzy nach Fabio. Dieser teilt ihm mit, dass sein Sohn mit Chiara bereits gegangen sei. Er solle sich keine Sorgen machen. Es sei alles in Ordnung.

Michele fällt auf, dass Pietro Guerrieri Verletzungen an beiden Händen hat. Er ahnt nicht, dass er auf die Hände desjenigen blickt, der zwölf Tage zuvor mit seinen Freunden das Grab für seinen Sohn Fabio und Chiara geschaufelt und sich dabei an den Dornen der Kastaniensträucher die Haut massiv aufgerissen hat. Er kann nicht wissen, dass der Teufelsplan der Sekte längst steht und die Anführer jedes Detail gut geplant haben.

Michele dröhnt der Kopf. Die Musik ist zu laut. Er hält es im Lokal nicht mehr aus. Er muss raus. Die Wände sind mit Symbolen wie 666, Monsterpostern, satanischen Versen und dunklen Gestalten dekoriert. Michele eilt aus dem Lokal und bleibt draußen auf dem Bürgersteig stehen. Atmet die kühle Luft ein. Es ist acht Grad. Er beruhigt sich langsam. Vielleicht macht er sich zu viele unbegründete Sorgen. Dieses ungute Gefühl könnte ein Irrtum sein, und Fabio käme am nächsten Morgen wieder nach Hause, aber diesen Morgen wird es nie geben.

Kurz zuvor (basierend auf dem Geständnis von Andrea Volpe):

Fabio und Chiara sind mit ihren Freunden im *Midnight Pub.* Alle haben Alkohol getrunken und Drogen eingenommen, aber nur so viel, um noch einen halbwegs klaren Kopf zu bewahren. Nicola Sapone befiehlt Fabio plötzlich aufzustehen und mit ihm nach draußen zu gehen. Fabio widerspricht nicht. Er weiß, wie gefährlich Nicola ist. Er folgt ihm aus dem Lokal. Sie gehen in eine andere Bar in der gleichen Straße. Dort fordert Nicola Fabio auf, seinen Vater aus der Telefonzelle vor der Bar anzurufen und ihm mitzuteilen, dass er diese Nacht nicht zu Hause schlafen werde. Der Anführer diktiert ihm alle Sätze, die Fabio Michele Tollis sagen muss. Fabio widersetzt sich nicht. Im ist bewusst, wie gefährlich es ist, Nicolas Befehle infrage zu stellen.

Andrea Volpe sagt aus, Fabio müsse geahnt haben, dass etwas im Busch sei, aber nicht, dass es dabei um ihn selbst und Chiara gehe. Fabio gehorcht und erledigt den Anruf bei seinem Vater. Anschließend kehren die beiden ins *Midnight Pub* zurück.

Mario Maccione ist nervös. Er tastet immer wieder seinen Hosengurt ab. Kontrolliert, ob sein Messer an seinem Platz ist. Die Gruppe bricht auf. Sie haben noch etwas vor. Einen Plan, von dem weder Fabio noch Chiara etwas ahnen. Nicola Sapone holt mit Fabio Andreas Wagen. Er, Chiara und Mario Maccione warten vor dem Lokal. Die fünf Jugendlichen steigen in Andreas Ford Fiesta ein und fahren gemeinsam los. Sie haben einen langen Weg vor sich.

Nur Mario, Nicola und Andrea kennen das Ziel und den Plan.

00:40 Uhr: Der Ford Fiesta mit den fünf Jugendlichen verlässt die Autobahn und fährt in ein abgelegenes Waldstück in *Somma Lombardo*, wo sie oft ihre Rituale abhalten. Andrea Volpe bemerkt vom Beifahrersitz aus, dass Fabio und Chiara auf dem Rücksitz oft die Blicke der anderen suchen, von ihnen aber ignoriert werden. Mit lauter Musik fahren sie weiter.

»Gehen wir noch ein Bier trinken?«, fragt Fabio, um das Schweigen zu brechen. Andrea bemerkt sein Unbehagen. Im nächsten Moment hält der Ford in der Nähe eines Hauses vor der Waldlichtung an.

»Ich komme gleich wieder. Muss mir die Schuhe wechseln«, sagt Andrea. Er steigt aus und entfernt sich vom Wagen. Blickt noch einmal zurück und sieht, wie sich Nicola Sapone mit Fabio unterhält. Andrea glaubt, dass Fabio in diesem Moment begreift, dass nicht Gutes auf ihn und Chiara wartet.

Als er wieder in den Wagen steigt, fahren sie weiter, über einen Waldweg. Tiefer in den dunklen Wald hinein. Nur die Scheinwerfer erleuchten die Nacht, bis sie an einer Abzweigung ankommen. Nicola hält an. Alle Insassen steigen aus, aber nur drei von ihnen wissen, was jetzt kommen wird, und sie sind gewappnet.

Nach ein paar Schritten in der Dunkelheit ist es so weit. Die Gruppe steht vor einem ausgehobenen Grab. Zwei Meter tief, schließlich ist es für zwei Menschen bestimmt. In diesem Moment begreifen Chiara und Fabio, dass sie sterben werden. Sie stehen vor einem Grab, das für sie selbst ausgehoben wurde. Das Paar gerät in Panik. Sie flehen Nicola, Andrea und Mario an, sie nicht zu töten, aber sie müssen erkennen, dass es zwecklos ist. Sie wissen, wie gefährlich ihre Freunde sind, und sie wissen zu viel über ihre Taten.

Als sie panisch fliehen wollen, packt Nicola Chiara am Arm, zückt sein Messer hervor und sticht auf sie ein. Immer wieder. Die anderen beiden stürzen sich auf Fabio, der versucht, seiner Freundin zu helfen.

Die drei Angreifer haben sich ihren Plan vor langer Zeit minutiös ausgedacht. Sie sind vorbereitet, wissen, dass sie den eins neunzig großen und über neunzig Kilo schweren Fabio nur zu zweit überwältigen können.

Während Chiara schwer verletzt um ihr Leben bettelt, packt Mario Fabio von hinten, will mit seinem Metzgermesser auf ihn einstechen, aber Fabio wehrt sich mit Händen und Füßen. Andrea hätte sich nun ebenfalls auf ihn stürzen und mit seinem Messer auf ihn einstechen sollen, aber es ist zu dunkel. Sein Körper ist mit Drogen vollgepumpt, seine Reaktionsfähigkeit eingeschränkt. Er hört Chiaras Schreie, sticht auf den wild um sich schlagenden Fabio ein, streift jedoch nur dessen Arm. Wieder versucht er ihn zu treffen. Dieses Mal erwischt er ihn, hört Fabio um sein Leben flehen. Vergeblich. Andrea sticht blind weiter auf ihn ein, erwischt jedoch auch seinen Freund Mario, streift ihn aber nur mit der Klinge. In diesem Moment gelingt es Fabio fast, sich aus Marios Griff zu befreien. Andrea tobt weiter. Er von vorne und Mario von hinten, bis Fabio zu Boden geht.

Die beiden Berserker stürzen sich auf ihr wehrloses Opfer und stechen wie im Rausch zu.

Andrea erinnert sich nicht mehr, wie viele Messerstiche es waren, nur dass die Klinge von Marios Messer plötzlich abbricht und in Fabios Rippen feststeckt. Mario rennt sofort zum Auto und holt einen Hammer aus dem Kofferraum. Sie sind tatsächlich auf alles gut vorbereitet. Anschließend kehrt er zurück und schlägt damit mehrmals auf Fabios Kopf ein, bis das Opfer keine Regung mehr zeigt.

Chiaras lebloser Körper liegt ganz in der Nähe von Fabio. Der Plan sieht von Anfang an vor, dass sich Nicola Sapone persönlich um Chiara kümmert, weil er sie hasst. Er sieht in ihrem Gesicht eine Madonna. Die Ähnlichkeit stört ihn extrem.

In der Stille der Dunkelheit hören die drei Täter plötzlich wimmernde Laute. Ungläubig erkennen sie, dass es Fabios Stimme ist. Er ist noch nicht tot, und auch Chiara atmet noch. Mario und Andrea können es nicht fassen. Sie sind wie gelähmt. Nicola bemerkt dies. Er übernimmt sofort die Führung, weiß, was jetzt zu tun ist. Er sammelt ein paar Kastanien mit stacheliger Hülle und stopft sie in

Fabios Mund. Das Wimmern verstummt. Anschließend holt Nicola eine Zigarette hervor und benässt diese mit Fabios Blut, zündet sie an und raucht. Die Opfer am Boden atmen noch immer.

Nach dieser Pause befiehlt er seinen Freunden, die halb toten Körper in die Grube zu werfen. Sie müssen einen auf den anderen legen, damit beide darin Platz haben. Alle drei schleppen die Opfer zu dem zwei Meter tiefen Loch. Doch die beiden leben immer noch.

»Ich mach das! Schließlich bin ich der Techniker unserer Gruppe«, sagt Nicola Sapone, was auch stimmt. Er holt einen Holzschläger aus dem Wagen, steigt in die Grube, schlägt erneut auf die beiden ein, bis sie endlich tot sind.

Es ist Vollmond. Drei Uhr morgens, eine symbolisch wichtige Zeit für Satanisten. Die Zeitspanne zwischen ein und drei Uhr wird im Kalender Satans für Rituale und für das Töten angeordnet. Die drei Mörder füllen das Grab mit Erde auf. Satan hat gewonnen, und Nicola Sapone führt sein Ritual durch. Er feiert. Tanzt auf dem Grab.

»Jetzt seid ihr Zombies, nichts weiter als zwei Zombies. Steigt aus dem Grab, wenn ihr dies könnt!«, schreit er immer wieder.

Ab diesem Zeitpunkt wird jeder Mitwisser getötet werden, sollte er es je wagen, diese Morde und damit die gesamte Gruppe zu verraten.

Andrea Volpe sagt aus, dass Chiaras Tod bereits im Sommer 1997 beschlossen wurde. Sie hatte sich von der Gruppe distanziert und wusste zu viel. Hinzu kam, dass Nicola Sapone sie hasste, weil sie wie eine Madonna aussah. Fabio musste auch sterben. Er wusste ebenfalls zu viel, würde nach dem Mord an Chiara nicht dichthalten und sie alle verraten. Das Risiko war zu groß.

Ein weiterer Schatten schwebt in der Nacht der Morde über der Gruppe. Das Sektenmitglied Andrea Bontade hätte bei der Ausführung der Tat dabei sein sollen. Dieser erscheint jedoch nicht am vereinbarten Treffpunkt im Wald. Andrea Volpe erklärt, dass Bontade im letzten Moment einen Rückzieher gemacht hat. Dadurch gerät er ins Visier der Freunde. Bontade ist sich darüber bewusst, dass dies sein Todesurteil bedeuten wird. Kein Mitglied darf die Sekte verlassen, weil sie alle zu viel wissen und eine potenzielle Gefahr für die anderen darstellen. Die Gruppe wird jeden verfolgen und umbringen, ebenso die Familien.

Das sind die Drohungen, die alle Anhänger kennen. Keine leere Drohungen. Aus diesem Grund zieht es Bontade vor, sich kurz nach den Morden selbst durch einen absichtlich verursachten Autounfall das Leben zu nehmen, um nicht das seiner Familie aufs Spiel zu setzen und verantwortlich für den Tod von Chiara und Fabio gemacht zu werden. Doch dieser Fall wird erst später in einem getrennten Verfahren untersucht. Der Staatsanwaltschaft ist klar, dass es schwierig sein wird, Anstiftung zum Selbstmord zu beweisen. Die Mauer des Schweigens und der Angst ist zu groß, auch unter den Sektenanhängern, die aus dieser Gruppe fliehen konnten. Deshalb konzentriert man sich vorerst auf die gestandenen drei Morde.

Andrea Volpe sagt aus, dass die Satansanhänger bereits vor diesem Doppelmord versucht hatten, Chiara zu töten. Fabio wusste von diesem Plan, aber nichts von seinem eigenen Schicksal. Es waren insgesamt zwei Versuche, zwei misslungene Versuche, so als hätte ein Schutzengel die Hand über Chiara gehalten, was Nicola Sapones Madonna-Eindruck über das Mädchen bestärkte.

Beim ersten Mal verabreichen sie ihr eine hohe Dosis Sedativa, bis sie das Bewusstsein verliert. Anschließend fahren sie Chiara an einen Ort, wo sich schwerst Drogenabhängige aufhalten. Sie haben eine Spritze mit einer Überdosis Heroin dabei, um sie dort zu töten und es wie ein Selbstmord aussehen zu lassen. Fabio ist bei diesem ersten Unterfangen nicht dabei. In dem Moment, als sie ihr die Nadel in die Vene stecken wollen, nähert sich ein Fahrzeug mit Blaulicht. Polizei! Die Freunde blasen die Sache ab. Ein anderer Plan muss her.

Währenddessen distanziert sich Fabio von diesem Vorhaben und von der Gruppe selbst, ebenso Chiara. Beide werden als Verräter angesehen, die zu viel wissen. Sie müssen eliminiert werden.

Am Neujahrstag zwingen die Satansmitglieder Chiara und Fabio, in das abgelegen geparkte Auto von Pietro Guerrieri einzusteigen. Sie sollen miteinander schlafen, auf Befehl, was nichts Ungewöhnliches ist in der Gruppe. Das Paar ist nicht aus Liebe zusammen. Die Anführer haben den beiden von Anfang an befohlen, Sex zusammen zu haben. Liebe hat in einer Satanssekte keinen Platz. Das wäre eine Sünde gegen ihren Gott: den Teufel. Fabio und Chiara ahnen nicht, dass ihre Freunde im Auto zahlreiche Feuerwerkskörper versteckt haben, auch im Auspuff, die sie anzünden. Alle erwarten eine Explosion, aber die Sache geht schief. Das Feuer im Wagen verbreitet sich nur langsam, sodass Chiara und Fabio ihn noch rechtzeitig verlassen können und lediglich etwas Rauch einatmen.

Dieses Versagen hat Folgen. Der dritte Mordplan muss funktionieren. Kein Explosionsmaterial, keine Drogen, sondern Messer und Knüppel.

Chiara und Fabio wird mitgeteilt, dass sie an diesem Abend mit den Anführern eine der üblichen Mutproben und Rituale abhalten müssen. Die anderen Sektenmitglieder werden über den wirklichen Plan informiert. Alle wollen an diesem Ritual, dem Doppelmord, teilhaben, aber die Anführer bestimmen, wer die Morde ausführen darf. Und sie entscheiden sich für die Härtesten der Gruppe, sich selbst. Nicola, Andrea, Mario und Andrea Bontade, der schließlich nicht erscheint. Zwölf Tage zuvor befehlen sie Pietro Guerroni, an die von ihnen ausgesuchte Stelle in den Wald zu gehen und eine zwei Meter tiefe Grube zu graben.

Er muss seine Sache perfekt machen. Sie werden ihm dabei helfen und kontrollieren, ob das Erdloch tief genug ist. Die Leichen dürfen nie gefunden werden, was auch fast geklappt hätte.

Wie es sich gehört, verfolgen die Anwälte der verhafteten Sektenmitglieder die bestmögliche Verteidigungsstrategie für ihre Klienten. Im Gefängnis beschuldigen sie sich gegenseitig, streiten die Aussagen von Andrea Volpe ab, andere hingegen stimmen in einigen Punkten Andreas Geständnis zu. Wer nun tatsächlich der Anführer der Sekte war, kann aufgrund der widersprüchlichen Aussagen und gegenseitigen Beschuldigungen nicht eruiert werden. Einige der verhafteten Satansjünger versichern, dass die Mordpläne in der Gruppe erst aufgenommen wurden, als Andrea Volpe in die Sekte eintrat, was jedoch nicht bewiesen werden kann.

Es gibt jedoch noch eine weitere Liste ehemaliger Anhänger, denen es gelang, der Sekte zu entfliehen, und andere, die auf mysteriöse Weise gestorben sind, vor allem durch Selbstmord.

Die Ergebnisse der Obduktion der sterblichen Überreste von Chiara und Fabio weisen auf äußerst gewalttätige Morde hin. Die Experten stellen bei dem Mädchen über einundsechzig Einstiche durch Messer fest. Fabios Gesicht wurde derart zertrümmert, dass es nicht mehr rekonstruiert werden kann.

Die gesamte Gruppe wird nun auch der Anstiftung zum Selbstmord Andrea Bontade angeklagt, da dessen Tod im engsten Zusammenhang mit dem Doppelmord steht. Bei den anderen rätselhaften Selbstmorden einiger ehemaliger Sektenanhänger finden sich keine konkreten Beweise, dass die Satanisten die Finger im Spiel hatten.

Während der Gerichtsverhandlung kommt es rund um die Mordmotive, Fabio und Chiara betreffend, zu unterschiedlichen Aussagen der Angeklagten. Einige behaupten, dass sich Fabio und Chiara freiwillig für ihren eigenen Tod in Form eines Rituals entschieden hätten. Es sei die Entscheidung des Paares gewesen, sich in einer Zeremonie Satan zu opfern.

Das Gericht jedoch glaubt eher Volpes Version.

Den Angeklagten konnte nur eine Mitschuld am Tod von Andrea Bontade nachgewiesen werden.

Auf den Spuren der rätselhaften Selbstmorde

Die Wallfahrtskirche der Madonna von Ghianda (dt.: Madonna von der Eichel) befindet sich in *Mezzana* in der Nähe von *Somma Lombardo*. Es ist ein schöner, ruhiger Ort umgeben von Wäldern. Im Jahre 1260 soll hier einem taubstummen Mädchen, das neben einem Eichenbaum saß, die Madonna erschienen sein. Deshalb wurde die Kirche so genannt.

Wenige Meter von der Wallfahrtskirche entfernt liegt ein kleiner Friedhof, wo Stefano Longone ruht. Er starb 1998, nachdem er sich vor einen Lastwagen geworfen hatte, fünf Tage nachdem er bei einem Satansritual der Sekte verdammt wurde. Nicht weit von diesem Friedhof entfernt, tiefer im Wald, befindet sich die Grube, in der die Leichen von Fabio und Chiara gefunden wurden. Ein paar Kilometer weiter wurde Andrea Ballarin (nicht verwandt mit Elisabetta Ballarin) tot aufgefunden. Er hatte sich auf dem Schulhof erhängt. Einen Kilometer vom Schulhof entfernt befindet sich das Haus von Gianni R. (fiktiver Name auf Wunsch der Familie). Ihn fand man ebenfalls erhängt an einem Baum. Fünf Minuten Fußmarsch weiter von diesem Ort liegt das Haus von Rino B. (fiktiver Name auf Wunsch der Familie). Ihn fand man ganz in der Nähe, ebenfalls erhängt an einem Leitungsmasten.

In Coarezza verkauften die Sektenmitglieder Kokain und LSD. Im Juni 2004 fand die Polizei zwischen Coarezza und Golasecca einen weiteren Jungen, dessen Tod wie ein Selbstmord aussah. Und Jahre davor wurde am gleichen Ort ein gefesselter Junge entdeckt, den man lebendig verbrannt hatte. Ein bisher ungeklärter Todesfall.

Nachdem der Fall der Satanssekte in den Medien verbreitet wurde, öffnete die Polizei all diese mysteriösen Selbstmorde und ungeklärten Mordfall-Akten, mit dem Ergebnis, dass lediglich der Tod von Andrea Bontade der Satanssekte zugeordnet werden konnte.

All die anderen rätselhaft ums Leben gekommenen Personen in der Umgebung von *Somma Lombardo* oder *Golasecca* waren im Alter zwischen sechzehn und sechsundzwanzig. Alle, mit Ausnahme eines Opfers, kannten die Sektenmitglieder gut.

Weitere mysteriöse Suizide im Nachbarort *Legnano* wurden ebenfalls von den Behörden noch einmal untersucht. Dabei handelte es sich um die Fälle von Alberto S. (fiktiver Name), Luca Colombo (fiktiver Name) und Angelo Lombardo (fiktiver Name). Zwei von ihnen hatten sich erhängt, die beiden anderen waren bei lebendigem Leib verbrannt. In diesen letzten Fällen sind die polizeilichen Ermittlungen noch nicht abgeschlossen.

All diese Opfer standen in irgendeiner Verbindung mit den Satansanhängern oder waren selbst für kurze Zeit Mitglieder der Sekte. Einige dieser Namen fallen auch in den zahlreichen Verhören von Andrea Volpe. Er erzählt der Staatsanwaltschaft, dass viele von den Betroffenen bei Mutproben Ritualen mitgemacht hätten, und dies nicht immer freiwillig. Das Problem war: Wer einmal als Zeuge dabei war oder Mitwisser wurde, der kam nie wieder raus. Das teuflische Motto lautete: »Entweder bringst du dich selbst um oder wir tun es!«

Im Fall Andrea Bontade sieht es anders aus. Vier Monate nach Longones Selbstmord bringt sich Andrea mit seinem Auto um. Hier gibt es neben Volpes Geständnis auch übereinstimmende Aussagen der anderen Angeklagten, dass es sich bei Bontade nicht um einen normalen Selbstmord gehandelt habe.

Am 21. September 1998 geschieht es. Bevor Andrea zur Sekte kommt, führt er ein ruhiges und normales Leben. Über seine Vorliebe für den Musikstil Deaht-Rock wird er Mitglied der Sekte. Als er bei der Ausführung des Doppelmordes an Fabio und Chiara nicht teilnimmt und die Befehle der Anführer verweigert, unterschreibt er sein Todesurteil. Gleich nach dem Mord beschließt die Sekte, auch Bontade zu töten.

Andrea weiß, was auf ihn oder seine Familie zukommen kann, bemerkte bei den nächsten Treffen jedoch nichts davon, nur dass es ihm in den folgenden Wochen nach dem Doppelmord psychisch immer schlechter geht. Er hat keine Ahnung, dass die Anführer seinen Tod längst beschlossen haben und ihm seit Wochen halluzinogene Stoffe wie flüssiges LSD in den Getränken verabreichten, was seinen psychischen Zustand verursacht und verschlimmert. Als es ihm richtig schlecht geht, befehlen sie ihm, sich selbst das Leben zu nehmen, sonst wollten sie es tun. Er ist ein Verräter, und Verräter müssen sterben.

Wie Volpe der Staatsanwaltschaft bei den Befragungen erzählt, hat Andrea Bontade vor dem Doppelmord noch geholfen, das Grab auszuheben. Am Tag des geplanten Mordes hätte er Wache stehen sollen, macht jedoch einen Rückzieher.

Es gibt keinen anderen Ausweg mehr für ihn.

Am Abend seines Selbstmordes ist er mit Drogen vollgepumpt.

Er steigt in sein Auto, einen Fiat Punto, und tritt auf das Gaspedal bis zum Anschlag. Mit 180 km/h fährt durch einen Kreisel direkt in eine Mauer hinein, ohne auf die Bremsen zu treten. Er ist auf der Stelle tot.

Die Gerichtsurteile

Die Staatsanwaltschaft und die Taskforce der Polizei haben monatelang nach einem Zusammenhang zwischen den bekannten Satanskirchen, den Organisationen und der Sekte der *Satans Bestien* ermittelt. Ohne Erfolg. Das Gericht kommt deshalb zu dem Schluss, dass diese Sekte selbstständig gehandelt hat und die Morde nicht von einer Muttersekte in Auftrag gegeben worden sind.

Aufgrund der Geständnisse, der forensischen Beweise und zahlreichen Zeugenaussagen spricht das Mailänder Gericht am 16. Juni 2006 folgende Urteile für den Mord an Mariangela Pezzota, für den zweifach versuchten Mord an Chiara Marino, für den Doppelmord an Chiara Marino und Fabio Tollis sowie für die Anstiftung zum Selbstmord an Andrea Bontade aus:

ANDREA VOLPE: 20 Jahre Haft

Durch seine Geständnisse und den Beitrag zur Aufklärung des Doppelmordes an Chiara und Fabio wird Andrea Volpe mit dem »Rito abbreviato«, dem beschleunigten Verfahren verurteilt, was ihn vor einer lebenslangen Haft bewahrt.

PIETRO GUERRIERI: 12 Jahre und 8 Monate Haft

Er erhält die mildeste Strafe und wird in eine psychiatrische Klinik eingeliefert. Die Gutachter können vor Gericht eine schwerwiegende psychische Störung nachweisen, die eine lebenslange Behandlung erfordert. Nur Pietro wurde eine partielle Unzurechnungsfähigkeit angerechnet.

MARIO MACCIONE: 16 Jahre Haft

Da er bei seiner Verhaftung noch nicht volljährig ist, wird er vom Gericht für Minderjährige zur Höchststrafe verurteilt.

Am 15. Mai 2007 verurteilt das Gericht die restlichen Sektenmitglieder und bestätigt gleichzeitig die ersten Urteile vom Juni 2006:

ELISABETTA BALLARIN: 23 Jahre Haft

PAOLO LEONI: Lebenslange Haftstrafe
(mit neunmonatiger Isolationshaft)

MARCO ZAMPOLLO: 29 Jahre Haft

EROS MONTEROSSO: 27 Jahre und 3 Monate Haft

NICOLA SAPONE: Lebenslange Haftstrafe
(mit achtzehnmonatiger Isolationshaft)

Die Richter erklären nach dem Schuldspruch, dass es sich bei den Angeklagten um Mitglieder einer esoterischen Sekte handelt, die Satan anbeten und physische sowie psychische Gewalt in Form von Ritualen und Morden ausüben. Der Mischung aus Schwarzen Messen und Drogenmissbrauch war die Ursache für ihre Gewalttaten. Dies hätte die Manipulation von labilen Jugendlichen, die neu zur Sekte kamen, begünstigt und ihnen die Verbindung zur Realität genommen.

Aspekte des Falls:

Satanismus

Folterung, sexueller Missbrauch, Drogenexzesse, Tierquälerei, Anstiftung zu Selbstmord und sogar Mord gehören zu den Zeremonien der Satanisten. Je mehr Leid und Gewalt ein Sektenmitglied erträgt und austeilt, desto näher kommt es Satan. Die Anhänger halten regelmäßig Zeremonien ab, nachts in verlassenen Häusern oder im Wald. Die Hauptgruppierung der Satanssekte ist bis heute die *Church of Satan* in den USA. Italien weist mit über fünfhundert Gruppierungen eine besonders hohe Anzahl in Europa auf. Vor allem Jugendliche, vor und nach ihrer endpubertären Phase, verfallen oft diesen Sekten.

Der Satanismus basiert auf den Lehren des englischen Magiers Aleyster Crowley (1875 – 1947). Sein Einfluss reicht bis in der Gegenwart. Crowley wurde in den damaligen Zeitungen als »Der König der Depravation« (Verderbtheit) genannt, ebenso »Der perverseste Mann der Welt« - »Eine menschliche Bestie«. Er selbst nannte sich »Die große Bestie der Apokalypse« und »Satan«. Er führte die esoterische Organisation *Ordo Templi Orientis* (Orden des Tempels des Orients). Aus der Crowley-Bewegung entsprangen die aktuellen Satansgruppierungen. Insbesondere die Satanskirche in Kalifornien (USA).

Innerhalb des Satanismus gibt es verschiedene Bewegungsrichtungen. Die Grenzen der einzelnen Gruppierungen sind nicht starr und fließen oft ineinander, weshalb hier nur vier bedeutende Bewegungen erläutert werden:

Der rationale Satanismus:

Satan wird hier als Symbol für eine antichristliche Vision der gesamten Welt angesehen. Es handelt sich um eine atheistische Bewegung. Die bekannteste Gruppierung dieser Sektion ist die Satanskirche, die 1966 von Anton Szandor LaVey in San Francisco gegründet wurde. In der Walpurgisnacht, am 30. April 1966, schor sich LaVey in einer rituellen Zeremonie sein Haupt kahl und gründete die *Church of Satan*. Er wurde 1930 in Oakland geboren und starb 1997 in Chicago. LaVey definierte und organisierte den modernen Satanismus mit dem Ziel, den wahren neuzeitlichen Satanismus von seinen mittelalterlichen Doktrinen zu befreien und ihn somit für alle Menschen begreifbar zu machen. Zwischen 1969 und 1972 publizierte LaVey einige Bücher mit seiner neuen Weltanschauung, die international bekannt wurden:

Satans Bibel *The Satanic Bibel (bestehend aus den vier Büchern Satan, Luzifer, Belial und Leviathan)*
Das komplette Buch der Hexerei
Satans Rituale

Der Hohepriester, oder auch »Der schwarze Papst« genannt, war der Kopf einer richtigen Institution geworden. Im Handbuch von LaVey wird Satan als die Kraft der Natur bezeichnet. In seiner Bibel steht: »Das Leben ist die große Nachsicht, der Tod die große Enthaltsamkeit. Deshalb genießt das beste des Lebens im Hier und Jetzt.«

Die Lehre der Sekte hatte auch in Hollywood Erfolg, während in Europa die meisten Leser von LaVeys Lehren in Italien zu finden sind.

Der okkultistische Satanismus:

Diese Bewegung ist eine Abspaltung der *Church of Satan*, im Dienste Satans. Das Ziel der Mitglieder ist die Selbstvergottung. Zu dieser Bewegung gehört der *Temple of Set* (ToS). Dies ist eine okkulte US-amerikanische Vereinigung des *Pfades zur Linken Hand* (verschiedene religiöse, auch okkulte oder magische Ausrichtungen, die dem etablierten rechten Glauben gegenüberstehen), die 1975 von einigen ehemaligen Mitgliedern der *Church of Satan* unter Leitung von Michael Aquino nach einem Streit mit LaVey gegründet wurde. Der *Temple of Set* bezieht sich auf die ägyptische Gottheit Seth, die als lebendiges Selbst und schöpferische, aktivierende Kraft angesehen wird. Aquino sieht sich selbst als zweites Tier 666, gleich nach Aleister Crowley.

Der säuerliche Satanismus:

Der vorliegende Fall der *Bestien des Satans* fällt unter diese Gruppierung. Hierbei handelt es sich um eine satanistische Subkultur. Ihre Anhänger sind meistens Jugendliche und junge Menschen im Alter zwischen vierzehn und fünfundzwanzig. Sie schließen sich in kleineren Gruppen zusammen, in denen Gewalt und Sadismus vorherrschen. Drogen, Alkohol, sexuelle Gewalt und kriminelle Taten, auch Mord, gehören zu ihrem Spektrum. Diese Gruppen sind eigenständige, nicht von einer Mutterorganisation geleitete Sekten, die kriminelle und grausame Rituale durchführen. Sie lesen satanische Texte und frönen bevorzugt dem Musikgenre Death Metal.

Luziferismus:

In dieser Bewegung wird die Gestalt Satans überwiegend positiv gesehen. Er ist in der manichäischen und gnostischen Tradition der Lichtbringer und die Personifizierung des unabhängigen und selbstbewussten Geistes.

Die bekannteste Gruppe dieser Bewegung war die 1961 in London gegründete *The Process*. Sie löste sich 1974 wieder auf.

Wie die Sekte »Die Bestien des Satans« entstand:

Mario Maccione – das Medium:

Mario ist am 15. April 1980 in Mailand geboren und in einer bürgerlichen Familie aufgewachsen. In seiner Kindheit erlebt er keine Traumata. Er geht nicht gerne in die Schule, das Lernen widerstrebt ihm. An arbeiten denkt er gar nicht. Mit elf Jahren entdeckt er seine Vorliebe für Heavy Metal und steigt schon bald in die Drogenszene ein. Bereits in diesem Alter streitet er sich oft mit seinen Eltern. Mit dreizehn Jahren beginnt er Alkohol zu trinken, mit vierzehn folgt der Cannabiskonsum, dann geht er zu LSD, Amphetaminen, Kokain und halluzinogenen Pilzen über.

Gemeinsam mit Fabio Tollis gründet er eine eigene Heavy-Metal-Band. Anfangs üben sie in der Garage und treten in kleineren Lokalen auf. Sie sind fasziniert von den dunklen, teilweise zur Gewalt aufrufenden Texten dieser Musikart, von Friedhöfen, auf den Kopf gestellten Kreuzen und Satan.

Es gibt aber noch etwas, das Mario neben den Drogen und der Musik fasziniert. Okkultismus und das Übersinnliche ziehen ihn magisch an. Bereits mit zwölf Jahren beginnt er im Hof vor dem Haus seiner Eltern, gemeinsam mit zwei anderen Freunden, sich Trance-Sitzungen hinzugeben. Kleine Rituale mit einem Brettspiel. Eines Tages, als die Freunde sich auf dem Hof in einen Kreis stellen, erscheint ihnen in ihrer Mitte auf einmal ein in der Luft schwebendes Lichtwesen. Sie geraten in Panik und hauen ab. Aber für drei Jugendliche ist dieses Spiel zu mitreißend, um einfach aufzuhören.

Der junge Mario fällt in diesen Sitzungen immer wieder in Trance. Er entwickelt sich zum Medium, channelt ein Wesen, das nicht von dieser Welt ist. Sein Name ist *Platon*. Er warnt die Jugendlichen. Sie müssen vorsichtig sein. Ein mächtiges Wesen bedrohe sie. Um die Kraft dieses dunklen Wesens zu neutralisieren, sollen sie in das Untergeschoss der Schule und zum Dachgeschoss zwei weiterer Gebäude gehen und dort bestimmte Rituale abhalten.

Um diese spezielle Zeremonie durchzuführen, müssen die Jugendlichen den Instruktionen genau folgen, die Platon ihnen liefern wird. Das Geistwesen spricht durch die Stimme von Mario Maccione. Nach ein paar Jahren versammeln sich nur noch zwei Freunde, bis der letzte ebenfalls nicht mehr zum spirituellen Kreis erscheint.

Zusammen mit Fabio Tollis spielt Mario in der eigenen Band, trägt stets schwarze Kleidung, T-Shirts mit satanischen Hymnen, Grafiken und Versen. Auch eine Münze, auf welche sie einen Finger draufdrücken können, tragen die Jugendlichen immer bei sich, um so sofort in Kontakt mit den Wesen treten und sich beraten oder führen lassen zu können. So wissen sie, dass die Geistwesen, die sie begleiten, ständig anwesend sind.

Durch diese Münze gelingt es Mario, das Geistwesen zu kontaktieren, das ihnen Botschaften übermittelt. Diese Art des Channelns wird mit der Zeit unheimlich. Mario gerät schnell in Trance, seine Stimme ist nicht seine eigene, und die Münze bewegt sich auf einmal von selbst, hin zu den Buchstaben, die Mario jeweils auf ein Blatt Papier schreibt, und setzt damit einen fürchterlichen Satz zusammen: »Du wirst sterben.«

Nach diesem Erlebnis zerreißt Mario das Blatt. Die Freunde schwören sich, nie wieder mit dem Geistwesen Platon zu spielen oder zu kommunizieren.

Sie halten es nicht lange durch. Bald kommen andere Freunde zu Mario: Paolo Leoni, Eros Monterosso und Nicola Sapone. Alle sind von der Esoterik fasziniert, auch von Marios Fähigkeiten. Mit ihnen gehen die Trance-Sitzungen weiter und werden immer wie intensiver.

Auch das Channeln weitet sich auf weitere, dunkle Geistwesen aus. Immer mehr solcher Wesen treten mit ihnen in Kontakt, und die Sache gerät außer Kontrolle. Die anderen Angeklagten bestätigten Marios Schilderungen aus den Kontaktaufnahme-Erlebnissen. Einen Beweis hierfür konnte vor Gericht jedoch nicht erbrachte werden. Sie erscheinen ihnen auch ohne sie zu channeln oder Trance-Sitzungen abzuhalten.

Im Gefängnis erstellt Mario später für die psychiatrischen Gutachter eine Liste dieser dunklen Wesen:

- *Nocumonium,* die Stille:
  Er ist der verfügbarste Dämon von allen.
- *Mortiferium Feroce*:
  Dieser ist an das Feuer
  gebunden.
- *Sataedemonium Deliriu:* Er ist das mächtigste Wesen. Der imperiale Dämon.
- *Mortifugo:* Dieser ist an die Kälte gebunden.
- *Gelimero:* Der barbarische Dämon.

Als die Sache mit den Geistwesen bereits aus dem Ruder läuft, beschließen die Jugendlichen, die Trance-Sitzungen mit einer anderen Haltung zu begehen. Weshalb sollten sie den Forderungen dieser Wesen nicht nachkommen, um sie zu befriedigen, auch wenn sie bösartig sind? Es sind doch mächtige Wesen. Wenn man sie zufriedenstellt und tut, was sie verlangen, dann könnten sie ihnen große Macht und Kräfte verleihen. Das sind alles Vorteile, von denen sie profitieren könnten.

Die Gruppe erweitert sich kurz darauf um ein weiteres Mitglied: Pietro Guerrieri. Er ist in den Heavy-Metal-Kreisen der Umgebung als jemand bekannt, der immer auf Drogen und im Kopf nicht mehr ganz klar ist. In dieser Zusammenstellung geben sich die Freunde neue Namen. Ihre Sekte nennen sie »Die Bestien des Satans«. Den Anhängern werden ebenfalls Namen zugeordnet: Mario Maccione wird zu *Ferocity*, Fabio Tollis zu *Dämon*, Paolo Leoni zu *Evol* (Love in der umgekehrten Buchstabenfolge), Marco Zampollo wird zu *Kill*, Nicola Sapone zu *Onussen* (nessuno in der umgekehrten Buchstabenfolge, was auf Deutsch *niemand* bedeutet), Eros Monterosso wird zu *Kaos* (er ist der letzte Anhänger, der zu der Gruppe stößt), Pietro Guerrieri wird zu *Lioz*.

Massimo Magni kam zur Gruppe durch Marios und Fabios Band, die einen Schlagzeuger suchten. Paolo Leoni nimmt zum Schluss Chiara Marino mit hinzu, und Nicola Sapone führt seine Freunde Andrea Volpe und Andrea Bontade ein.

In der neu gegründeten Sekte sind bereits viele Anhänger, alle von den Dämonen gutgeheißen. Mario sagt beim Psychiater aus, dass die dunklen Wesen dafür gesorgt hätten, wenn ein Mitglied die Gruppe verlassen musste.

Vor Gericht gibt er an, dass der Doppelmord an Chiara und

Fabio kein Mord war. Die beiden seien damit einverstanden gewesen, sich Satan und den Dämonen in einem Todesritual zu opfern. Eine Aussage, die von anderen Zeugen, Andrea Volpes Geständnis und den vorgelegten Beweisen durch die Staatsanwaltschaft widerlegt wird. Die Sektenmitglieder hatten entschieden, Chiara zu töten, weil sie in ihr die Mutter Gottes sahen, eine Madonna, ein Hindernis, das der Beziehung der Anhänger zu Satan im Wege stand. Bei Fabio befürchteten sie, dass er seinen Mund nicht halten würde, obwohl er von diesem Plan wusste. Nach der Tat bestand das Risiko, dass er die Sektenmitglieder verraten hätte, also musste er mit ihr sterben. Er bildete ein Risiko, das die Satanssekte nicht eingehen wollte.

Andrea Volpes Frauen

Mariangela Pezzotta:

Das Paar lernt sich mit sechzehn kennen. Als Andrea 1995 vom ersten Militärdienst zurückkehrt, ist er verändert. Er nimmt Drogen, kleidet sich schwarz und hört Heavy Metal. Mariangela ist in Andrea verliebt. Trotz seiner innerlichen und äußerlichen Verwandlung bleibt sie bei ihm. Sie glaubt, ihn verändern zu können, ihn wieder auf den richtigen Pfad zu bringen. Blinde Liebe. Ein aussichtsloses Unterfangen. Andrea reißt sie mit in den Abgrund. Er manipuliert sie, betrügt sie mit anderen Frauen, doch Mariangela bleibt bei ihm. Sie hat sein Blut getrunken und er ihres. Andrea sagt ihr nach diesem Ritual, dass sie für immer ihm gehöre. Ein Besitztum, das er benutzen und wieder wegwerfen könne, wie es ihm gerade gefalle. Aber Mariangela gibt ihn nicht auf. Vielleicht kann sie ihre Liebe noch retten und wieder den Andrea in ihm hervorrufen, der er anfangs war, bevor er in den Militärdienst einrückte. Die Hoffnung stirbt zuletzt.

Neun Jahre dauert die Beziehung, eine Verbindung, in der Mariangela in völliger Unterwerfung zu Andrea lebt. Sie verfällt ebenfalls den Drogen und in eine Art Sklaverei mit perversen Sexspielen. Entsprechende Videoaufnahmen findet die Polizei später in Andreas Haus. Er nahm sie und ließ sie wieder fallen, wie und wann er wollte. Hassliebe. Betrügereien. Demütigungen. Gewalt und Depressionen.

In ihrem Tagebuch beschreibt Mariangela, wie er sie an den Haaren reißt, blutig schlägt und beißt. Beißen gehört zu seinen vielen schmerzhaften Ritualen. Auf den Seiten ihrer Tagebücher findet man immer wieder die Worte *ICH LIEBE IHN* gefolgt von *ICH HASSE IHN.*

Mariangela war eine sensible Person, was sie verletzlich und es einfach machte, sie zu manipulieren. Sie saß in einem Gefängnis tiefer widersprüchlicher Gefühle, aus dem sie nicht mehr herausfand.

Elisabetta Ballarin:

Elisabetta ist erst fünf Jahre alt, als sich ihre Eltern trennen. Bis zu ihrem achten Lebensjahr kümmern sich ihre Großeltern um sie. Als ihre Mutter einen neuen Lebenspartner findet und umzieht, nimmt sie Elisabetta wieder zu sich.

Das Mädchen ist erst fünfzehn, als sie den damals fünfundzwanzigjährigen Andrea Volpe kennenlernt. Elisabetta stammt aus wohlhabendem Elternhaus, ist intelligent und eine der Klassenbesten. Als sie sich in Andrea verliebt, verändert sie sich komplett. Schwarze Kleidung, Drogen, Tattoos, schlechte Noten. Sie bricht die Schule ab, um mit ihrem neuen Freund im Ferienhaus ihres Vaters zu leben. Auch sie ist Andrea hörig. Sie ist überzeugt, von den Drogen und der Gruppe wegkommen zu können, wenn sie zusammenziehen und sich ein neues Leben aufbauen. Mit Andrea eine eigene Familie gründen, das will Elisabetta, aber ihr Traum platzt am Abend des Mordes an Mariangela.

Ihr Vater hat ihr das Chalet einen Monat vor ihrem achtzehnten Geburtstag als neues Zuhause überlassen. Ein ordentliches Haus, das bereits wenige Wochen, nachdem das Paar dort eingezogen ist, im Chaos versinkt. Andrea lebte mit seinen Freundinnen eine freie Beziehung. Er war nie mit nur einer Frau zusammen, sondern gleichzeitig auch noch mit anderen. Auch während er mit Elisabetta zusammenwohnte, traf er sich mit seiner Ex-Freundin und hatte nebenbei weitere Affären. Die Freundinnen, mit denen er zusammen war, mussten das akzeptieren, was sie auch widerstandslos taten.

Elisabetta hat im Gefängnis wieder zu sich selbst gefunden. Sie hat ihre Ausbildung wieder aufgenommen und hofft, nach ihrer Haftstrafe ein neues Leben beginnen zu können.

Nach Angaben von Experten sind in Italien 650 satanische Sekten aktiv. Den Schätzungen nach soll es zwischen 2‘000 und 5.000 Mitglieder geben.

»LUDWIG«

Trient - 26. Februar 1983, 19.00 Uhr:

Das Mutterhaus der Venturini-Priester befindet sich in Trient. In den engen Straßen, die sich zu dem imposanten *Castello del Buonconsiglio* den Berg hochschlängeln, kann man sich leicht verlieren. Seit der Gründung der Kongregation im Jahr 1926 haben sich die *Padri Venturini* unter anderem auch auf die Betreuung von Priestern spezialisiert. Das Tor des Klosters steht meist offen, weil die Bewohner die Stadt und ihre Bürger in ihre Initiativen einbeziehen wollen. Es gibt lediglich einen Flügel im Gebäude, zu dem nur die Priester Zugang haben. Was diesen geheimen Bereich anbelangt, sind die *Venturini* unnachgiebig, weil sie in ihrem Institut auch Priester mit psychischen Problemen behandeln, Pädophile eingeschlossen.

Die *Venturini* haben auf der ganzen Welt ihre Einrichtungen. Trient ist das Mutterhaus. Was in diesem Zentrum vor sich geht, wissen nicht viele Leute. Die Bischöfe und der Vatikan hingegen kennen diese Adresse sehr gut und nutzen sie auch, wenn sie einen Priester zum Rückzug zwingen wollen.

Es ist bereits dunkel, als Pater Gambarato zu Fuß durch die einsamen Straßen in Richtung Dorfzentrum unterwegs ist. Plötzlich sieht er entlang den Hausmauern einen Schatten. Hört Schritte. Jemand rennt davon. Als er den Blick wieder auf seinen Weg richtet, entdeckt er eine Person am Boden liegen. Er rennt sofort zu Hilfe. Der verletzte Mann ist einer seiner Brüder, der 71-jährige Pater Armando Bison. Der Priester liegt in einer Blutlache. Er atmet noch, aber sein Kopf ist zerschmettert worden. In seinem Nacken steckt ein Holzkeil mit einem Kruzifix.

Pater Gambarato ruft sofort Hilfe und benachrichtigt die Polizei. Das Opfer wird ins Krankenhaus gebracht, wo er wenige Stunden später seinen schweren Verletzungen erliegt.

Der Gerichtsmediziner stellt fest, dass der Pater zuerst mit einem Hammer erschlagen wurde. Dann hat der Mörder ihm den Holzkeil ins Genick gerammt. Die Polizei steht vor einem Rätsel. Was für eine Botschaft wollte der Täter hinterlassen, und wer war so wütend auf den Pater, um ihn auf diese brutale Art und Weise zu ermorden?

Bei der Untersuchung des Tatorts findet die Polizei schließlich die Tatwaffe in einer Plastiktüte. Ein blutverschmierter, großer Hammer. Es gibt keine Zeugen außer Pater Gambarato, der jedoch lediglich einen Schatten gesehen und Schritte von jemandem gehört hat, der gerade davonrannte.

Die Mordermittler konzentrieren sich auf das Leben von Pater Bison und finden einige interessante Anhaltspunkte, die zum Motiv führen könnten. Der Priester war ein zurückhaltender Mensch und bei seinen Mitbrüdern im Kloster sehr beliebt. Am Abend der Tatnacht hielt Pater Bison in einer Kirche im Dorf die Messe ab. Er war gerade zu Fuß auf dem Heimweg zum Kloster, als er seinem Mörder begegnet.

Ein Raubüberfall ist nicht denkbar, weil der Priester seine Geldbörse noch bei sich trug. Die Ermittler glauben, dass das Opfer ein Geheimnis hütete, etwas, das er niemanden verraten konnte. Die Art der Tötung weist auf Hass und Wut hin. Nach weiteren Nachforschungen und Befragungen im Kloster finden die Polizisten heraus, dass der Pater sein Priesteramt niederlegen wollte, weil er sich in eine Frau verliebt hatte.

Wurde er deshalb umgebracht? Eine Art Strafe?

Während die Ermittlungen in diesem brutalen Mordfall weiterlaufen, erhält die Italienische Nachrichtenagentur ANSA (Agenzia Nazionale Stampa Associata) zwei Tage nach dem Mord ein besorgniserregendes Bekennerschreiben. Es ist nicht das erste Schreiben dieser Art, dass die Agentur in den letzten Jahren erhalten hat. Die ANSA ist eine Genossenschaft aus zahlreichen assoziierten Verlagen, darunter auch die wichtigsten Tageszeitungen des Landes. Sie ist die führende Nachrichtenagentur in Italien. Das Bekennerschreiben ist mit Runenschrift, Adlern und Hakenkreuzen versehen und deutet auf einen rechtsextremistischen Hintergrund hin. Die Gruppe nennt sich LUDWIG.

Inhalt des Schreibens, das 1983 der ANSA zugestellt wurde:

Ludwig
Rivendichiamo l'esecuzione di Trento
Il potere di Ludwig non ha limiti
Il crocefisso porta la scritta FABA

Gott mit uns

Übersetzung:
Ludwig
Wir bekennen uns zur Exekution von Trento. Die Macht von Ludwig hat keine Grenzen. Das Kruzifix trägt die Inschrift FABA.

Gott mit uns

Auffällig ist die Unterschrift »Gott mit uns«, der Slogan, den die deutsche Wehrmacht nutzte. Im Zweiten Weltkrieg trugen die Wehrmachtssoldaten diese Inschrift auf ihren Gürtelschnallen. Dies zeigt ein klares Bekenntnis zur rechten Gesinnung.

Die ANSA informiert umgehend die Polizei und übergibt das Bekennerschreiben den Ermittlern zur Analyse. Diese finden auf dem Kruzifix die Inschrift FABA, so wie es im Text steht, etwas, das nur die Mörder wissen konnten.

Die Polizei in Venetien sieht dieses Bekennerschreiben nicht zum ersten Mal.

Die Bekennerschreiben von LUDWIG:

Bereits drei Jahre zuvor, am 4. November 1980, erhält die Redaktion der Venetischen Tageszeitung IL GAZZETTINO ein Bekennerschreiben von LUDWIG. Das erste in dieser Art. In der Kopfzeile steht LUDWIG, außerdem ein Adler und ein Hakenkreuz. Der Brief ist ebenfalls in einer Runenschrift verfasst. Im Text steht in Großbuchstaben folgender Inhalt:

Ludwig
Die Organisation Ludwig übernimmt die Verantwortung für die folgenden Tötungen:
Guerrino Spinelli, Verona, August 1977
Luciano Stefanato, Padova, Dezember 1978
Claudio Costa, Venetien, Dezember 1979
Als Beweis für die Echtheit dieses Bekennerschreibens führen wir einige Details bezüglich der Attentate auf, die der Öffentlichkeit unbekannt sind. Im ersten Mord wurden 4 Molotow-Flaschen benutzt (nicht 2, wie in den Tageszeitungen veröffentlicht), abgefüllt in 2-Liter-Flaschen, 2 davon wurden in den Wagen geworfen und 2 draußen.

Beim zweiten Mord wurden Messer mit Plastikgriffen in der Farbe rot-orange benutzt. Beim dritten Mord wurden 2 Küchenmesser mit weißen Griffen verwendet, die unter der Brücke weggeworfen wurden, die sich in der Nähe des Anschlags am ersten Opfer befindet.

Gott mit uns

Im Februar 1981, drei Monate nach dem ersten Brief, erhält die Tageszeitung IL GAZZETTINO das zweite Bekennerschreiben mit folgendem Inhalt:

Ludwig
Wir bekennen uns zur Exekution von Alice M. Baretta 20.12.1980, Vicenza. Beweise für die Echtheit der Bekennung: Der Hammer hat einen gelben Griff und ist von der Marke UPEX. Er hat die Markennummer 1500.
Gott mit uns

Auch in diesen Briefen teilen die Bekenner Details mit, von denen nur die Täter Kenntnis haben konnten. Bisher fanden die Ermittler nicht heraus, wer hinter dieser Gruppe stecken könnte.

Insgesamt werden sieben Bekennerschreiben von LUDWIG versandt. Das grafologische Gutachten, das von den Ermittlern in Auftrag gegeben wurde, bringt nicht viele neue Erkenntnisse über diese Gruppe. Handelt es sich um eine rechtsextreme Organisation oder um eine isolierte Neonazi-Gruppe? Die ersten beiden Bekennerschreiben enthalten weder ideologische Formulierungen noch das Motiv für die Morde. Erst im dritten Schreiben werden erstmals ideologische und moralische Motive erwähnt:

Ludwig
Wir sind die letzten Erben des Nationalsozialismus. Das Ziel unseres Lebens ist der Tod aller, die unseren Gott verraten.
Gott mit uns

Das vierte Schreiben, das die ANSA am 28. Februar 1983 erhält, besteht lediglich aus drei Zeilen:

Ludwig
Die Macht von Ludwig kennt keine Grenzen.
Gott mit uns

Drei weitere Bekennerschreiben folgen, die noch erläutert werden. Alle Texte sind in Runenschrift verfasst. In der Kopfzeile steht ein Adler mit dem Titel LUDWIG und gleich darunter ein Hakenkreuz:

Auffällig bei dem Wort LUDWIG ist die Unterteilung auf die beiden Adlerflügel. Links steht immer «LUD» und rechts vom Adlerkopf «WIG». Die Buchstaben auf den Briefumschlägen sind ebenfalls in Runenschrift verfasst. Der Text wurde zuerst mit einem Bleistift von Hand geschrieben. Anschließend mit einem schwarzen Kugelschreiber und schwarzer Tinte mithilfe eines Lineals überzeichnet. Die ersten zwei Bekennerschreiben wurden nicht mit der gleichen Sorgfalt und Präzision geschrieben wie die restlichen. Diese enthalten auch noch keine ideologischen Aussagen, aber grammatikalische sowie Syntaxfehler. Bei den Folgeschreiben verbessern sich Satzstruktur und Wortwahl, was darauf hindeutet, dass diese mit einer größeren Sorgfalt und genauer bearbeitet wurden. Zudem fügen die Bekenner im Text Ausführungen hinzu, die bestätigen sollen, dass es sich dabei um eine nationalsozialistische Organisation handelt. Um die Echtheit ihrer Morde zu beweisen, fügen Sie nach den ersten beiden Schreiben detaillierte Informationen zu den Tatwaffen oder zur Art der Tatausführung hinzu. Einige dieser Informationen werden zwar in der Presse veröffentlicht, andere wiederum sind der Öffentlichkeit unbekannt.

Die Experten, die mit dem grafologischen Gutachten beauftragt werden, sind der Meinung, dass die Mordmotive der Bekenner in zwei Gruppen unterteilt werden können. Einerseits ein allgemeines moralisches Bedürfnis sowie die Absicht einer »Säuberung« der Gesellschaft, andererseits ein religiöser Fanatismus und Integralismus, geprägt durch eine strenge Moral. Auf den ersten Blick scheinen die Täter Neonazis zu sein, was auch einige Sätze in den Bekennerschreiben hervorheben, aber eine genauere Analyse der

Typologie der Morde sowie der ausgewählten Opfer zeigt ein anderes Bild. Der Neonazi-Gedanke scheint lediglich ein Vorwand zu sein, um die Missionars-Aktionen der Täter zu rechtfertigen, da der Nationalsozialismus keine Kreuzzüge gegen Homosexuelle, Prostituierte, Obdachlose, Drogenabhängige, Priester oder «Unwürdige» geführt hat. Das von Neonazis verfolgte Ziel war klar die Vernichtung des Judentums und des Kommunismus, die Rückgewinnung verlorener Territorien, die Erweiterung des «Lebensraums» im Osten und die Verteidigung der arischen Rasse. Natürlich gibt es Elemente, die auch Neonazi-Themen ansprechen, wie Mystizismus, Sittlichkeit, Puritanismus, der Glaube, ein historisches Schicksal erfüllen zu müssen, Mythos der Reinheit und die daraus resultierende, konsequente Mission der Säuberung, die Rückkehr zu den Originalwurzeln und so weiter. In den ersten beiden Schreiben nennt sich LUDWIG eine Organisation, im dritten Brief hingegen wird nur LUDWIG benannt (LUDWIG hat wieder zugeschlagen) und in den restlichen Bekennerschreiben erwähnen sie nur «Wir». Es herrscht keine Klarheit, wer wirklich hinter LUDWIG stecken könnte, was die Polizeiarbeit massiv erschwert. Nach wem suchen sie? Wer ist LUDWIG? Eine Neonazi-Organisation oder einfach ein psychopathischer Mörder, der Hitler-Requisiten als Aushängeschild benutzt, um seine Taten an Randgruppen zu rechtfertigen?

Wer ist LUDWIG?

Die Suche nach den Hintermännern von LUDWIG bleibt in den ersten Jahren erfolglos. Da sich die Polizei vor dem letzten Mord an Pater Bison 1983 auch um andere Kriminalfälle kümmern muss und es bisher keine Anhaltspunkte über diese Gruppe gibt, kommen die Ermittlungen ins Stocken. Nun müssen sich die Polizeibeamten wieder mit der Frage beschäftigen, wer hinter dieser Gruppe steckt, die sich als rechtsextrem ausgibt.

Nach dem aktuellsten Bekennerschreiben zum Priestermord von 1983 benachrichtigen die Mordermittler sämtliche Polizeistellen, um die Akten der ungelösten Fälle, zu denen sich LUDWIG bekennt, nochmals zu untersuchen. Die Beamten starten erneut ihre Ermittlungen in Zusammenarbeit mit den verschiedenen Polizeikräften und Dienststellen in Venetien und gehen gemeinsam die Exekutionsliste chronologisch durch:

1977 - Mordopfer Nummer 1: Guerrino Spinelli

Am 25. August 1977 wurde Guerrino Spinelli, ein Zigeuner (Anm.: In Italien ist diese Bezeichnung für Angehörige des „Fahrenden Volks“ noch gang und gebe und gilt nicht als diffamierend), auf brutale Art und Weise ermordet. Nachforschungen bei der Polizei in Verona ergeben ein schreckliches Szenario. Es handelt sich um einen archivierten Mordfall. Das Opfer war ein Obdachloser, ein Nomade, der in seinem Auto lebte und keinen festen Wohnsitz hatte. In der Nacht zum 25. August 1977 fing sein Wagen Feuer, während er noch darin schlief. Er selbst stand ihn Flammen, als er mit letzter Kraft versuchte, sich aus dem brennenden Auto zu befreien. Passanten, die das Feuerinferno beobachtet hatten, alarmieren sofort den Notruf. Die Einsatzkräfte trafen schnell vor Ort ein, aber für Spinelli war es bereits zu spät. Das Opfer erlag seinen schweren Verbrennungen und starb ein paar Tage später im Krankenhaus.

1978 - Mordopfer Nummer 2: Luciano Stefanato

Am 19. Dezember 1978 wurde in Padova die Leiche eines homosexuellen Kellners in dessen Wagen gefunden. Der Mann wurde mit zwei Messern und erstochen. Sein Körper war von Einstichen übersät. Beide Messer hinterließen die Täter am Tatort. Das eine steckte im Nacken, das andere im Rücken des Opfers.

1979 – Mordopfer Nummer 3: Claudio Costa

Am 12. Dezember 1979 wird Claudio Costa in Venetien mit zwanzig Messerstichen tot aufgefunden. Das Opfer war ein Drogenabhängiger.

Im ersten Schreiben an die Tageszeitung IL GAZZETTINO bekennt sich LUDWIG zu diesen drei Morden. Bei den Opfern handelt es sich um einen Obdachlosen, einen Homosexuellen und einen Drogenabhängigen. Dass die drei Tötungsdelikte zusammenhängen und von der gleichen Täterschaft ausgeführt wurden, hätten die Ermittler ohne die Bekennerschreiben nicht herausgefunden.

Trotzdem gibt es keinerlei Beweise oder Anhaltspunkte, um dieser Gruppe LUDWIG auf die Spur zu kommen.

1980 – Mordopfer Nummer 4: Alice Maria Beretta

Am 20. Dezember 1980 findet die Polizei in Vicenza die Leiche der 50-jährigen Prostituierte Alice Maria Beretta. Sie wurde mit mehreren Hammerschlägen auf grausame Weise ermordet. LUDWIG bekennt sich in seinem zweiten Schreiben an die Tageszeitung IL GAZZETTINO zu diesem brutalen Mord.

1981 – Mordopfer Nummer 5: Luca Martinotti

Am Morgengrauen des 24. Mai 1981 wird in Verona eine Einrichtung für Obdachlose mit Benzin in Brand gesteckt. Die Obdachlosen schlafen noch, als das Gebäude plötzlich in Flammen steht. Zwei Landstreicher können fliehen, während Luca Martinotti bei lebendigem Leibe verbrennt.

Es gibt keine Augenzeugen und keine Spuren, die zu der Täterschaft führen. Der Fall wurde archiviert.

Im Zusammenhang zu diesem Brandanschlag erhielt die ANSA Agentur in Mailand am 23. Juli 1982 das Bekennerschreiben von LUDWIG. Der gleiche Brief wurde auch an die Tageszeitung LA REPPUBLICA zugestellt:

Nach dem Brand von S. Giorgio in Verona hat Ludwig wieder zugeschlagen. Wieder in der Nähe von Vicenza auf dem Monte Berico. Wir sind die Letzten Erben des Nationalsozialismus. Das Ziel unseres Lebens ist der Tod aller, die den wahren Gott verraten. Die Aufkleber, die wir beilegen, entsprechen jenen auf den Griffen der benutzten Hilfsmittel.

Gott mit uns

Wenige Tage danach folgt das nächste Schreiben an die Nachrichtenzentrale ANSA:

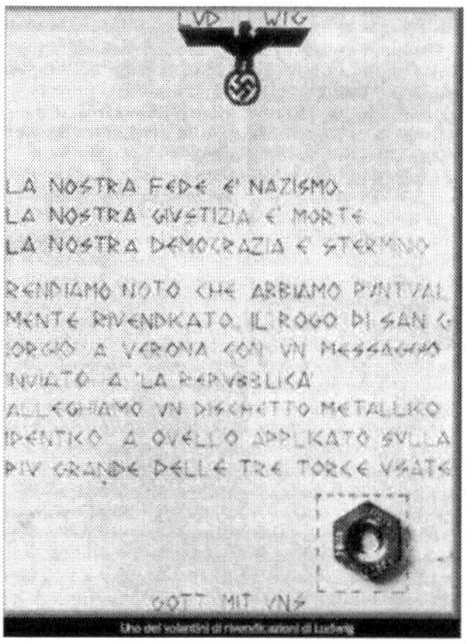

Quelle: Wikipedia, 2.12.2006, Foto ohne Copyright.

Unser Glaube ist der Nationalsozialismus. Unsere Gerechtigkeit ist der Tod. Unsere Demokratie ist die Ausrottung.
Beachtet, dass wir uns bereits zum Brand in San Giorgio in Verona mit einer Mitteilung an die LA REPPUBLICA bekannt haben. Wir legen eine Metallscheibe bei, die gleiche, die bei der größten der drei Fackeln benutzt wurde.
Gott mit uns

Zusammenfassend hat sich die Organisation LUDWIG bis Juli 1982 zu insgesamt fünf Mordtaten bekannt:

Einen Zigeuner
Einen Homosexuellen
Einen Drogenabhängigen
Eine Prostituierte
Einen Obdachlosen

Aber es gibt noch etwas Besorgniserregendes. In einem Folgebrief zum Brand des Obdachlosenheims bekennt sich LUDWIG zu einem weiteren Doppelmord in Vicenza auf dem *Monte Berico*. Dort fand die Polizei die Leichen zweier Priester. Die Mordliste, die auf das Konto von LUDWIG geht, erweitert sich somit auf sieben Opfer:

1982 – Mordopfer Nummer 6 und 7: Pater Giovanni

Battista Pigato und Pater Mario Lovato

Beide Priester wurden brutal mit einem Hammer erschlagen. Die Mörder schlugen mehrmals auf die Männer ein und richteten ein Blutbad an.

1983 – Mordopfer Nummer 8: Pater Armando Bison, Trento

Nach diesem letzten Mord an Pater Armando Bison herrscht in Norditalien Panik. Polizei und Staatsanwaltschaft geraten durch die brutalen Morde an drei Priestern mächtig unter Druck. Da es sich bei den vorangehenden Opfern um Personen aus Randgruppen handelt, hält sich die Aufmerksamkeit der Bevölkerung bis dahin in Grenzen, was sich mit dem letzten Mord an einen Priester schlagartig ändert, da es bereits der dritte Geistige ist, der brutal niedergemetzelt wurde.

Alle Polizeikräfte konzentrieren sich auf die Jagd nach dieser Organisation LUDWIG, und der Druck durch die Öffentlichkeit und die Medien steigt. Die Ermittler analysieren die Todesumstände der drei Priester nochmals genau. Bei dem Doppelmord von 1982 finden sie heraus, dass die beiden Opfer einiges auf dem Kerbholz hatten. Dabei ging es um sexuelle Affären, ähnlich wie bei Armando Bison, der sich in eine Frau verliebt hatte.

Während die verzweifelte Jagd nach LUDWIG weiter geht, geschieht Ende März 1983 etwas Unvorhergesehenes. Der Präsident der Rabbiner aus Padova macht bei der Polizei eine Aussage. Er hat einen Brief von einem Mann namens Silvano Romano erhalten, Physik-Professor an der Universität von Pavia. Dieser Professor interessiert sich privat für Kriminologie und Religionswissenschaften. Ein obsessives Hobby, wie sich bald herausstellt. Er hat die Taten der Organisation LUDWIG akribisch studiert und ist der Meinung, dass diese Gruppe als nächstes Ziel die *Hebräischen Gemeinschaften* im Visier hat.

Mit einem Durchsuchungsbefehl sucht die Polizei den Professor in Brescia auf, der noch bei seinen Eltern wohnt. Als sie dort eintreffen, finden sie in seinem Arbeitszimmer eine Sammlung von Zeitungsausschnitten und anderen Artikeln über LUDWIG. Zahlreiche interessante, persönliche Notizen über die Gruppe. Zudem befinden sich in der Tasche eines Jacketts rote Express-Aufkleber und Briefmarken, die gleichen, wie sie für die Bekennerschreiben benutzt wurden. Außerdem war der Professor kurz zuvor in Trento, genau an dem Tag, als der letzte Priester dort ermordet wurde. Sein Alibi in Trento kann niemand bestätigen.

Silvano Romano gilt nun als Verdächtiger und kommt in

Untersuchungshaft. Er bleibt außergewöhnlich ruhig und beteuert seine Unschuld. Er habe den Mord nicht begangen, weshalb er auch nichts befürchten müsse. Beim Verhör sagt er aus, dass er das gesamte Material über LUDWIG für seine eigenen, persönlichen Studien verwendet hat. Dank dieser Analyse habe er verstanden, wer das nächste Ziel der Neonazi-Gruppe sein werde: die Juden.

Die Mordermittler zweifeln an diesen Aussagen. Obschon es nur Indizien sind, glauben sie, dass Silvano Roman LUDWIG sein könnte. Sie konzentrieren sich also ausschließlich auf diesen Verdächtigen.

Ende März 1983 wird er mithilfe schwacher Indizien des mehrfachen Mordes angeklagt. Der öffentliche Druck auf Polizeikräfte und Staatsanwaltschaft legt sich vorübergehend wieder. Die Bürger sind beruhigt. Endlich wurde der brutale Mörder gefasst, aber die Medien fragen sich, ob diese Indizien für eine Mordanklage ausreichen. Sie recherchieren selber. Durchleuchten das Leben des Professors und fragen sich schließlich, weshalb der sich überhaupt LUDWIG genannt hat. Wo sind die Beweise, dass Silvano Romano LUDWIG ist?

Die Anwälte von Silvano Romano verlieren keine Zeit. Wie der Professor, so sind auch sie über die Anklage nicht besorgt. Sie wissen, dass es keinerlei Beweise für die Anschuldigungen gibt, erst recht nicht für die Morde. Silvano Romano hat nie gestanden. Er ist ein obsessiv religiöser Mensch. Im Gefängnis liest er die Bibel auf Deutsch und bleibt seelenruhig. Der Professor ist ein seltsamer Typ, ein Einzelgänger, der noch bei seinen Eltern lebt, private Studien über Kriminalfälle betreibt, aber das genügt nicht, um ihn als Mörder vor Gericht anzuklagen.

Während Silvano in Haft sitzt, suchen die Polizeikräfte fieberhaft nach handfesten Beweisen gegen den Mann. Als sie seinen persönlichen Terminkalender finden, glauben sie, es endlich geschafft zu haben. Darin steht eine Adresse von LUDWIG. Die Ermittler überprüfen die Angaben und stellen fest, dass dieser LUDWIG ein Freund des Professors ist, der dies gegenüber der Polizei auch bestätigt. Da die Ermittler immer noch nichts gegen Silvano Romano in der Hand haben, wird er nach acht Tagen aus der Haft entlassen und sämtliche Anklagepunkte werden fallengelassen. Es gibt keinen einzigen Beweis, der dafürspricht, dass der Professor LUDWIG sein könnte.

Nach der Entlassung von Silvano Romano schlägt LUDWIG wieder zu. Aber dieses Mal anders als in den Vorjahren. Nicht mit Hammer, Messer, Benzin und Fackeln. LUDWIG verschiebt seinen regionalen Wirkungskreis und konzentriert sich auf Massenmorde, Massaker, Blutbäder.

Das Blutbad von LUDWIG

Mailand, 14. Mai 1983 – Mordopfer Nummer 9 bis 14

LUDWIG setzt das Rotlicht-Kino *EROS SEXI CENTER* während einer pornografischen Vorführung in Mailand in Brand. Bei diesem Anschlag sterben sechs Menschen: Pasquale Esposito, Ernesto Mauri, Domenico La Sala, Giorgio Fonza, Livio Ceresoli und Elio Moltenti. Weitere 32 Personen werden verletzt.

Sechs Tage nach dem Anschlag erhält die ANSA wieder ein Bekennerschreiben von LUDWIG zu diesem schrecklichen Attentat.

Textinhalt:

Wir bekennen uns zu diesem Brand der Schwänze. Eine Mannschaft des Todes hat über die Männer ohne Ehre gerichtet. Respektlose vor Ludwigs Gesetz. Für den Brand im Kino wurden ein Tank und eine Plastiktolle benutzt. An den Griffen sind eine Kette sowie ein Metallband der Marke »Serflex« befestigt worden.

Gott mit uns

Mit diesem Attentat ändert LUDWIG seine Strategie, den Modus Operandi sowie die Auswahl seiner Opfer. Statt eine Einzelperson zu töten, konzentriert sich die Gruppe LUDWIG auf Massenmord. Sie will mehrere Opfer auf einmal töten.

Amsterdam, 17. Dezember 1983

LUDWIG bekennt sich auch zum Brandanschlag am Sex-Club *LA CASA ROSSA* via Bekennerschreiben. Dabei sterben dreizehn Personen. Diese Opfer zählen statistisch nicht zu den Mordopfern der Täterschaft LUDWIG, weil das spätere Gerichtsverfahren diese Tat nicht nachweisen kann. Da es keine Beweise gibt, kann LUDWIG für diese Tragödie rechtlich nicht belangt werden.

Monaco di Baveria (München), 7. Januar 1984 – Mordopfer Nummer 15: Corinna Tartarotti

Brandanschlag auf ein überfülltes Nachtlokals in München (italienische Übersetzung für die deutsche Stadt: «Monaco di Baveria»). Die italienische Kellnerin Corinna Tartarotti erliegt drei Monate nach dem Feuer in der Diskothek *LIVERPOOL* ihren

Brandverletzungen. Sieben weitere Personen werden dabei verletzt. Benutzt wurden auch hier zwei Tanks mit Benzin. Im Lokal geht der Brandalarm früh los, sodass die meisten Besucher sich noch retten können.

Wie bei den anderen Anschlägen, so erhält die ANSA auch nach diesem Attentat ein Bekennerschreiben von LUDWIG. Sie erklären, dass es sich dabei um eine »Säuberung mit Feuer und Eisen« gehandelt habe und dass im LIVERPOOL ab sofort nicht mehr »gevögelt werden könne«.

Jetzt greifen sie nicht nur einzelne »Schuldige« an, sondern kollektiv mehrere Menschen, die gegen ihr Gesetz verstoßen.

Seit LUDWIG nun öffentliche Standorte ins Visier nimmt, wird die Gruppe für die Polizei noch unberechenbarer. Sie schlagen in verschiedenen Städten zu, auch im Ausland. Künftige Ziele können so nicht eruiert werden. Es handelt sich zweifelsfrei um radikale Hintermänner, die Angst und Terror verbreiten. Obwohl es einige Hinweise gibt wie die in den Bekennerschreiben angegebenen Tatwaffen oder Hilfsmittel sowie die Briefe selbst, sind diese Spuren nicht ausreichend, um die Identität der Täter aufzudecken.

Anders verlaufen die Ermittlungen der deutschen Polizei. Die Befragungen der Augenzeugen im Nachtlokal LIVERPOOL führen zu interessanten Ergebnissen. Es gibt Zeugen, die in dieser Nacht zwei junge Männer gesehen haben wollen, die in den ersten Stock des Lokals hinaufmarschierten und von da aus zwei in Brand gesetzte Taschen hinunterwarfen. Den Ermittlern in Deutschland gelingt es, zwei Phantombilder zu erstellen, um nach den beiden Verdächtigen zu fahnden. Es handelt sich dabei um zwei Männer um die zwanzig Jahre, sehr schlank, zwischen 1,76 – 1,80 Meter groß.

Trotz landesweiter Fahndung werden die beiden Männer nicht gefunden; LUDWIG bleibt weiterhin ein Gespenst des Terrors.

4. März 1984 - Castiglione delle Stiviere (eine Stadt südlich des Gardasees)

Am Faschingssonntag des 4. März 1984 befinden sich um 15.30 Uhr in der Diskothek MELAMARA in *Castiglione delle Stiviere* viele Gäste – das Lokal ist überfüllt. Nur wenigen von ihnen fallen die beiden maskierten Männer auf, die sich durch die Menge drängeln. Wie die anderen Anwesenden haben auch sie sich verkleidet, und zwar als Pierrots. Ungewöhnlich sind jedoch die Sporttaschen, die sie bei sich haben. Etwas, das einigen wenigen auffällt, insbesondere den Aufsehern der Disco.

Plötzlich nehmen die Gäste im Lokal einen strengen Benzingeruch wahr. Unruhe breitet sich aus. Genau in diesem Moment zündet einer der verkleideten Pierrots eine seiner Taschen an. Kurz zuvor hatte er vor den Notausgängen Benzin ausgeschüttet. Doch diesmal breitet sich das Feuer nicht aus, weil der Bodenbelag des Lokals feuerfest ist. Wenige Flammen entzünden sich und ersticken gleich wieder. Der Anschlag misslingt, aber in der Disco ist bereits die Panik ausgebrochen. Den beiden Pierrots gelingt die Flucht aus der Disco jedoch nicht, weil sie von den Aufsehern verfolgt und kurz vor dem Ausgang gefasst werden. Die Polizei wurde bereits benachrichtigt, sodass die Einsatzkräfte sehr schnell vor Ort sind. Noch während der gewaltsamen Auseinandersetzung zwischen den Sicherheitsleuten und den Verdächtigen trifft die Polizei ein und verhaftet die beiden, die sie nur mit Mühe vor Übergriffen der erzürnten Gäste schützen können.

»Folie à deux« - Wahnsinn zu zweit:

Auf dem Polizeipräsidium müssen die beiden Pierrots ihre Masken fallen lassen. Ihre Personalien werden aufgenommen. Bei den Inhaftierten handelt es sich um den 25-jährigen Wolfgang Abel, geboren am 3. Januar 1959, und den 24-jährigen Marco Furlan, geboren am 1. April 1960. Beide wohnen in Verona stammen aus wohlhabenden Familien, sind in der Gesellschaft integriert. Die Männer sind sehr groß, schlank und attraktiv. Wolfgang Abel hat ein Engelsgesicht, genau wie sein Freund Marco. Abel hat nach der Schule Mathematik studiert und promoviert mit *summa cum laude* (mit höchstem Lob). Er lebt erst seit Kurzem in München und ist bei einem Versicherungskonzern angestellt. Unter seinen Arbeitskollegen gilt er als Eigenbrötler. Wolfgangs Vater führt in Italien eine bekannte deutsche Versicherungsgesellschaft. Die Familie Abel ist also aus beruflichen Gründen des Vaters von Deutschland nach Verona gezogen. Hier lernt Wolfgang seinen Freund in der Schule kennen. Er spricht Italienisch mit einem markanten deutschen Akzent.

Sein Freund Marco Furlan hingegen ist der Sohn eines angesehenen italienischen Chirurgen mit leitender Position in einem Krankenhaus. Sein Abschluss in Physik steht ihm noch bevor.

Abel und Furlan gelten als hochintelligente Sonderlinge mit ausgezeichneten Noten. Beide stammen aus strengen Elternhäusern, wo Leistung, Disziplin und beruflicher Erfolg einen hohen Stellenwert einnehmen. Sie sind seit der Schule eng befreundet. Einige Mitschüler glaubten damals sogar, dass die beiden eine homosexuelle Beziehung unterhielten, was die Angeklagten vehement abstreiten.

Während Furlan in den Verhören behauptet, der Brandanschlag auf das Tanzlokal MELAMARE sei ein Scherz gewesen sei, um zu sehen, wie die Gäste darauf reagieren würden, gesteht Wolfgang Abel zwar seinen Hass auf Diskotheken und die Menschen, die solche Lokale besuchen, aber nicht, dass er oder sein Freund hinter LUDWIG stecken. Das sei absurd. Unter den Befragungen gibt sich Marco Furlan verächtlich, arrogant und teilweise sarkastisch. Wolfgang hingegen scheint etwas sensibler und schüchterner als sein Freund zu sein. Bezüglich des Motivs ihres Anschlags stimmen die beiden überein, dass es sich dabei um einen Scherz gehandelt habe. Wolfgang Abel ergänzt seine erste Aussage mit der Bemerkung, dass er bei einem vorangehenden Lokalbesuch mit einigen Gästen Streit gehabt hätte. Er bat seinen Freund Marco um Hilfe, weil er sich rächen wolle. Es wäre einfach eine Dummheit gewesen, bei der sie beide niemanden verletzen, sondern nur etwas Angst verbreiten wollten.

Die Polizeiermittler nehmen das Leben der Freunde auseinander und durchsuchen ihre Wohnungen. Sie glauben den beiden nicht. Ihr Auftreten ist kalt, ohne Reue, und sie geben sich sehr arrogant. Auch wenn der Anschlag in der Diskothek durch die feuerfesten Böden und aufmerksame Gäste vereitelt wurde, hätten dabei viele Menschen ums Leben kommen können, was den beiden gleichgültig zu sein scheint.

Die Freunde sind in ihrer Vorgehensart ähnlich wie die Gruppe Ludwig in der Münchner Diskothek vorgegangen: zwei Benzinkanister in Sporttaschen. Doch Marco und Wolfgang gehören keiner rechtsextremen Partei an. Sie sind nicht mal Mitglieder in einem Sportverein oder einer politischen Partei. Beide haben die gleichen Hobbys: Kino und klassische Musik. Andere Freunde oder Freundinnen haben sie nicht.

Weitere Nachforschungen, ob Marco und Wolfgang mit der rechtsextremen Szene in Verbindung gebracht werden können, die damals in Verona sehr aktiv war, verlaufen ins Leere. Es gibt keine. In den Verhören glauben die Ermittler, eine Sympathie mit der rechtsextremen Ideologie zu erkennen, aber sie deckt sich nicht vollständig mit dieser. Es scheint, als hätten die beiden Verdächtigen eine eigene Ideologie und Moralvorstellung. Trotzdem weicht bei den italienischen Ermittlern der Verdacht nicht, dass die Freunde zur Gruppe LUDWIG gehören oder gar LUDWIG *sind*. Doch sind sie dafür nicht etwas zu jung? Der erste Mord fand 1977 statt. Damals waren sie erst achtzehn und siebzehn Jahre alt.

In den weiteren Verhören streiten Marco und Wolfgang erneut und nachdrücklich ab, dass mit LUDWIG etwas zu tun hätten. Dann entscheiden sie sich für die Taktik des Schweigens und weigern sich, die Fragen der Ermittler zu beantworten.

Dann jedoch räumt Wolfgang plötzlich ein, dass es sich bei dem Anschlag auf die Diskothek nicht um einen Scherz gehandelt habe, sondern dass es seine klare Absicht war, das Lokal in Brand zu setzen, weil er diese Art von Treffpunkten hasst. Er habe eigene Moralvorstellungen. Diskotheken seien Plätze, wo Drogen verteilt und konsumiert würden, Orte geistloser Zerstreuung, moralische Korruption.

Die Formulierungen in dieser Aussage ähneln den Slogans aus den Briefen von LUDWIG. Die Polizei hat jedoch bisher nur wenige Indizien für die Taten selbst und den Verdacht, dass sie mit LUDWIG zu tun haben. Nach dem ersten Fiasko mit Silvano Romano will man nicht denselben Fehler ein zweites Mal begehen. Sie brauchen dringend handfeste Beweise für eine Verbindung zu den anderen Taten von LUDWIG.

Die Wohnungen der beiden Verhafteten werden auseinandergenommen, außerdem arbeiten jetzt die italienischen Ermittler mit der deutschen Polizei zusammen, die ebenfalls daran interessiert sind, die Schuldigen für den Brand im LIVERPOOL in München zu finden. Die italienische Polizei ist davon überzeugt, dass die beiden Anschläge zusammenhängen und der letzte misslungene Versuch ebenfalls LUDWIGs Handschrift trägt – somit die der beiden Freunde ist. Aus den Unterlagen der deutschen Ermittler geht hervor, dass LUDWIG am Tatort eine Sporttasche mit verschiedenen Gegenständen und einem Wecker hinterlassen hat. Im Bekennerschreiben von LUDWIG wurde die Seriennummer dieses Weckers der Marke PETER erwähnt, um die Echtheit der Tat zu beweisen.

Als die italienischen Ermittler Wolfgang Abels Mutter befragen, bestätigt sie, dass ihr Sohn einen solchen Wecker besessen habe.

In Zusammenarbeit mit den deutschen Ermittlern wird die Wohnung in München, die Wolfgang zum Zeitpunkt seiner Verhaftung bewohnte, akribisch durchsucht. Endlich wird man fündig. Ein wichtiges Indiz ist ein Buch, das von einem Priester namens Ludovico (Ludwig) handelt, der sich als Rächer entpuppt. Zudem findet die deutsche Polizei weitere Beweise für die Beteiligung Abels an den Anschlägen. So wurde ein Schreibblock sichergestellt, auf dem sich noch der wortwörtliche Durchdruck eines LUDWIG-Bekennerschreibens zum Anschlag vom 14. Mai 1983 auf das Pornokino in Mailand befindet. Weiter werden Textilien, Knöpfe und Schnürsenkel entdeckt, die zu den Funden in der Sporttasche aus der Diskothek LIVERPOOL passen. Auch in Marco Furlans Wohnung in Verona wird ein Schreibblock mit Durchdruck von Bekennerschreiben sichergestellt: zum Anschlag auf das Tanzlokal LIVERPOOL sowie zu den Morden an den beiden Priestern in Vicenza.

Die Bekennerschreiben werden nochmals von grafologischen Experten untersucht. Der Adler auf den Briefen wurde von Hand erstellt. Ein Gutachter beweist in seinem Bericht, dass es sich dabei um Wolfgang Abel als Verfasser handelt. Nun haben die Ermittler genug Beweise dafür, dass die beiden Freunde LUDWIG sind. Aufgrund der Sachlage werden sie des mehrfachen Mordes, insgesamt in fünfzehn Fällen, angeklagt. Für das Attentat in

Amsterdam gibt es, außer dem Bekennerschreiben, keinen Beweis. In den Wohnungen der Angeklagten wurde kein Hinweis zu diesem Schreiben gefunden.

Wolfgang Abel und Marco Furlan stammen aus wohlhabenden Familien, sodass sie von angesehenen Anwälten verteidigt werden. Beide gestehen nichts und bestehen auf ihre Unschuld, sie seien nicht LUDWIG.

Der Prozess

Der Prozess beginnt in am 1. Dezember 1986 in Verona. Seit ihrer Verhaftung haben die beiden Freunde keinen Kontakt zueinander. Im Gerichtssaal schauen sie sich nicht mal an, als wären sie sich fremd. Die Angeklagten müssen im gleichen, durch Gitter gesicherten Bereich des Gerichtssaals sitzen. Doch nach wenigen Minuten brechen sie ihr Schweigen und wechseln ein paar Worte. Während der ersten Verhandlung verliert Wolfgang Abel plötzlich die Nerven und schlägt mit den Fäusten gegen die Gittertüren. Danach erscheinen die beiden Angeklagten nicht mehr persönlich vor Gericht. Wolfgang Abel wird von einem psychiatrischen Gutachter untersucht, Marco Furlan hingegen verweigert eine psychiatrische Untersuchung. Die Experten schreiben Wolfgang eine teilweise psychische Störung zu. Trotz dieses Gutachtens fordert die Staatsanwaltschaft für beide die lebenslange Haftstrafe. Für die Anklage gibt es keine Anhaltspunkte, die einem der Beschuldigten bei der Ausführung der Morde eine partielle Unzurechnungs- oder Handlungsunfähigkeit zuschreiben könnte. Beide waren voll handlungs- und zurechnungsfähig. Es gab auch in der Vergangenheit nie irgendwelche bekannten psychische Störungen.

Am 10. Februar 1987, nach 22 Verhandlungstagen wird das Urteil gefällt.

Das Gericht erkennt beiden Angeklagten die teilweise Zurechnungs- und Handlungsfähigkeit an und verurteilt sie zu je dreißig Jahren Haft. Das Urteil erstaunt die Staatsanwaltschaft, weil man aufgrund der brutalen Morde eine lebenslange Haftstrafe erwartet hat und nach wie vor davon überzeugt ist, dass keine psychische Störung zugrunde liegt. Bei einer lebenslänglichen Haft würden die Angeklagten bis an ihr Lebensende im Gefängnis bleiben müssen (Anm.: Das italienische Strafrecht versteht unter lebenslanger Haft eine Mindestverbüssungszeit von 26 Jahren, bevor eine Aussetzung zur Bewährung geprüft werden darf). Die Verteidiger ihrerseits empfinden das Urteil als viel zu hoch. Sie gehen in Berufung und erwarten sich eine Strafmilderung.

Am 15. Januar 1988 findet in Venetien die Berufungsverhandlung statt. Dazu erscheint nur Marco Furlan persönlich. Sein Verteidiger bestätigt dem Richter, dass Marco dieses Mal einem psychiatrischen Gutachten zustimmt. Die Fachleute, die vom Berufungsgericht bestimmt wurden, weisen den beiden Angeklagten eine Form von Schizophrenie zu. Zudem bestätigen sie, dass in der Beziehung der Freunde Wolfgang Abel eine dominierende Rolle spiele. Für die Dauer der Berufungsverhandlung werden die Angeklagten gegen Kaution auf freien Fuß gesetzt.

Am 10 April 1990 bestätigt das Berufungsgericht in Venetien das Urteil der ersten Instanz, reduziert jedoch die Haftstrafe von dreißig auf siebenundzwanzig Jahre.

Die Verteidiger ziehen weiter in die nächste und letzte Instanz, la *Corte di Cassazione* (das Revisionsgericht).

Dieses bestätigt 1991 das Urteil und die Haftstrafe von siebenundzwanzig Jahren. Doch die beiden Angeklagten geben sich damit nicht zufrieden. Sie behaupten weiterhin, unschuldig zu sein.

Epilog

Wenige Tage vor der Urteilsverkündung des Revisionsgerichts gelingt Marco Furlan die Flucht ins Ausland, da beide Angeklagten bis zur Verkündung des definitiven Urteils der letzten Instanz gegen Kaution in Halbfreiheit verbleiben können, was in der Öffentlichkeit stark kritisiert wird. Während Wolfgangs Fluchtversuch scheitert, schafft es Marco. Er flieht mit einem Fahrrad, erreicht die slowenische Grenze, und von da aus verliert sich jede Spur. Vier Jahre lang bleibt Marco Furlan wie vom Erdboden verschluckt, aber der Polizei ist klar, dass ihm jemand aus seinem Umfeld bei der Flucht geholfen hat. Trotz internationaler Fahndung und Suche durch Interpool findet ihn niemand. Nur durch einen Zufall gelingt es der griechischen Polizei, ihn festzunehmen. Marco hat sich in Griechenland unter einem falschen Namen niedergelassen. Er arbeitet als Übersetzer am Flughafen und vermietet Autos an Touristen. Vier Jahre nach seiner Flucht befindet sich ein Urlauber aus Venetien am griechischen Flughafen und entdeckt Marco Furlan. Dieser kommt ihm bekannt vor. Er glaubt ihn zu erkennen, ist sich jedoch nicht ganz sicher. Auch die Ehefrau des Touristen ist dieser Meinung. Sie bittet ihren Ehemann, ein paar Fotos zu machen und die Bilder der in Italien bekannten Sendung «Chi l'ha visto?» zuzustellen. Diese würden schnell herausfinden, um wen es sich handelt, wenn sich ihr Verdacht bestätigt.

Am 17. Mai 1995, nachdem Marco von Interpol identifiziert wurde, wird er auf Kreta verhaftet und nach Italien ausgeliefert. Die griechische Polizei findet in seiner Wohnung sehr viel Bargeld. Obwohl Marco angibt, dass es sich um seine Ersparnisse handelt, die er sich durch seine Jobs auf Kreta erarbeitet hat, glauben ihm die Ermittler nicht. Sie vermuten, dass ihn jemand finanziell unterstützt, vielleicht auch seine Familie.

Als er in Italien ankommt, wird er wieder ins Gefängnis gebracht, wo er bis zu seiner Freisetzung verbleibt.

Marco wird am 3. Januar 2009 von der geschlossenen Haftanstalt in die überwachte Halbfreiheit verlegt. In der Justizvollzugsanstalt Opera in Mailand hat er einen Abschluss als Informatiker absolviert.

Wolfgang Abel befindet sich seit 2006 im offenen Strafvollzug. Er hat zwar seine siebenundzwanzig Jahre abgesessen, aber Teil seiner Strafe war auch die Unterbringung in einer psychiatrischen Klinik für drei Jahre und die nochmalige Beurteilung seiner Gefährlichkeit vor seiner definitiven Entlassung. Seit 2006 lebt Wolfgang in den Hügeln von *Valpolicella*, gemeinsam mit seiner Mutter. Der offene Strafvollzug schreibt ihm vor, dass er jeden Abend zu Hause verbringen muss und die Regionsgrenze von Verona nicht überschreiten darf.

Im Mai 2014 wartete Wolfgang auf die endgültige Entlassung. Über seine Freiheit musste eine Richterin entscheiden, die sich mit dem Fall intensiv befasst hatte. So kam es, dass die Richterin des Strafgerichts Verona, Lorenza Omarchi, Wolfgang zu Hause besuchte. Abel hoffte, dass sie sich zu einer definitiven Freilassung entscheiden würde, um wieder in seine Heimat, nach Deutschland, zurückkehren zu können.

Zu seiner Überraschung hat sich Richterin Omarchi jedoch anders entschieden. In ihrem Bericht hält sie Wolfgang Abel noch immer für zu gefährlich für die Gesellschaft. Ihrer Einschätzung nach besteht bei dem Angeklagten eine Wiederholungsgefahr der Tat. Die Überwachungsvorschriften des offenen Strafvollzugs bleiben somit weiterhin bestehen. Die Richterin begründet ihren Entscheid damit, dass Wolfgang Abel bis heute keinerlei Reue für diese Taten zeigt.

Auch nach dreißig Jahren und trotz handfester Beweise, die in allen Gerichtsverhandlungen vorgelegt wurden, behauptet der Angeklagte nach wie vor, unschuldig zu sein und nie zur Gruppe LUDWIG gehört zu haben. Erst im Mai 2015 wird der Antrag über eine endgültige Freilassung von Wolfgang Abel nochmals von einem Richter überprüft werden.

Aspekte des Falls:

Es gibt Journalisten, die überzeugt sind, dass LUDWIG nicht nur aus Marco Furlan und Wolfgang Abel bestand. Sie glauben, dass es noch einen Dritten gibt, der von den beiden Männern nie verraten wurde. Hätten sie zugegeben, dass es sich bei LUDWIG um eine richtige Organisation mit mehreren Mitgliedern gehandelt habe, so hätten die Verurteilten kein Anrecht auf einen offenen Strafvollzug oder gar Freiheit auf Kaution erhalten, da sie zusätzlich als Mitglieder einer kriminellen Vereinigung angeklagt worden wären. Von der Staatsanwaltschaft sowie von anderen Experten wird diese Theorie als nichtig erklärt. Das Motiv des Serienkiller-Duos ist klar. In ihren Augen waren ihre Opfer Parasiten. Elemente, von denen man die Erde befreien musste, nicht mehr und nicht weniger. Bei den Tätern handelt es sich um intelligente Männer, die sich sogar mit Briefen zu ihren Taten bekannten, weil sie glaubten, dass sie niemals geschnappt werden würden, was ihnen auch fast gelungen wäre. Marco Furlan und Wolfgang Abel waren von den Symbolen des Nationalsozialismus fasziniert. Der Adler, das Hakenkreuz und die Runenschrift, aber sie kämpften nicht für die Erhaltung der arischen Rasse oder hatten gar politische Ziele. Obschon sie nie gestanden und stets beteuert haben, nicht LUDWIG zu sein, hörten die Morde nach der Verhaftung von Marco Furlan und Wolfgang Abel auf. LUDWIG meldete sich nie wieder.

Literatur- und Quellennachweise

Allgemein (alle Fälle):

Massimo Picozzi und Carlo Lucarelli: *Sex crimes. Storie di passioni morbose e di efferati delitti*, Mondadori, Italien 2012

Massimo Picozzi und Carlo Lucarelli: *Storie di ossesione omicida (Serialkiller),* Mondadori, Italien 2004

Massimo Picozzi und Carlo Lucarelli: *Scena del crimine – Storie e delitti efferati e di investigazioni scientifiche*, Mondadori, Italien 2006

Massimo Picozzi und Carlo Lucarelli: *Tracce criminali – Storie di omicidi imperfetti*, Mondadori, Italien 2007

Massimo Picozzi und Carlo Lucarelli: *La nera – Storia fotografica di grandi delitti italiani dal 1946 a oggi*, Mondadori, Italien 2008

Massimo Picozzi und Alfonso Signorini: *Blu come il sangue. Storie di delitti nell'alta società*, Mondadori, Italien 2010

Massimo Picozzi und Angelo Zappalà: *Criminal Profiling. Dall'analisi della scena del delitto al profilo psicologico del criminale*, Mcgraw-Hill Companies, Italien 2001

Massimo Picozzi: *Piccoli omicidi. La (stra)ordinaria violenza degli adolescenti*, Monti, Italien 2002

Massimo Picozzi: *Un oscuro bisogno di uccidere. Storie nere tra follia e malvagità*, Mondadori, Italien 2008

Der Anorexie-Killer:

Storie Maledette «Il collezionista di anoressiche» (Marco Mariolini). TV-Sendung auf Rai Tre vom 24.5.2008, 23.40 Uhr. Autor und Moderation: Franca Leosini. Ausgabe 9. www.storiemaledette.rai.it.

Marco Mariolini: *Il cacciatore di anoressiche*, Gruppo Edicom, Italien, ISBN: 88-8236-163-2 (2. Auflage von 2004)

Serra Elivra: L'anoressia per me è un'ossessione, CORRIERE DELLA SERA, 11.11.2001, Seite 18

Der Omi-Killer:

La linea d'ombra, Staffel 2: *«Lo strano caso di Ezzedine Sebai».*

TV-Sendung auf Rai Due vom 16.6.2009, 24.00 Uhr. Regie: Paola Coali, Silvia O'Ortenzi, Paolo Vannelli, Christiana Zolrea. Moderation: Massimo Picozzi.

Tonio Attino: *E lui il killer delle vecchiette*, LA STAMPA, 19.9.1997, Ausgabe 258, Seite 9

Tonio Attino: *Il suo volto ora è un incubo*, LA STAMPA, 20.9.1997, Ausgabe 259, Seite 15

Tonio Attino: *Il killer delle anziane confessa nuovi delitti*, 31.12.2005, Ausgabe 352, Seite 14

Die schöne Claire:

Delitti, Staffel 1: *«Il caso Bebawi»*. TV-Sendung auf History Channel Italia. Produktionsfirma: Wilder. Regie: Giacomo Cimini (1. Staffel), Francesco G. Raganato (2. Staffel) und Matteo Oleotto (3. – 5. Staffel). Autoren: Alessandro Garramone und Gabriele Immirzi.

Guido Guidi: *La nullità del processo Bebawi*, LA STAMPA, 13.5.1965, Ausgabe 110, Seite 5

Guido Guidi: *A carico del sindaco di Roma le spese del processo Bebawi?*, LA STAMPA, 10.5.1965, Ausgabe 108, Seite 5

Guido Guidi: *Ippolito, i Bebawi ed altri potrebbero essere scarcerati*, LA STAMPA, 28.06.1965, Ausgabe 150, Seite 4

Guido Guidi: *Farouk il giorno del delitto temeva la telefonata di una donna*, LA STAMPA, 8.2.1965, Ausgabe 32, Seite 5

Guido Guidi: *La Corte Costituzionale tronca ogni polemica sull'istruttoria*, 27.6.1965, Ausgabe 151, Seite 7

Guido Guidi: *La Cassazione decide che sono valide le istruttorie sommarie già definite*, LA STAMPA, 12.12.1965, Ausgabe 295, Seite 1

Das grausame Verbrechen von Novi Ligure

Delitti, Staffel 5: *«Il massacro di Novi Ligure»*. TV-Sendung vom 5.11.2011 auf History Channel Italia. Produktionsfirma: Wilder. Regie: Giacomo Cimini (1. Staffel), Francesco G. Raganato (2. Staffel) und Matteo Oleotto (3. – 5. Staffel). Autoren: Alessandro Garramone und Gabriele Immirzi.

Renato Rizzo: *Così papà De Nardo si è preso la sua croce*, LA STAMPA, 17.12.2001, Ausgabe 347, Seite 15

Giovanni Cerruti: *Punite Erika e Omar per aiutare no*, LA STAMPA, 3.3.2001, Ausgabe 61, Seite 7

Giovanni Cerrutti: *Sì, ho visto in fuccin i due killer Pel mamma mia ha gridato di fuggire*, LA STAMPA, 23.02.2001, Ausgabe 53, Seite 3

Giovanni Cerrutti: *Il mistero delle frasi cancellate*, LA STAMPA, 4.3.2001, Ausgabe 62, Seite 11

Giovanni Cerrutti: *Lei racconta balle, Lui è manesco*, LA STAMPA, 1.3.2001, Ausgabe 59, Seite 6

Giovanni Cerrutti: *Lei ripeteva: povera mamma*, LA STAMPA, 24.2.2001, Ausgabe 54, Seite 3

Renato Rizzi: *Una corona ai funerali: Da papà e Erika*, LA STAMPA, 25.02.2001, Ausgabe 55, Seite 2

Renato Rizzi: *Novi non ha Giustizia è fatta*, LA STAMPA, 15.12.2001, Ausgabe 345, Seite 2

Renato Rizzi: *Omar voleva ommanare anche papà*, LA STAMPA, 27.2.2001, Ausgabe 57, Seite 2

Renato Rizzi: *Caso chiuso – un delitto di ragazzi perbene*, LA STAMPA, 24.2.2001, Ausgabe 54, Seite 3

Renato Rizzi: *Un gioco prima del duplice omicidio*, LA STAMPA, 28.2.2001, Ausgabe 58, Seite 3

Renato Rizzio: *Sulla mano il morso di Gianluca*, LA STAMPA, 1.3.2001, Ausgabe 59, Seite 7

<u>Der Zwerg von Termini - Domenico Semeraro:</u>

Delitti, Staffel 3: «*Il nano di Termini*». TV-Sendung vom 19.4.2010 auf History Channel Italia. Produktionsfirma: Wilder. Regie: Giacomo Cimini (1. Staffel), Francesco G. Raganato (2. Staffel) und Matteo Oleotto (3. – 5. Staffel). Autoren: Alessandro Garramone und Gabriele Immirzi. Kommentatoren: Daniele Protti, Cinzia Tani, Francesco Bruno.

ANSA Italia: *Il nano assassinato da una coppia*, LA STAMPA, 28.4.1990, Seite 12

ANSA Italia: *Assassinato e nascosto nei rifiuti*, LA STAMPA, 27.4.1990, Seite 50

L'imbalsamatore, una favola nera, Archiv von *la Reppublica*, 27.8.2002
URL:
http://ricerca.repubblica.it/repubblica/archivio/repubblica/2002/08/27/imbalsamatore-una-favola-nera.html

Igor Jan Occelli: *Il nano della Stazione Termini*, Giornalettismo, 20.2.2009.
URL: http://www.giornalettismo.com/archives/19185/il-nano-

della-stazione-termini/

Das Mysterium von Olgiata:

Delitti, Staffel 4: *«Il mistero dell'Olgiata»*. TV-Sendung vom 18.11.2011 auf History Channel Italia. Produktionsfirma: Wilder. Regie: Giacomo Cimini (1. Staffel), Francesco G. Raganato (2. Staffel) und Matteo Oleotto (3. – 5. Staffel). Autoren: Alessandro Garramone und Gabriele Immirzi.

Jacopo Pezzan e Giacomo Brunoro: *Il delitto dell'Olgiata: il giallo della porta chiusa*. 2011, LA CASE, ISBN 9788890589645.

Franceso La Licata: *Non sono l'assasino dell'Olgiata*, LA STAMPA, 20.7.1991, Seite 11

Giovanni Bianconi: *Pigiata colpo di scena firmato Di Pietro*, LA STAMPA, 31.03.1994, Ausgabe 87, Seite 1

Giovanni Bianconi: *Fondi neri? Scalfaro sapeva*, LA STAMPA, 19.2.1994, Ausgabe 49, Seite 2

Liliana Matteo: *Scene da un delitto, all'ombra dell'Olgiata*, LA STAMPA, 5.3.1992, Ausgabe 64, Seite 9

Gabriele Romagn: *Delitto dell'Olgiata manca un tasello*, LA STAMPA, 19.7.1991, Ausgabe 162, Seite 9

Francesco Grignetti: *Delitto dell'Olgiata la Procura si arrende Chiesta l'archiviazione*, LA STAMPA, 25.6.2005, Ausgabe 172, Seite 13

Giovanni Bianconi: *Giallo dell'Olgiata: una pista porta alla lite finita nel sangue*, LA STAMPA, 6.4.1994, Ausgabe 92, Seite 10

Giovanni Bianconi: *Olgiata, blitz di Di Pietro*, LA STAMPA, 31.3.1994, Ausgabe 87, Seite 13

Claudio Martelli: *Olgiata e via Poma una pista per 2 misteri*, La STAMPA, Ausgabe 307, 10.11.1994

Flavia Amabile, Alessandra Tolloy: *Si sposa il filippino sospettato*, LA STAMPA, Ausgabe 191, Seite 8

Das Projekt – Pietro Maso:

Delitti, Staffel 5: *«Il progetto di Pietro Maso»*. TV-Sendung vom 3.5.2010 auf History Channel Italia. Produktionsfirma: Wilder. Regie: Giacomo Cimini (1. Staffel), Francesco G. Raganato (2. Staffel) und Matteo Oleotto (3. – 5. Staffel). Autoren: Alessandro Garramone und Gabriele Immirzi.

Gianfranco Bettin: *L'erede – Pietro Maso, una storia dal vero*, Italien, Feltrinelli, 1991.

Vittorino Andreoli: *Il caso Maso, Italien, Editori Riuniti*, 1994.

Pietro Maso con Raffaella Regoli: *Il male ero io*, Italien, Mondadori, 2013

Giuliano Marchesini: *Guerra di perizie per Pietro Maso*, LA STAMPA, 165.1.1993, Ausgabe 15, Seite 13

Giuliano Marchesini: *Le sorelle die Pietro Maso*, LA STAMPA, 4.3.1992, Ausgabe 63, Seite 1

Franco Ruifo: *Maso sposa una sua ammiratrice*, LA STAMPA, 19.6.1992, Ausgabe 166, Seite 1.

Alessandro Mognon: *Maso al vescovo: mi pento*, LA STAMPA, Ausgabe 197, Seite 14

Giuliano Marchesini: *Maso salvato dall'ergastolo*, LA STAMPA, 1.32.1992, Ausgabe 60, Seite 9

Maria Grazia Bruzzone: *I ragazzi applaudono il Maso-show*, LA STAMPA, 13.12.1993, Ausgabe 340, Seite 9

Giuliano Marchesini: Maso: *Sono pentito voglio scontare la pena*, LA STAMPA, 18.3.1992, Ausgabe 76, Seite 12

Giuliano Marchesini: *Trent'anni di carcere e Maso ringrazia*, LA STAMPA, 1.5.1993, Ausgabe 119, Seite 13

ANSA 1994: *Verdetto finale per Maso: 30 anni*, LA STAMPA, 26.1.1994, Ausgabe 25, Seite 13

Das Wohnmobil-Krimi:

Paolo De Pasquali: *Figli che uccidono*, Italien, Rubbettino, 2002

Di Giovacchino Rita: *Delitti privati. Trent'anni di omicidi in famiglia da Maso a Erika e Omar, dai Carretta a Tullio Brigida, dal piccolo Tommy alla strage di Erba*, Italien, Fazi (collana Le terre), 2007

Boccianti Emanuele; Ramacci Sabrina: *Italia giallo e nera*, Newton Compton(collana Tradizioni italiane), Italien, 2013

Valerio Varesi: Carretta, indizi contro un figlio, LA STAMPA, 20.01.1990, Ausgabe 17, Seite 9

Bianconi, Giovara und Potetti: *Carretta: vi racconto come li ho uccisi*, LA STAMPA, 1.12.1998, Ausgabe 330, Seite 1

Angelo Conti: *Il giorno che vidi i Carretta*, LA STAMPA, 7.12.1998, Ausgabe 356, Seite 23

Fabio Poletti: *Un figlio dei Carretta riapre il giallo*, LA STAMPA, 24.11.1998, Ausgabe 323, Seite 2

Fabio Poletti: *Carretta, dalla discarica spunta un gialle*, LA STAMPA, 3.12.1998, Ausgabe 332, Seite 7

Die Bestien Satans:

Offeddu Luigi, Sansa Ferruccio: *I ragazzi di Satana. La setta delle Bestie: alla scoperta di un'Italia sconosciuta*, BUR Biblioteca Univ. Rizzoli (collana Saggi), Italien, 2005

La linea d'ombra, Staffel 2: *«Le Bestie di satana»*. TV-Sendung auf Rai Due vom 23.06.2009. Regie: Paola Coali, Silvia O'Ortenzi, Paolo Vannelli, Christiana Zolrea. Moderation: Massimo Picozzi.

Fabio Poletti: *Alle bestie di Satana 4 ergastoli*, LA STAMPA, 7.12.2005, Ausgabe 332, Seite 17

Gabriele Beccaria: *Le Bestie di Satana avevano già a uccidere i ribelli*, LA STAMPA, 8.6.2004, Ausgabe 157, Seite 11

Paolo Colonnello: *Sono posseduti, assolvete le Bestie di Satana*, LA STAMPA, 14.1.2005, Ausgabe 13, Seite 11

Brunella Giovara: *Bestie di Satana, trent'anni di carcere per Volpe*, LA STAMPA 23.2.2005, Ausgabe 53, Seite 9

Brunella Glovara: *Traditi dalla telefonata su Chiara e Fabio*, LA STAMPA 22.2.2005, Ausgabe 52, Seite 11

Flavia Amabile: *Un dossier sul boom delle sette*, LA STAMPA, 19.4.2005, Ausgabe 107, Seit 6

Brunella Glovara: *Li abbiamo sepolti vivi*, LA STAMPA, 9.6.2004, Ausgabe 158, Seite 64

LUDWIG:

Pattacini Alberto: *Misteri, crimini e storie di Venezia*, Italien, Newton Caompton (collana Tradizioni Italiane), 2013

Mastronardi Vincenzo M.; De Luca Ruben: *I serial killer. Il volto segreto degli assassini seriali: chi sono e cosa pensano? La riabilitazione è possibile?*, Italien, Newton Compton (collana Prima pagina), 2013

Lupi Gordiano: *Serial killer italiani*, Italien, Editoriale Olimpia (collana Mistery), 2005

Marzio Fabri: *I sospetti su Marco Furlan e Wolfgang Abel*, LA STAMPA, 430.3.1984, Ausgabe 90, Seite 10

Giuliano Marchesini: *Le confessioni di Abel e Furlan*, LA STAMPA, 15.1.1987, Ausgabe 12, Seite 8

Giuliano Marchesini: *Trent'anni a Abel e Furlan*, LA STAMPA, 11.2.1987, Ausgabe 35, Seite 7

Giuliano Marchesini: *Abel e Furlan in appello il pg chiede due perizie*, LA STAMPA, 16.1.1988, Ausgabe 13, Seite 9

Giuliano Marchesi: *Ludiwg, in libertà anche Abel*, LA STAMPA

16.6.1988, Ausgabe 127, Seite 8

Giuliano Marchesini: *Spiegateci cosa vuol dire Ludwig*, LA STAMPA, 4.12.1986, Ausgabe 284, Seite 9

Giuliano Marchisini: *Ludwig sono loro, ecco le prove*, LA STAMPA, 27.1.1987, Ausgabe 22, Seite 9

Giuliano Marchesini: *Ludwig, nuove occuse ai due gionvai- un volantino minaccia altri attentati*, LA STAMPA, 29.3.1984, Ausgabe 75, Seite 7

Giuliano Marchesini: *Perché due e non tre Ludwig?*, LA STAMPA, 31.01.1987, Ausgabe 26, Seite 9

Giulio Marchesi9ni: *Ludwig? Una teoria*, LA STAMPA, 7.2.1987, Ausgabe 32, Seite 9

Giulio Marchesini: *Ludwig, il silenzio di due padri*, LA STAMPA, 20.12.1986, Ausgabe 298, Seite 7

Giulio Marchesini: *I segni di Ludwig sul foglio bianco*, LA STAMPA, 13.1.1987, Ausgabe 10, Seite 7

Marzio Fabbri: *Nuovi indizi contro i due giovani sospettati per i roghi di Ludwig*, LA STAMPA, 15.3.1984, Ausgabe 63, Seite 9

Giuliano Marchesini: *Ludwig, chiesti 2 ergastoli*, LA STAMPA, 29.1.1987, Ausgabe 24, Seite 9